ハヤカワ文庫JA
〈JA1321〉

絞首台の黙示録

神林長平

JN143204

早川書房
8154

絞首台の黙示録

消えるは
書き手か
読み手か

0

抹香臭《まっこう》い小部屋には複数の人間がいた。みな無表情な中で、ただ、教誨師《きょうかいし》だけが、死刑に相当する重い罪を負いそれを心から悔いているといった、苦渋の色を浮かべていた。

おれにはその表情の意味がわかる。この男は、おれをついに恭順させることができなかったと悔やんでいる。それはつまり、おれを心安らかに死なせていくという努力がまったく役に立たなかったことを意味するのだし、それを彼は思い知ったということだ。自分は無力で無価値だと自覚する場面に遭遇するというのは、残酷な体験に違いない。

教誨師にとって、死刑囚は神に殺されるのだと彼自身が純粋に信じられるならば、そこに苦しみはないだろう。彼のこの場での葛藤と敗北感は、おれが神ではなく人の手で殺されるという現実、そうした紛れもない事実からくるのだ。むろん死刑執行人のその先には国家権力があり、国家は神の力を代行していて、自分はそうした神の庇護の下にある子羊の一頭であるとあの宗教教誨師は信じているのかもしれないが、だが実際に、いま生きている人間がほんの数分後にはこの小部屋のカーテンのすぐその先で、死刑執行人という人の手で首をくくられて殺されていくのだという事実を目前にすれば、普段の信心も理由も理屈も、およそ頭で考えてきたなにもかもが、圧倒的な現実の力によって飛んでしまうのだ。

死刑はすべての可能性を奪う。もし死刑確定者が改悛《かいしゅん》したとしても、それはもはや生かされない。ありがとうございましたと言って死んでいった者もいたかもしれないが、それはなおのこと、教誨師たちにとっては大きなストレスになっただろう。こちらが心安らかになればなるほど、さらに教誨師の心はざわめくだろう。こんなにも聖人に近づいた人を、われら人の手で殺すなどということを神は許すのか、それは悪ではないのかと、悪事に荷担している自分を意識するかもしれない。彼らはそのとき、罪人になるのだ。

ああ、それが教誨師の本当の仕事なのかもしれない。この期に及んで、おれはそれに気づく。彼らは、人の手で死刑を執行したという罪を背負い、神によって処罰され続ける、それを自ら引き受ける仕事をしているのだ、と。彼らはそう自らに言い聞かせていなければ、このような仕事は続けていけないだろう。

だが、それがどうした、と思う。あの渋面のもう一つの意味がおれには見える。あの男は、どうしても恭順しなかった憎らしい人間の最期を見届けられることに喜びを感じている。それを他人に悟られては人でなしと非難されるのは必至だから、まさに必死にその至福の境地を押し隠すために、ああしたゆがんだ表情をしているのだ、それが、わかる。

あの男をそう仕向けたのは、このおれだからだ。

獄中のおれにこの男が会いに来るようになったのは、おれが希望したからだ。宗教教誨師の要請は死刑確定者の少ない権利のうちのひとつだった。宗教とは無縁な一般道徳的な教誨を担当する拘置所員もいるそうだが、単に義務でやっているそんな人間の話には興味はない。おれは、人が後生大事に信じている、その宗教に代表される幻想を、叩きつぶしてやりたかった。死刑を宣告されることになったのも、元をたどればそうしたおれの〈気分〉のせいだ。それはともかく、宗教というのは大いなる力を持っている〈幻想〉だ。戒律も経典も元はといえばそうした幻想から生じた物語に違いない。

それでも法に逆らえば痛い眼に遭うのは事実で、いままさにおれは国家という幻想の生み出す法を破ったということで報復を受けようとしている。しかし、神や仏からの罰、いわゆる天罰を受けているわけではない。神も戒律も人間が生み出した幻想だ。神がそうせよと命じたわけではない。この世のどこにもそんな絶対者は存在しない。神がそう言っているると人人に伝えるキリストたちが存在しただけだ。又聞きのそんな言葉をありがたがり、そんな虚しいものにすがっている人間を、ようするにおれは、いじめたくて、教誨師の派遣を要請した。

死刑を確定され拘置されているとはいえ、服役しているわけではない。まだ刑は執行されない以上、おれは〈自由〉であり、なんでもできる理屈だろう。保釈も考慮されるべきであって、死刑確定者に保釈は一切認められないというのは基本的人権を定めた憲法に違反する。そう国選弁護人に訴えたところ、おまえにそんなことを言う資格はないと、つばを吐かれる勢いで言われたが、むろんおれは本気で訴えたわけではない。法律なんてくそ食らえだ。

宗派はどうすると希望を訊かれたので、キリスト教系にした。仏教方面は考えなかった。そこには仏はいても神はいない。仏教の仏は絶対者ではなく罪人の生まれ変わりだ。そこでの理想は輪廻転生して絶対無へと自己が消え去ることで、完全消滅はおれの理想だが、仏教を信じるならば、おれはまずは地獄行きだろう。六道《りくどう》を転生し続けるばかりで完全消滅の彼岸は、はるかに遠い。そんなものを相手にしている暇はない。仏陀が説いたのは宗教ではない、哲学だ。幻想ではなく真理であり、そこには絶対者は存在しないので、それを説く者をこちらがどういういじめ方をしようと融通無碍《ゆうずうむげ》にかわされるだけだ。しかし一神教ならば、デッドエンドが存在する。神などいないと言えばいいのだ。それですむ。

その方面の宗教ならば新興宗教のほうが未熟で教義にも穴が多いだろうから、いじるのに面白いと思ったが、宗教教誨師として拘置所に出入りできる宗派はごく限られていることを知った。希望すれば宗教者を名乗る誰でも出入りできるというものではないのだ。

それは、日本においてはどんな宗教団体よりも法務省権力のほうが上だということを当然のごとく意味するわけだが、死刑確定者に対する宗教教誨については、こうした決まりは取っ払ってもいいだろうと思える。なにしろ先がないのだから、反国家的な、国家には都合の悪い教義を持った宗教者が死刑確定者になにを吹き込もうとも、もはや関係ないからだし、いつ執行されるかわからないという恐怖を抱えたこちらの精神の安定を考えれば、宗派を限定すべきではない。だが、それも、おれにはどうでもいいことだった。

キリスト教にもいろいろあるのだろうが手っ取り早く来てもらえる教派ならどこでもよかった。明日にも刑場に引き立てられる身の上なのだ。思いついたらすぐにやらねばならない。しかもやれることは限られているから、やれるとなったらその幸運を逃す手はない。

そうしてやってきたのが、プロテスタント系の一派の、あの男だ。カトリックとプロテスタントというおおざっぱな区別くらいは知っていたものの、反カトリックから生じて細分化されているプロテスタント系の教派についてはまったく無知だった。そういうおれに男は、彼が在籍する基督教団についてどれだけ知っているかを試すようなことを訊いてきた。なぜ自分を呼んだのか、あなたもイエスの教えに共感してのことなのか、と。

おれの答えは、とにかく神の存在を確信させてもらいたい、それによって心安らかに死ねるように導いてほしい、というものだった。これには嘘偽りはない。奇蹟を見せてもらえるなら信じる気にもなれるだろう。どんな、というので、イエスは水の上を歩いていたところ、浮かんでいたバナナの皮で滑ってバランスを崩し水没したそうだが、あなたにこうした真似ができるかと訊くと、そんな奇蹟は聞いたことがないと言う。聖書は読んでいてもイタリアの作家の掌篇は読んだことがないのだろう。彼は自分はイエスではないのでそれはできないと生真面目にことわり、説教を始めるから、おれはそれを遮《さえぎ》って、さらに言いたいことを言ってやった。

おれが関心を持っているのはイエスが財布を持っていたかどうかといった神学的なものではないし、聖書に記録された神がいまも生きているのかどうかなどどうでもよくて、あなたがどうして、いまだかつているはずのない、そもそも存在しなかった、神などという、いわば概念を信じられるのかということなのだ、と。どうしていないことがわかるのかと問われたから、いないことを感じ取れるからだ、と答えた。これもおれの本心であって、文字どおりの答えであり、おれの正直な感覚から出たものだ。

みんなはこんなおれの感覚が理解できない。ごく幼い頃におれはその事実に気がついた。どうやら自分は周囲にいる幼稚園児らとは違うようだった。みんなは、〈誰〉に指示されなくてもお遊戯を、昼寝の時間には昼寝をし、ある時間になると〈誰〉が命じたのかわからない指示によってやってくる母親に連れられて帰っていった。結局のところ、おれが存在を予想したような特定の〈誰か〉などいないのだ。長じてそれが理解できた。

神も同じだ。おれには見えないし、感じ取ることもできない。〈みんな〉がそのような概念を作り上げて、存在すると信じているだけのことだ。そんなものはフィクションにすぎない。そんな絶対者である〈誰か〉なぞ虚構だ。みんなが、いることにしようと取り決めた、約束事にすぎない。約束事というのは物でも人でもなく、見ることも触ることもできない。取り決めは、取り決めた集団＝人間が消えれば無くなるだろう。だが人間がいなくなっても存在する場、それがリアルというもので、それがおれにはわかる。リアルな世界が感じ取れるのだ。神などという物語の登場者などいない、リアルな場が、おれには〈普通に〉感じ取れた。

もし取り決めというものがテキストとして存在するならば、当事者たちが死滅してもそれはリアルに残るだろう。おれにとっての神とは、そういうものだ。テキストそのものが神だと教誨師が主張するならば、納得しよう。しかしそれにしたって、読まれることのなくなったテキストなど無意味だ。だから独立して、つまり、絶対的に、存在するそうした神に意味などない。リアルな場では、あらゆる物語が意味を失うのだ。

わかるか、と尋ねれば、わからないと言うから、おれのほうが説教をすることになる。それでは立場が逆だから、男はこちらを理解しようとはしない。ようするに聞く耳を持たない。心に、相手の言葉を受け入れられる耳を持たない者には、なにを言っても無駄だ。それは、お互い様だった。

結局、毎週のように遭っていながら、われわれは互いに独り言を言い合っていたにすぎない。

その教誨師はついに、おれは病気だと、彼の立場では本来言ってはならないことを口にした。さじを投げた格好で、それは敗北宣言とも受け取れたが、ではおれは救われないということかと訊くと、少し考えた後で彼は言った。あなたのような人のために、愚者の楽園というものがあると。それはまた都合のいい物語だと感心する。どうやら最後の審判を待たずしておれはそこへ放り込まれるということらしい。

いま、あの男の顔は、おれを救えなかったことを悲しむと同時に、愚者の楽園のほうがおれには似合いだとして、首をくくられてそちらの世界に追い込めることを喜んでいるのだとも思える。いや、彼は、おれの人生そのものが愚者の楽園だったと、突き放したのだ。宗教教誨師の仕事の放棄に違いない。

もはや教誨師とは言えないその男は、さきほど最後の教誨をおれに垂れた。

『審判を自ら望む者にこそ、平安があるのです。愚者の楽園から出ようとしない者には救いはない。どうか、あなたが真の裁きを受けられますように。イエスよ、われらを憐れみたまえ。私はこの者を愛します、アーメン』

いまは、愛すべく努力します、と言うのが正しい。もうじき、そうした努力はしなくてすむようになる。もしおれが生き続ければ、彼は決しておれを愛するなどとは口にできなかったはずだ。それは嘘になるから。だがおれが死んで、この世からいなくなれば、安心して、愛するると言えるようになるだろう。とくにおれは愚者の楽園という隔離された場に閉じ込められ天国にも地獄にも行かない、行けないわけだから、彼自身が最後の審判を受けた後どこへ行くことになろうとも、おれとはもはや、概念上も、決して交わることはない。これほど彼にとって安心できることはないだろう。愛するという対象がもはや存在しないのだから、その言葉には実がない。なにも言わないことと同じだ。なにを言ってもかまわないということでもある。だから、あんなことが言えるのだ。教誨師として終わっているだろう。

この小部屋は、人としての儀礼を行う最後の場であって、カーテンで仕切られたその先は、もはやどのような宗教儀礼とも無縁だ。刑壇の踏み板が開いてそこから死刑確定者が落下するという、現実あるのみ。それでもこの小部屋の抹香の匂いは、そちらにも漏れ出すのだろう。幻想の名残のように。

抹香の匂いはするが、香は焚かれていなかった。壁の一部が出窓のように引っ込んでいて、おそらく仏教徒向けに仏壇や仏像が置かれる場所なのだろう。ほとんどの刑執行時には仏式に香も焚かれるに違いなく、その匂いがこの部屋に染みついているのだ。いまそこにはイエス・キリストの磔刑像、木製の十字架が収まっている。

「言い残すことはないか」と拘置所長が言った。

時間の流れがものすごく遅く感じられた。あの教誨師が口を閉ざしてすぐのことだろうに。教誨師の最後の教誨の前には、この所長が死刑執行を宣言する書類を読み上げたのだった。それが一時間も前のことのような気がする。

それはどういう書類だと訊くと、所長の隣の、立ち会いの検事という私服の男が、執行指揮書だ、と言った。内容をあらためさせてくれ、本物かどうか確認したいと言うと、失笑を漏らす者はだれもおらず、検事はおれの言葉をまじめに受けて、自分が内容を保証する、と言った。ではおれを殺すためにどんな人間が関わっているのか、いくつものはんこが押されているだろう、その書面でその名を確認したいと言うと、拒否された。理由は、このおれにはそのような、情報開示請求権はない、というものだった。ようするに、死刑執行指揮書が読み上げられた時点で、おれはもう死体扱いなのだと理解できた。

そのときからずっとおれの心臓は破裂しそうにばくばくいっている。もうじき、殺される。なのに、こいつらはなぜ、平然としていられるのだろう？　死ぬのはおれであって、彼らではないからだ。あたりまえのことだが、あたりまえのようには感じられない。

遺書を書きたい、と言う。拘置所長はそのおれの申し出に、露骨に迷惑そうな顔を見せた。いまさら遺書だと、というのだろう。この小部屋に入る前、予備室のような、そうだ、教誨室といったか、そこにまず連れていかれ、遺留品の処分方法を聞かれたとき、遺書を書くならここで書くようにと言われたのだった。立派な仏壇がある部屋で、その仏式を嫌ったわけでもないだろうが、おれ付きのあの教誨師はその部屋にはいなかった。連行してきた刑務官が、仏壇に供《そな》えられた菓子をいくらでも食べていいと言ったが、なにも口にする気にはなれなかった。身体が受けつけない。団子だったか饅頭だったか、なんだったかも覚えていない。遺書を書いてもいい、というのも、そうだった。思考力が飛んでいるようで、意味がよくわからなかった。おれが正常な意識状態を取り戻したのは、この小部屋に入って、あの教誨師の顔を見たときだ。

所長はおそらく却下するつもりだったろう、口を開きかけた。が、言葉を発するより早く検事が、それは許可される、と言った。する、ではなく、される、というのが他人事な感じだが、その一言で所長の態度は変わり、刑務官に命じてデスクと筆記用具を持ってこさせた。命令も実行も素早かった。なにか、執行の時間には厳格な制限があるかのような、それはそのとおりなのだろう、焦りにも似た緊迫した雰囲気の中、おれは簡素なパイプ脚のデスクについて、用意された事務用箋とサインペンで、遺書を書く。書こうとするが、手が震えてなかなか字にならない。手というより全身が細かく震動しているようだ。

——身体《からだ》は正直なものだな。

だれかが、そう言った。教誨師だろう。所長や総務部長や検事や検察事務官や刑務官や医官ら公人は、このような場では私語は挟まないと思われるから。

おれは、その言葉を吐いたのがだれなのか特定できないほど上ずった精神状態だったが、その声というより、言葉は、はっきりと意識に入ってきていた。その言葉の意味は、おれが最期を前にして恐れおののいている、それが身体の震えとなって現れている、ということだ。侮蔑した感じも伴っているから、いままで大言壮語してきたくせに本当のおまえは小心者なのだ、それが証拠に身体の震えをどうにもできないでいるじゃないか、そう言っているのだ。

小心者呼ばわりされるのは心外だが、神仏など幻想だとリアルに感じられる身にとっては、だれも頼りにならないゆえ生きるのに細心にならざるをえない、そのような自分を思えばそのとおりなのだろう、小心と細心は同義だ。身体は正直だというのも、おれ自身が実感していることだった。身体は生き延びるべく全身を非常態勢にしている。遺書を書いている場合かと、震えによって、おれの意識に訴えかけているようだ。

これは武者震いか。サインペンをぐっと握りしめて震えを抑える。これを武器にして立ち回ってみたら勝ち目はあるだろうか？

勝つというのは、この場から逃げられて、自由になることだが、それはどう考えても無理だ。気持ち的には、勝ちは諦めている。元より、この世は不自由だ、さっさとおさらばしたいと思って生きてきたのだ。この世はおれの生きる場ではない、とわかっていた。

ではなにを恐れているのだと自問する。

これまで、あの世を求めて生きてきたということなら、死ぬのは怖くないはずだろう。生きながらあの世へ行けるとでも思っていたのか、自分？　それは、ない。あの世が存在するなども、思ったことはない。ならば、殺されること、か。死ねと強要されていると、なのか。それはあるかもしれない。この場で大立ち回りして、刑務官によってたかって殴り殺されるほうがまましな気がする。それは、殺されるには違いないが、強要された死ではない。偶発的な、いわば事故死だ。刑務官が拳銃を所持しているならそれに撃ち殺されるのもいいかもしれない。死刑執行の方法が絞首刑ではなく銃殺刑だったとしても、偶発的に撃たれて死ぬほうがましだ。

たぶん自分は、すでにそこに用意されている死、それを待つことが、怖いのだろう。遺書を書き終えたら、立たされて、あちら、カーテンの方に向かされ、目隠しをされる。カーテンが開くだろう、歩かされて、止まったところが踏み板の上だろう。首にロープをかけられ、落とされる。だが、まだ、その時ではない。まだだが、やがて、そうなる。もうじきだ。もうじき自分は死ぬ。もうじき、という、それが、怖い。死を待っているのが、怖い。待っている間、残り時間が少なくなるのをどうにもできない、それが、いやだ。いやでも、その時はくる、それを想像することが、怖い。ならば、さっさとケリをつければいいではないかとも思うが、想像しているかぎりは、まだ生きているわけで、この時間を自ら縮めたり放棄する気にはなれない。

どのように自分は死ぬのか。全体重が首にかかって頸椎《けいつい》が折れ、延髄が破壊される。即死だと言われているが、そうやって死んだやつが言っているわけではないから、わかったものではない。激痛に襲われるだろう。短時間かどうかなど関係ない。時間は主観的なものだから、すさまじい痛みに違いないというところが問題で、恐れるところだ。真綿のような柔らかい物で首を絞められて窒息死するのは苦しいだろうが、痛みとしてはさほどではないだろうと想像する。痛みは、苦しさとは違うのだ。むろん、激痛と同時に苦しむという状態はあり得るだろうが、頸椎が破壊されるという激痛には、苦しさなど感じている余裕はないだろう。意識がどの時点でなくなるのかわからないが、血流を完全に断たれても数分は脳は生きているだろうし、頸椎と同時に脊髄が離断されても、手足や胴体は死を回避するために動くだろう。そのとき四肢を拘束されていない状態では、空中を泳ぐような、犬かきのような動作をするという。それは不随意な痙攣とは意味が異なるだろう。意識は消失したとしても、身体の記憶が、首つり状態から脱出するべく、そのような運動をさせるのだ。身体は、自分が死ぬとは思っていない。死というものがわからないのだ。心身の、心を除いた身にとっては、死という概念は存在しない。そういう状態を、おれは子どものころ見たことがある。仔猫だったが。

雌の野良猫が家に出入りしていて、あるとき仔を四匹産んだ。優秀な母猫で、普段見向きもしないパンを台所から失敬して離乳食に仔猫に与えたりしていたが、あるとき、なわばりに侵入してきた別の猫に仔猫の一匹が襲われた。ぎゃっという悲鳴が聞こえて、そちらを見やると、仔猫が襲撃者に首をくわえられていた。あっと思って追い払ったのだったか、こちらの勢いに気圧《けお》されて逃げたのか記憶がさだかでないが、次の場面では仔猫は地面に落とされていて、もう助からないというのが一目でわかった。横たわりながら、右へ、左へ、ぱたんぱたんと向きを変える動きをしているのに頭だけは動かない。首が外れている、と思った。外傷はなく、血も出ていなかったが、頸椎は外れ脊髄も切れていただろう。猫の顎や歯列は、獲物を仕留めるにあたって、そのような方法で即死させるに都合のいい形状をしているという。対象の首をくわえて口を閉じると、てこの原理で相手の頸椎が外れるのだ。無駄のない、効率的な、見事な殺戮だ。仔猫の断末魔の痙攣は、まったく無意味な運動に見えた。子ども心に死の踊りのようで怖かった。だがあれは、立ち上がろうとしていたのだ、そういう動きであって、いわゆる痙攣ではないだろうといまなら思える。逃げろという脳の指令を身体が実行していたのだろう。頸部で神経を断たれたため中止せよという指令がこないから、動けるかぎり動作を続けるのだ……異変を察知して母猫が飛んできたが、仔猫の状態を見ると、匂いを嗅ぐような仕草をしただけだった。そのときの仔猫はもうぐったりしていて脱糞し眼に涙を浮かべていた。母猫はもはやなめたりすることもせず、まったく関心を失ったようだった。まるで、そこに仔猫など存在していない、というように。

それがまさしく死というものだ。猫はそれを完璧に理解している。霊長類はそうではない。我が子の死骸をいつまでも離さないチンパンジーは、死を理解できない。人間も同じだ。死骸はただの生ゴミにすぎないという現実を受け入れようとしない。あの世を創ったりしていつまでも生かそうとする。そんな幻想世界はリアルな場にはどこにもない。あるのは、朽ちていく死骸だけだ。

おれは、もうすぐ死骸になる。しかし死骸にはなりたくない。それ＝死骸は、あきらかに、おれではない。それが、おれにはわかる。おれが死にたくないというのは、死骸にはなりたくないということだ。

どうすれば回避できるだろう。もうじきこの身体が生体機能をすべて失うのは避けがたい現実だ。いま心身はこの危機を乗り切るべく戦闘態勢に入っている。おれには、ロープにぶら下がったまま動きを止めた死骸をリアルに想像することができる。そこ、その死骸の中に自分はいない、それがいまのおれにはわかる。おれは死んでもなお、猫のように、その死を理解していたい。もしも、死んでも自分の死が理解できるなら、おれにとって死は怖いものではないはずだ。

結局おれは、この、おれはおれだと感じている自分さえ存在するならそれでいいと思っている、そういうことではないのか。自分の死骸はもはや自分ではないと、それがわかる自分と環境があれば、それでいいのだ。それは、霊魂か、魂か。あの世か、愚者の楽園か。そんなものは幻想だ。自分で否定してきたことにすがるのか。ばかげている。

自分で自分の死を確認できないこと、つきつめて考えれば、おれが恐れているのは、そういうことなのだ。ここにいる連中は、おれの死骸を確認できる。なのに、もっともおれらしいおれ、当事者であるおれには、それができない。これはどう考えても不公平というものだ。自分の死骸を確認できるなら、死んでもいい。だが、そんなことは、不可能だ。だからおれは、死ねない。

死にたくない、ではない。死ねない、だ。おれにとって死は不可能であるにもかかわらず、死刑執行人らにとっておれの死は、たやすく受け入れられる日常的な常識にすぎない。そんなことが許せるか。怒りがわく。おれはさきほどから、怒っている。激怒のあまり自分が怒っていることを意識できないほどに。

「書き終えたら、ペンを置いて、立つように」

拘置所長が声をかけてきた。まだ書いてないと言おうとして手元を見ると、便箋にはおれの字でもう書き終えられていた。思考や意識の流れが、へんだ。堂堂巡りをしているようでもあり、なにを考えているのか自分でもよくわからなくなっている。血圧が恐ろしく高いのだろう、目の前が暗くなってきた。視野が狭い。その視野から文字列を外さないようにして、読もうとしたが、かなわなかった。思考力の低下のせいだろう、字が読めない。字として見えてはいるのに、だめだ。

二人の刑務官が両脇からおれをかかえて立ち上がらせた。引きはがされるようにデスクから離れたところで股間に生暖かさを感じた。見下ろすとズボンの前に黒い染みがあり、見る間に広がり下に降りていく。同時に尻にねっとりとした圧迫感が生じてパンツの中に充満していくものがある。大小便を失禁していた。以前インド旅行中に激しい下痢に襲われ、就寝中に安ホテルのベッドで水様の大便を無意識のうちに漏らしたことがあったが、小便の失禁は初めてだ。

両脇の刑務官は気がついただろうが、まったく意に介することなく、おれの肩をつかんで執行室のほうへ身体を向けさせ、一歩二歩、押しやるように移動させる。失禁した感触や気持ち悪さなどまったく感じなかった。糞便の臭いが漏れ出しているだろうが、それもおれにはわからない。

ぐいと両腕を取られて、後ろ手に手錠がかけられる。それから頭に白い布が被される、これが目隠しのようだ。思わず、避けるように顔を背けると、教誨師の姿が視界に入った。表情がわかる。薄く唇の端を上げて、あれは笑っているのだ。鼻をつまんで臭いぞと、侮蔑の仕草をしているも同然の、言葉にすれば〈恐怖のあまり大便まで漏らして死んでいくのだ、いいざまだ、おまえはもう死んでいる、いいきみだ〉という嘲笑。

だが、あの男にはわからないのだ。恐怖で失禁するのは敗北の印などではない。脅威に対抗するための身体反応だ。身軽になって戦闘力を高めるべく余計な荷物である糞尿を体外に排出している。死体が脱糞するのとはわけがちがう。正反対だ。死の危険に直面してなお行動しなくてはならないときに発揮される優れた生理機能であって、死刑囚という究極の社会的弱者に限ったことではない。独房で読んだ本の中のエピソードにあった。9・11の際、屈強な消防士たちの多くが、崩壊する危険のあるセンタービル内に飛び込んで救難活動にあたりながら、そのとき大小便を失禁していたことはあまり知られていない、と。事実だろう。この期になっても諦めないおれに、おまえは敬意を払うべきなのだ。おれをせせら笑う資格など、おまえにはない。

愚者の楽園に遊んでいるのは、おまえのほうだ。ほとんどの人間が、そうなのだ。最後の審判の日など絶対にこない。おまえも死んでそれを確かめるがいい。おまえを甦らせる何者も存在しない世界が、おれには見える。おまえの、おまえたちの、目は節穴だ。その目ではリアルな世界は見えない。おれがおまえたちの代わりに見てやったというのに、その礼がこれか。おれはおまえに真実を伝えてきただけだ。神は、いない、と。

頭の後ろで紐が結ばれる。白い布の上両端につけられた紐だ。それで白布が頭に固定され、額から顔へ垂れ下がる。なんという目隠しだ。江戸時代か。死体の顔にかけられる白布を連想させる。

おれは両側から腕をつかまれて、前に出る。刑壇のある執行室を隠していたカーテンは開かれているだろう。足を進めても床に仕切りはないのでいつ執行室に入るのか、もう入っているのかはよくわからない。床は絨毯だ。おれが歩いたところに、失禁して漏れた汚物が筋になってついているかもしれない。掃除の手間を考えれば塩化ビニル張りにでもするべきだろうが、まだ落ちる前の床を汚す死刑確定者はおれくらいのものなのか、それとも、それを承知で、それでもこうすることのメリットがあるのだろう。足音が立たないし、滑って転ぶ心配もない。心理的、身体的な安定を保つにはこれがいいということかもしれない。

たしかに激しい心拍と高い血圧は少し収まったようだ。摺《す》り足にして、絨毯の切れ目を探るように進む。刑壇がどこかわからないままに、いきなり、だまし討ちのように、首にロープを巻かれ、同時に両足を拘束具で締め上げられて、覚悟を決めるまもなく落とされる、というのはいやだ。

「とまれ」

号令がかかった。保安課長だろう。両側からおれの腕をつかんでいた刑務官の束縛が解かれ、おれは一人で立つ。絨毯の切れ目はまったく感じられなかった。だがここは、刑壇の踏み板の中央だ。それが、わかる。

「はじめ」

吊るせ、の号令だ。最期の会話、というものはなかった。

突然、これまでにもまして、おそろしく時間の流れが遅くなるのを意識する。首にゆっくりとロープがかかり、その輪が締められはじめる。同時に、両脚がばたつかないよう、拘束具で固定されてゆく。

そうされている自分が、見えた。見えるのだ、外から。不思議だとは感じなかった。おれは自分が吊るされていく様子を、外の視点から見ていた。白い目隠しを顔に垂らしている男が吊るされていく様子を、ほぼ正面から、見ている。ロープは青い。ビニールのようだ。輪を締めるのは金属製か。内部にラチェット機構があって、締めるほうにはロープを送るが、抜ける方向に引っ張っても動かない。両足の膝のすぐ上を縛り上げるのはプラ製の拘束帯だ。それにも結索器具がついていて細い帯の一方を引っ張るだけで締め上げることができ、抜けることはない。そうした機構的なことも、わかる。感じ取れるのだ。ロープがビニール製なのは、ロープの長さ分を落下して止まった衝撃で首そのものがロープにより切断されてしまう、つまり頭が落ちることを避けるため、衝撃をロープの弾性で吸収させるのに都合がいいからだ。ロープ真上の天井の滑車ユニット内にも衝撃を瞬間的に緩和する機構は組み込まれている。首にかかっているロープをつたって、その機構の内部が触覚的に感じとれる。床は四角い刑壇で、油圧回路によって踏み板の開閉状況が制御される仕組みだ。その配管が床下を走っているのも感じられる。

左右の刑務官が離れていく。それがはっきりと外部視点で見えた。後ろ手錠をかけられたおれ、首にロープをかけられたおれ、両膝を縛られている、おれ。その姿が見える。危機的な状況下では、自分を斜め上方から見下ろすという現象が起きることがあるという。いまが、そうなのだ。これがおれだ、と自分を見ている、おれが、いる。この意識こそ、

〈おれ〉そのものなのだ。それを、なんとか消さないようにしなくてはならない。

おれの斜め後ろから直立不動で『とまれ』『はじめ』と号令をかけてきた保安課長が、いまは無言で、右手を挙げる。

おれの立っている踏み板が、開いた。身体が落下を開始する。その感覚は、なかった。落下していく感じも、後ろ手錠や首のロープや両膝上の拘束帯の感触も、ない。落ちていく自分が〈見える〉だけだ。

おれは悟る。あそこにおれはいない。あの身体は、すでに死骸だ。

1

その知らせは、長らく音を出したことがない固定電話からきた。

そんな機器があったことを忘れていたぼくは、一瞬なんの音かわからず、身体がこわばったくらいだ。手を伸ばせば取れる机上のケータイではない、という事実ははっきりと意識できたが、そのあとが続かなかった。外部からの通信の呼び出しだということはわかるのに、携帯電話ではないとすると、ではなんなのだ、と。それほど久しく固定電話というものとは無縁だった。

机から離れた壁際に電話台がわりにしていたキャスター付きの木製の物入れボックスがある。ボックスの中にはこれまた久しく取り出したことのない結構な量のCDが押し込められている。これらをボックスごと処分すれば生活空間が少しは広がるだろう。音楽そのものはPCに取り込んでいる。固定電話の有線回線はいくらなんでももう解約してもいいだろうからもはや電話機を置く台は必要ないし、と思いつつ、椅子から立って受話器を取った。

聞こえてきた声には覚えがなかったが、どこからかけてきているのかというのは身体感覚でわかった。故郷の方言だった。方言特有の単語というものは出してはおらず、先方は標準語で話しているつもりだろうが、そのイントネーションや雰囲気は、まさしくぼくの出身地、新潟だった。

ふるさとを想う心などというのは、それこそとっくの昔に捨てていたというのに、その声の調子はいやおうなく彼《か》の地にぼくの心を接続した。郷里は捨てられないし、逃げ切ることも叶わないのだと、受話器の向こうの声の主は、ぼくを脅迫しているかのようだった。

『伊郷由史《いさとよしふみ》さんのお身内の方ですね』

電話をかけてきた人間の声は、緊張していたが脅迫的な調子はどこにもなかった。自分が感じた不安は、普段無意識の底に沈んでいたもので、それがこの故郷の言葉につられて浮かび上がってきたのだと、話の内容を聞きながら、ぼくにはわかった。くる日がきたか、という感じだ。

由史の次男の工《たくみ》だと応えた。父になにかありましたか、と訊くしかないだろう、内容に見当はついたとしても。

『実は』と声の主の言葉を聞いて、ぼくは覚悟を決めた。長く帰省していないのだから、実家に関する突然の知らせを受けて心理的な打撃を受けるのは、仕方がない。自分のせいだ。『伊郷由史さまが――』

お亡くなりになりました、とは続かなかった。

『わたくしどもになにも告げずに家を空けられたようなのですが、なにかご存じありませんでしょうか』

拍子抜けするよりも、予想もしていなかった意外な言葉だったので、戸惑いが先に立った。

葬儀社から緊迫した雰囲気で電話がかかってくれば、ふつうは訃報だと思うだろう、他になにがあるというのだ。実家の父が家を空けるとは、どういうことだ？　ぼくは電話口で首をひねった、父親は七十を越えた高齢の身で独居している。認知症を発症して近所を徘徊しているうちに帰れなくなったとでもいうのか。

ホーリーベルという冠婚葬祭会社が、互助会もやっていて、父は自分の葬式用にその会員契約をしていた。そういえば一ヶ月ほど前だったか、互助会員の契約更新をしようと思うので、契約時には葬儀社、つまりその冠婚葬祭会社ホーリーベル葬儀部門の担当者からおまえのところに確認の電話がいくことになるからよろしく頼む、というメールの連絡がきていた。

父の言う、その電話とは、固定電話のことだろう。ぼく自身が、あまり親しくない人間にこちらの連絡電話番号を教えるときにはそうしてくれと頼んでおいたのだった。ぼくとしては、そのような相手とは距離をおきたいので、日常的には使わなくなった固定電話をそちら専用にしていた。留守電機能すらない電話機だ。二年前にファックス付き電話機が壊れて買い直したやつだった。そのとき回線を解約してもよかったのだ。ほとんど不便を感じていなかったから。しかしそれは、非日常の連絡用として機能しているわけだった。こちらからかけることはないが、連絡先電話として銀行や役所などに伝えてあるので、なにかあればかかってくることになっている。そうした機関には第二連絡先としてケータイ番号を登録してあるので、固定電話を鳴らしてもぼくが出なければケータイにかけてくるだろう。

あのメール以降、その確認とやらの、葬儀社からの電話はきていない、と思う。父のメールの内容によれば、『一人暮らしの自分が突然死したような場合、喪主であるおまえのところに葬儀社から連絡が行く手はずになっている』とのことだった。互助会会員契約の更新時に、『おまえの本人確認のための電話がホーリーベルの担当者である小林という職員からいくからよろしくやってくれ、生年月日などを訊かれるはずだ』云云。その確認時には、ぼくのケータイ番号を葬儀社に伝えようと思っていた。ぼくが喪主を実行する事態になったときの連絡先としては、ケータイのほうが確実だからだ。

そういう父とのやりとりがあって、それを思い出すなら、その本人確認の電話がようやくきた、と思ってもよかったところだ。しかし、受話器を取って、先方の声がああでは、そんなことはまったく思いつきもしなかった。本人確認をしたかしないかを問わず、〈本番〉の知らせがきたとしてもおかしくないのだ。もっとも、離れた土地で暮らす肉親の死の第一報を葬儀社から受けるというのは、あまり〈ふつう〉とは言えないかもしれない。それに、行方知れずになった契約者の心配を葬儀社がするというのも、考えてみればすこしへんだった。死体がなくては儲けにならないにしても、父はまだ死んだわけでもないし、死体が消えてしまったわけでもないだろう。

深呼吸をして気分を落ち着かせ、状況を尋ねると、まさにきょうが、その更新する会員契約書類に印鑑を押す約束をした日だったそうで、担当の小林氏が父の家を訪問したところ、留守だったという。

なにしろ高齢者の一人暮らしなので、『万一ということもありますし』と小林氏は言った。なるほど、葬儀社ならずとも生死の確認は重大な関心事に違いない。孤独死を疑ったのだ。

実家は新潟市の西部、大学キャンパスに近い丘陵地にある住宅地だ。日本海が近い。海の方向に行くときも、その反対側の田園方面も、どちらも下り勾配《こうばい》になるので、いちばん高いところなのだろう。昔はなにもない砂地の丘という感じだったらしい。なにもないとは、家が建っていないということだろうが、いまでは想像もつかない。国道に沿って民家が密集している印象がある。国道から一歩入る道は細くて、まるで毛細血管のように住宅地に分け入っていく感じで、その細さからも、ずいぶん古い時代に無計画に開発されてきたことがわかる。

ぼくが育った家はそうした中の一戸建てだが、小さな3LDKの二階建てで、いまや築四十年以上だ。父が勤め上げた、いまは倒産してなくなった造船会社が社員向けに分譲した土地で、一区画はせいぜい五十坪といったところだろう。そこに物置小屋やら駐車場やらがあり、柿やらなんやら若き日の父が手当たり次第に植えた庭木が密集しているので、ただでさえ狭い庭はさらに狭い。母が生きていたころは庭木の心配は母がしていたが、おそらくいまは手入れもあまりされずにうっそうとしているはずだ。父は庭になにかを植えることに関心があるだけで、思いつきでサルスベリなどを買ってくるものの世話まではしなかった。隣家とも近いので陽あたり良好とはいかず、植物たちは光を求めてひょろひょろと伸びるから、雄大さとは反対の、せせこましい雰囲気になる。

小林氏は玄関の呼び鈴を鳴らしても応答がないので、玄関ドアを回したが施錠されていて開かない。万一をおもんばかって、その狭い庭に入り、家の周りを巡りながら内をうかがったそうだ。駐車場にはクルマはなかったが、五、六年前に父は運転免許証を返上してクルマを手放しており、それを小林氏はなんどか訪問していて知っていたという。いずれにせよ約束の日時なので在宅しているはずだった。

見たところだれもおらず、窓もみな施錠されていた。家の北側の隣家との境はブロック塀がそびえていて、狭い。そこを抜けて表に出ると、ちょうど、向かいの家の人間が玄関から出てきたので、伊郷さんは留守のようだがなにか知らないかと訊いた。

向かいの家の人間とはだれなのか、ぼくにはよくわからない。なにしろ、すでに代替わりしているほど年を取った〈新興住宅地〉だ。だれが住んでいるのか定かでない。当初は同じ会社の家族たちが暮らす町内だったものの、いまはぼくのような子ども世代が相続して、住むことなく手放したりしているから、知らない人間が移り住んできていて、昔の面影はもはやない。

いずれにしても、その向かいの家の人間が、父が出かけるところを見かけたそうだ。挨拶を交わしたわけではなく、国道のほうへ行く後ろ姿を見ただけだが、間違いないという。『背広を着て、黒いバッグを提げていたそうで、お勤めにいくところのようだった、そうです』

再就職したとは聞いていない。そもそも、もうそういう年でもない。だがその格好は、ちょっと遊びに行く、というものではない。親戚かなにかの葬式か。ぼくはほとんど無意識にそう言っていたが、小林氏もそう思ったらしい。冠婚葬祭の、目出度《めでた》いほうはあらかじめ日取りは決まっているものだが、葬儀はいつあるかわからない。急に出かけることになる。そういうことなのかと、ぼくに電話してきたのだ。

父からは出かけるとは聞いていないと答えて、父のケータイにかけて本人に聞けばいいのだと思いつき、そうしてみると言うと、もうやったという。

『電源を切られているようで、連絡がつかないのです』

それこそ、固定電話にも携帯電話にもかけてみたとのことだ。ぼくも小林氏に電話口で待ってもらってケータイで父を呼んでみたが、言われたとおり、つながらないという、そっけない機械音声の応答を聞くだけだった。

『きちんとされているお方なので約束を忘れるはずはないし、無断で約束を破るというのもおかしい、もしかしたら、向かいの人間が見たというのは別人かもしれません。ですので——』と、そう小林氏は言って、口ごもった。

言いたいことは、わかった。小林氏の言うとおり、父は妙に律儀なところがあって、計画したらそのとおりに物事を進めないと気が済まない人間だった。他人にも厳しいが、自らもきちんとしていて、やることはやる。定年退職後さほど着る機会のなかったであろう背広を着てどこに行ったかは知らないが、急用だったとしても着替える時間があるのだから、葬儀社にことわりの電話の一本もかけずに出かけるなどというのは普段の父からは考えられない。その背広の人間は別人かもしれないという小林氏の疑いは突飛なものではない。背広を着た人間が実家の玄関から出てきたのだとしても、父ではない可能性はある。

わかりました、とぼくは応えた。きょうこれから実家に帰って、室内を見てみます、と。小林氏の手を煩《わずら》わせてまでいますぐに内部を確認することもないだろう。最悪の事態ならばもう手遅れだ。

だが、ケータイが〈切られているか電波の届かないところにいる〉という状態なのだから、父はケータイを操作できるわけで、外出しているのだろう。室内でケータイの電池がなくなっていることも考えられるが、律儀な性格ゆえ家ではつねにフル充電しているだろうし、電源を切る必要もそこではない。

父がどこに行ったのかわからないのは心配ではあるけれど、まずは、家にはいない、というのを確かめるのが先決だろう。小林氏が懸念するように、もしも孤独死しているなら早めの処置が必要だ。それこそ小林氏が心配するところだろう、先延ばしにすれば遺体がいたむ。やはり、きょう、これから行かねばなるまい。

小林氏の携帯電話の番号を聞き、こちらの番号も伝えて、実家の内部を確認したら連絡を入れることにし、無駄足を運ばせたことを父に代わって詫び、こちらに連絡をもらったことに対して感謝の意を伝えて、受話器を置いた。

こういうときは、勤め人ではない作家稼業は時間の自由が利いていいのだろうが、それほど売れてないにしても食っていけるだけの締め切りは抱えているし、それとは関係なく、出かけるのは気が重い。気軽に腰を上げるということができない。

原因は離婚にある。四十を越えてからの離婚は予想以上に心身にこたえていて、いまだに世の中の出来事に対処するのがおっくうだ。書くことだけは続けていられるので、続けられることだけをしていたかった。もっとも、それは今に始まったことではなくて、書くことだけにしか関心がなかったから、家族を失ったのだろう。家族といっても子はなかったので、妻と三匹の猫だったが。

それがファックス付き電話機が壊れる半年ほど前のことで、正確には壊れたのではなくて、ぼくが壊したのだ。独りになってせいせいしたと思ったら、なにかそれを否定する喪失感と怒りがこみ上げてきて、目に付いたそれを持ち上げて壁にたたきつけていた。掛け時計に当たって、それも落ちて壊れた。もとより人付き合いは苦手だし、出不精だったが、それがますますひどくなっていた。

もし母親が生きていたら新潟に帰ってこいと言っただろうが、すでにいなかった。九年前に病死した。母のいない実家やふるさとというのは、もはや現実には存在しないも同然だった。若いぼくは父親と顔を合わせるのがいやで、中学を卒業したら家からは通えない学校に行くと決心していて、それを叶えたのだ。一気に県を超えて長野高専へと進学した。

父親からはなぜ大学進学コースを選択しないのだ、将来かならず後悔するぞと忠告されたが、当時は脅迫に感じたものだ。妻とは長野高専の学園祭で知り合ったのだが、それはそれ、母が生きていたとしても、新潟の実家に出戻りすることはしなかっただろう。

昔からの担当の女編集者が気分の落ち込みようを心配してくれて、精神科を受診するよう強く勧めてくれたのだった。鬱と診断されて服薬を開始して三年経った。おかげで安定していたが、いまの電話で悪化するのではないかと急に心配になり、実家へ行くか精神科を受診するか、どっちだろうと自問してみた。

やはり、父親が気になる。父の心配ができるのだから、かかり付けの精神科医に相談しにいく必要はないだろう。

編集者に向けて簡単な文面で事情を伝えるメールを書いて送信し、支度をする。

父が死んだら次男であるぼくが喪主になる、というのは、双子の兄弟である兄、長男がいないからだ。ぼくの兄は、生後三ヶ月で亡くなったという。乳幼児突然死症候群だったようだ。

父親がおかしな名前を付けるから、突然死という不幸を招くことになったのだ。母親はぼくに一度だけ、そう言って嘆いたことがある。

日帰りはできないだろうから、三泊分の着替えなどを年代物のスポーツバッグにつめ、それを最近中古で手に入れた三代目のマツダロードスターのトランクに放り込む。実家の鍵がキーケースに収まっているのを確認し、商売道具のPCは助手席に置く。家族持ちのときは五人乗りセダンを使っていたが、いまは二座あれば十分だ。

エンジンをかけ、シートヒーターを入れ、屋根は閉めたまま、ロードスターを出す。出してから、雪が降らなければいいがと、降雪の心配をしなければならない方面に向かうことをあらためて意識した。ここ松本周辺は太平洋型気候で冬は晴れるのが普通だ。対して新潟の冬空はいつも一面雲に覆われている印象がある。海に近い実家は降雪量はたいしたことはない。問題は県境だ。そんな心配は久しくしたことがなかった。

しかしいつかは喪主の役をやることになるだろう、それが冬でなければいいがと無意識には思っていたような気がする。意識的には、自分のほうが早く死ぬだろうと最近は思っていた。結局、父の葬儀の責任者になるのがいやなのだ、それは自分の役割ではないから——そういうことなのだろうと、運転しながら、思いついた。それは長男の役目だろう。次男の自分がやることではない。なぜ早死にしてしまったのだと、恨めしい想いがわき起こって、例の母親の嘆きの言葉を思い出す。

たしかに父親の趣味はへんだった。名付けのセンスというか。ぼくの名前は、工業の工で、タクミだ。そして長男の名も、同じ音のタクミなのだ。ただし、表記はもちろん異なる。ぼくの双子の兄は、文という。文と書いて、タクミ。通常の〈文〉の読み方にはないだろう。強引にそう読ませる神経も理解に苦しむところだ。

同じ読みの名が重なるから、重なりを解消するために一方が消えたのだ。超自然的な力のせいで、言葉というものの霊的な作用によって。母親が言いたいこと、嘆きは、そういうことだった。折に触れては長男の突然死の原因をそれにかこつけて嘆き悲しんでいただろうが、ぼくにそれを見せたのは一度きりだ。たぶん母は、そんなネーミングに反対しなかった自分を悔やんでいたに違いない。だがそれをぼくには見せたくなかったのだろう。ぼくに悔やんでみせれば、子どものぼくはその影響を受けて、ぼくも、悔やむだろう。自分の名を〈悔やむ〉ことになるのを母親は恐れ、ぼくを気遣ったのだ。

だが、この年になって初めて、ぼくは気がついた。母親の理屈なら消されるのはぼくのほうでもかまわなかったということではないか、ということに。母は、ぼくがそれで傷つくことを恐れて二度と口にしなかったのではなかろうか。いや、たぶんぼくは、気がついていたと思う。父をきらった、それが、本当の理由、無意識野に沈んでいる根本原因な気がする。

父より先に死にたくない。はっきりとそう自覚し、なるべくはやくその願いが実現してほしいと思っている自分にも気づいた。

ようするにぼくは、いま帰る実家で、孤独死している父を発見することを、期待しているのだ。

いや、父親の死を願っているというよりも、ぼくは心の中で父親を殺している、というほうが正確だろう。渋滞のせいだ。松本インターから高速道に乗るつもりが、その手前の交差点から先になかなか進めない。

太陽がまぶしかったからだ、それが殺人の動機だというのはカミュの小説だが、あれはぜんぜん不条理でもなんでもない。人間の感情や思考は自分の脳神経や身体を含む周囲の環境、その土地の雰囲気、気圧や気温や湿気、他人の思惑や感情や、自分が置かれた立場や政治状況や、その他ありとあらゆる〈自分と自分を取り囲むもの〉によって形作られているのであって、その主体は〈自我〉ではない。人間の行為は、自分では意識できないそうした要素の集合体の〈動き〉に制御支配されているのだ、ということを文学的に表現しているにすぎない。表現されてしまえば、表現者が感じていた不条理さは言語化によって消滅する。それが作家の仕事だ。カミュは書いて不条理を解消したのであり、そうしたものを読んでなお人間存在は不条理だと言うのはリテラシーのなさの露呈だろう。自我は環境から独立して存在しうるという誤謬《ごびゅう》が、不条理を生むのだ。渋滞という環境条件が心の中の父親を殺すことなど、まったく自然なことだ。ありふれている。

これが楽しみのためのドライブならば、ロードスターの屋根を開けて、高速道路は使わず、景色がよくて交通量も少ない一般道をのんびりと行くところだ。ガソリンエンジンを高回転まで使い切る面白さを味わえる峠道が途中にあればなおいい。ようやく松本インターから高速道に上がり本線に合流するためにアクセルを床まで踏み込んで、そう思った。

それから、マニュアルシフトのギアをトップに入れて巡航し始めると、どうせ行かなくてはならないのなら、このまま流していくだけでは退屈だ、暇だとまたよからぬことを考えそうだし、それほど急いで行くこともないのだから少しはドライブらしい楽しみを味わってもよかろう、といった言い訳めいた思いが頭をもたげてきて、次の安曇野インターで降りてまだ全線開通はしていない高規格道路を白馬に向けて北上し糸魚川からまた高速に乗るのもいいなどと、寄り道することを具体的に考え始めている。

早い話、行きたくないのだ。心の中で父親を殺し、自分の手を汚すことなくそうなればいいと期待しつつも、実際に父の死を確認するのは気が重い。なにかを決断したり責任を引き受けなければならないといった事態を少しでも先延ばしにしたいという、なんとも優柔不断な心理状態だ。

安曇野インターが近づいてきても迷いは消えていなくて、降りようと思いつつ、無意識のうちに腕は反対側にハンドルを動かしていたらしく、追い越し車線側にふらりとよったところへ背後から鋭い警笛をあびせられて肝を冷やした。ドアミラーで視認するより早くBMWがすばらしい速度で追い抜いていく。このロードスターには背後からの接近車両を知らせてくれるといった安全運転支援機能はついていない。これを手に入れる前は、ウィンカーを出さずに白線をまたごうとすればハンドルを震動させて警告してくれたりする運転支援装置付きの自動車に慣れきっていた。このクルマはいま自分が動かしているのだということをあらためて思い知らされる。

先を行くBMWを追走しようとしてシフトダウンしたものの、素早い左腕の動作に右手もつられて、ハンドルをわずかに動かしてしまい、遊びの少ないシビアなハンドルゆえ、クルマがぴっと向きを変えようとするのを意識的に抑え、微修正していて、これが運転することだと思うと同時に、そんなに速く走ってどうする、という思いもわく。トップギアに戻して気分を鎮め、小さくなっていく相手を見送る。

淡淡と走らせればロードスターの直進性は悪くなくて、リラックスできる。姨捨山の一本松峠を貫く長いトンネルを抜ければ善光寺平を一望する名所だ。ここはもう新潟と同じ日本海側の気候で、この山一つを隔ててまったく違う風土に変わる。冬は積雪の心配がついて回る土地だ。ナビでは先行きの降雪警報は出ていなかった。妙高あたりは雪のせいで閉鎖もあって大変だが、これなら大丈夫だ。

実際、大丈夫だった。難所を越えた気分で安心すると、また、このまま到着したくないという思いが再浮上してきて、今度は迷わずに途中で高速を降りる。西山インターだ。がら空きの、かつての宰相の地元の、無駄に高規格の道路をしばらく走ったところでまたそれて、日本海に出る。あとはずっと海岸沿いに北上する。海は鉛色だ。波は高くない。曇り空で佐渡の島影は見えないもののイメージではあのへんだとわかる。帰ってきた、と思う。郷愁はないのだが。ふるさとという土地は、この自分をついに受け入れることはなかった、という思いが強い。

そういえば『堕落論』を書いた作家の坂口安吾が旧新潟市の出身だ。本籍は新津市だったそうだが、新津市は現新潟市に吸収されて消滅した。いま新潟市というのがどういう形をしているのか、現市政がなにを目指しているのか、いまやよそ者になったぼくには、鵺《ぬえ》のごとく得体のしれない相手になっている。安吾は『ふるさとは語ることなし』と言ったのだが、その気持ちがぼくにはよくわかる。

たしかに自分は新潟で生まれ育ったが、生んでくれとも育ててくれとも願った覚えはなく、事実、自分を生んだのは母親であって新潟ではないし育ててくれたわけでもない。ぼくになにを言わせたいのだ？　愛していますとでも言ってほしいのか？　無条件に恩義を感じるのが当然だとでも？　いやらしい。語ることなどあるはずもない。

そう言われたほうは価値を否定され小馬鹿にされたわけだから怒るところだろうに、なにを考えてのことか新潟はこの文言を石碑にして建てている。安吾はどうだったか知らないが、ぼくの故郷へのこの鬱屈した思いは、そのまま父親へのものだろう。愛してほしかったのに愛されなかった、という。安吾にとってその対象は、母親だったようだ。かまってほしい年頃に母親から愛された記憶がないと言っている。おそらくその気持ちが、ふるさとという土地に投影されたのだ。

寺泊で遅い昼食をとった。市場通りの鮮魚店の二階にある大衆食堂で、番屋汁定食をゆっくり味わう。新鮮な海産物料理は久しぶりで、寄り道をしたかいがあるというものだ。あとは、角田浜、越前浜と続くこの海岸ぞいの道を行けば、『語ることとなし』の石碑がある寄居浜までまっすぐだ。海岸公園があり、いまもあるのかどうか知らない水族館や、それから市民プールがあった。子どものころそのスイミングスクールに通わされたのを思い出した。いやだった。思い出したくもないことが故郷には多すぎる。いまは、その石碑のある海岸まで行くことはない、実家はそれより手前だ。大学に近い古くからの住宅地だ。大学のほうがずっとあとになってからやってきた。海岸道路からその大学キャンパスへと折れる道筋はいくつもあるが、比較的広い道を選ぶと、そこからあとは、実家のある町内に通じる路地に入って、道なりに行くだけだ。

しかし、ロードスターはこんなに大きなクルマだったろうかと戸惑うほど、久しぶりに通る道は狭かった。座席が低いため目線も低く、車幅が意外と気になる。実家のある区画の道はさらに狭くて四メートルもない。両側に蓋のない側溝、新潟弁でいえばエンゾがあるので実質幅はさらに削られる。クルマがすれ違うことはできない。行き止まりになっていて一般のクルマは入ってこないためそれは問題ではないが、車庫に入れるのに苦労する。ハンドルの切れるロードスターでもなんどか切り返さなくてはならなかった。

短い日はもう暮れていて、街灯が点灯している。実家に明かりはなかった。向かいの家は見慣れない、建て替えられたものだ。両隣は以前のままだったが、いずれも住人が代わっているのかどうか、新しくこの町内によそから入ってきた人たちなのかといったことは挨拶にいかないとわからない。とにかく、家の中を見てみるのが先決だ。

車内でキーケースから実家の鍵を選《え》り出し、それとケータイだけを持って降りる。闇はまだ濃くないのでキーを鍵穴に差し込むのに面倒はなく、玄関ロックはなんなく解けた。どことなく後ろめたい気分は、だまって侵入しようとしているからだと気づき、ドアホンを鳴らしてみる。三、四秒待っても応答はなく、あらためてドアノブを回して玄関内に入った。

「ただいま」と声を出すが応答はない。

人の気配はなかったが、予感したような、すえたような臭い、というものもなかった。照明をつけてみても、すさんで荒れた印象はどこにもない。考えてみれば当然で、父親は、何ヶ月も前に行方知れずになったわけではないのだ。きょう会う約束だった小林氏に会うことなく、ほんの半日前に家を出た、らしいのだ。もしかしたら心配するほどのことではなくて、理由がわかってみればいまの自分の行動や心理状態が馬鹿のように思えてくるのかもしれない。

まずはトイレから見てみることにして、次は風呂だと思いつつ、あるいはこの事態は、長年帰ってこない息子に業を煮やした父親が、小林氏と結託して一芝居うったのではないかといった、突拍子もない解釈が頭に浮かんだ。こんな考えは、父親は殺害されたのかもしれない、向かいの人間が見たという父親の後ろ姿というのは殺害犯人だったのだ、というものより現実味がないことは、わかっている。父親の性格にはそんなことが考えられるような柔軟さやおもしろみはない。律儀で融通が利かない、まじめ一方の人だ。

風呂やダイニングキッチン、居間にも異常はなかった。キッチンのガスレンジには蓋の閉まった鍋があったが、中はきれいだった。年老いた身にはＩＨヒーターの方がなにかと安全だろう、父に勧めたいところだが、二階の寝室、ぼくが寝起きしていた子ども部屋にも父の姿はない。元自分の部屋だったそこはいまや物置と化している。すぎさった時間に思いをはせて感傷に浸るためには、もう一室、確認しなくてはならない。

また一階におりて、玄関脇の、客間として使っていた六畳の和室を見てみる。和室はそこだけだ。父は、自分の母親を呼び寄せてその部屋に住まわせるべく、この家を建てたようだ。が、結局ぼくは祖母といっしょに暮らすことはなかった。大人の事情というものがいろいろあったのだろう。

ふすまを開けると、線香の匂いがした。これは意外だった。なぜ線香なんだと不思議に思うより早く、かつてこの家にはなかった物が奥に鎮座しているのが目に入ってきた。

仏壇だ。さほど大きくはなく、手の込んだ立派な作りでもないが、これはだれがどう見ても仏壇以外のなにか、ではない。扉が開いていて、香炉がある。いつから仏教徒になったのか。両親は教会で知り合ったそうだが、母親は洗礼は受けていないそうだ。本人がそう言っていた。父のことは知らない。洗礼名があるかどうかなど、言ったこともなければ、尋ねたこともない。ぼくが生まれてからは宗教活動とは無縁なのはたしかだ。母の葬式も無宗教の家族葬でやった。だから仏壇には位牌はなかった。だが、遺影らしき小さな写真があった。置き場所が置き場所なので特別な物なのだろうと思うのだが、さほど大きくはなく葉書サイズほどで、写真立ても仰仰しいものではない。白黒でもなければセピアがかってもいなくて、わりあい最近のスナップ写真に見える。

近づいて目をこらせば、遺影ではなさそうだ。なんとも不思議な写真だった。これはどうみても、ぼく自身の、いまか、少し若いときを撮したものだろう。しかし覚えがない。

香炉の向こう側にその写真があり、わきに線香の箱とライターも置いてある。どうやら父は毎日この写真に向けて線香を立てているのだ。陰ながらぼくの無事を祈っているということだろうか。そんなことをする人ではないと思っていたが。そもそも、写真の人物は、ほんとうにぼくだろうか。しかしぼくでなければ、だれだというのだ。

わけがわからないが、それを詮索するより、とにかくいまは父の不在を間違いないこととして確認するのが先だ。各部屋と同じく押し入れも開けて、見てみる。客用布団に座布団、脚をたたまれた座卓、衣装ケースや段ボール箱。人が入る余地はない。庭に出て周りを一周し、スチール製の物置の中も調べてみる。扉には鍵がかかっていたが、キッチンの引き出しに物置の鍵なども入れておくのがこの家の決まりになっていて、それは律儀に守られていたので困ることはなかった。もし物置にいるなら、だれかに入れられたことになるわけだが、異常なしだ。

父親はこの家にはいない。小林氏のケータイに連絡する。心配してもらったことへの感謝の意を伝え、父と連絡がついたらまた電話すると伝えると、ねぎらいの言葉と、契約更新もよろしくという答えが返ってきて、小林氏の件はいちおう始末がつく。

思いついて、父のケータイにまたかけてみるが、やはり電源が入っていないようだった。ことの詳細は、自分で調べないといけないらしい。

居間にはかつてステレオと称したセット、大きなスピーカーやアンプなどがあったのだが、それらはずいぶん前に処分されて、その空いた場所に書斎スペースを父は確保していた。そのデスクの上にモニタを開いたままのノートPCがある。スリープ状態で画面は暗い。調べればなにかわかるかもしれないが、父のプライベートをのぞくのは気が引ける。どのみちロックがかかっているだろう、簡単にはログインできまい。夜になればひょっこり帰ってくるかもしれないのだし、クルマから荷物を下ろしがてら、お向かいさんや町会長になにか知らないか尋ねてこようと思う。

向かいの住人はぼくには未知の、新しくこの町内に住み着いた一家だった。中年の女が出てきて言うには、現町会長がだれなのかよくわからない、町会費は払っているが町会には入っていないという。金は払うが集まりには顔を出さないということだろう。さすがにそれは非常識だろうと思うが、最近はめずらしくもないのかもしれない。父のことを訊くために話していると、どうやらこの家を新しく建てた人間は別にいて、その建て主から借りているようだ。ここに根を下ろして生きていくつもりはなさそうで、町会に入らないというのもそれでなんとか納得がいく。引っ越してきたのは一昨年というから、父を見間違えることはまずないだろう。きょうの朝早く、七時前に、背広を着た父が国道のほうへ歩いていったという。小林氏の言ったとおりだ。顔を合わせれば時候の挨拶くらいはしていたようだが、それだけの関係だろう、父親が老人会かなにかに参加していて出かけることがよくあったのかどうかとか、そういったことは、なにも知らないようだった。息子なのに知らないのかと逆に問われて、情けないがそのとおりだと答え、話を切り上げて、迷惑をかけたことを詫びて辞した。礼は言わないままだったが、向こうも父やこちらを気にかけるようなことはいっさい口にしなかった。

父親は孤独死しているかもしれず、それを家のどこかで見つけるかもしれない――そういう非日常感覚のまま訪ねたことを後悔した。ここは手土産を持って日頃の無沙汰の埋め合わせの挨拶がてら情報を収集しなくてはならないところだった。夕食前という時間帯もよくない。気分が落ち込んだので両隣には行かず、クルマから荷物を出して家に戻った。

疲労をおぼえた。徒労感というべきか。緊張が少し緩んだのか、先がよく見えないという漠然とした不安を意識する。緊張しているほうがましな気がした。

身体が冷えている。居間の暖房機は見慣れないユニットで、ガス冷暖房機だった。元栓は閉まっていた。開にして、メインスイッチを入れる。設定はいじらずに作動させることにした。キッチンで薬缶をさがして湯を沸かす。電気ポットはなかった。コーヒーが飲みたかったが豆もインスタントも見当たらないので緑茶にした。食卓に落ち着いて、自分のPCを開いた。見慣れない無線LANがいくつか検知される。父が使っているものだろう。無線ルーターが居間かどこかにあるはずだ。こちらは自前の携帯電話回線経由でネットに接続して、メールチェックをした。編集者からのメールはなく、ネット通販のダイレクトメールばかりで、父親からのメールもない。

そういえば父はケータイメールのアカウントも持っているはずだが、知らされていない。常用していないのかもしれない。ぼくは常用していないのでこちらのケータイメールのアドレスは伝えていない。お互い様ということか。

とにかく音声連絡がつかないのなら、あとはメールしかない。いま実家に来ていることを知らせる文面を書く。父はもしかしたら、このアカウントの受信メールをケータイへ転送するような設定をしているかもしれないし、端末をケータイからスマホに替えているかもしれない。ケータイメールはプッシュ式だから、サーバーにメールが届けば自動的に端末へと送られるが、どちらにしても端末がメールを受け取れば、電話と同じように呼び出し音がするのだから、着信すればわかる。だがそれも携帯端末の電源が常時入っていればの話であって、切られているいまは、なんの意味もないだろう。能動的に相手を呼びだす手段がない、ということだ。

　わけがわからないまま、相手が気がついてくれるのを待つしかないわけで、こういう状況は、なかなか辛い。茶をそこそこに、飲み残して腰を上げ、居間にいく。寝たきりの母を介護していたときのソファベッドは処分したのだろう、広くなった洋間には一人用の電動マッサージチェアがあるだけだ。それで疲れをほぐすのもいいが、やはり父のPCに目がいく。それを立ち上げてせめて自分のメールが届いているかどうかだけでも確かめたい衝動にかられたものの、それよりも簡単かつ道義的にも心理的にもさほど重くないことを思いついた。

　郵便物類を見てみることにする。私信の内容まで踏み込むつもりはない。どこのだれからきているかを見るだけだ。出身大学の同期会の案内といったものがあるかもしれない。

　しかし状差しが見当たらない。郵便物などめったにこないのか。デスク脇にプラ製のゴミ箱があって、中を何気なく見やると空ではない。封筒のようなものも目についた。引き寄せてのぞきこめば、ダイレクトメールが何種類も破って捨ててある。期限の切れたクーポン券とかスーパーマーケットのレシートとか。

　しかし考えてみれば、きょう急いで出かけることになる、その手がかりになるような郵便物がゴミとして捨てられている可能性は低い。きょう出かけるべき案内状などが届いているなら、小林氏と会う約束はあらかじめずらしていたはずだ。父が家を急に空けて連絡もいま取れない、というこの状況の手がかりは、郵便物を調べたところでわかりそうにない。固定電話の留守電のほうが調べる価値がありそうだと思いつき、ゴミ箱をあさる手を止めた、と、その底に、法務省検察、とだけ印字が読み取れる封筒の切れ端が目にとまる。差出人だろう、公的書類を郵送するときに使われる、そうした封筒に違いない。しかし税務署や市役所ならわかるが、法務省検察、とはなんだろう。検察庁広報誌の原稿の依頼でもあるまい、父は作家ではないし、検察や裁判とは無縁に生きてきた人だ。

見たところ切れ端だけで、中に入っていたであろう文書類は見当たらない。ゴミ箱の中味をもっとよく調べてみようとしたときだった、玄関ドアが開く音がした。

壁を見上げて掛け時計を見ると、もう十一時過ぎだ。今日中に帰ってきたわけだなと思い、ゴミ箱を元の位置に戻しながら、息子が帰ってきていることに対してどんな表情をするだろうかと、こちらは硬い表情で、待った。父からは、こちらの心配などおかまいなしで『なんでおまえがいるのだ』と言われそうだ。それに対して、しなくてもいい弁明をしそうな自分が情けない。いまだ強い父に支配される子どもだ。

居間に現れた父と顔を合わせて、ぼくの表情はどうなったか。自分ではわからない。ただ、蒼白になっただろう、という想像はつく。血の気が引いている。父ではなかったからだ。まったく知らない人物が、まったく遠慮のない態度で、そこにいた。これはほとんど押し込み強盗だ。

2

だれだ、と問う声が重なっている。

「おまえはだれだ」と先方も言った。「どうしてここにいる」

こちらはたぶんおびえた調子の声だったろうが、先方は詰問調だった。完全に相手のほうが主導権を握っている。この見知らぬ男は、ようするに、『この家に上がる正当性を持っているのは自分であっておまえではない』、と言っているのだ。

「ぼくは」と言ってやる。「この家に帰省した息子だ。きみのほうこそ、だれだ」

「息子、だ?」

男はそう言って、黙った。驚きのあまり、言葉がつげない、絶句した、という感じだ。こちらも得体の知れない事態に遭遇したという恐怖がすこし薄れて、驚きの感覚がわく。居間に現れた男は間違いなくぼくの知らない人物だったが、しかし顔はそうではない。鏡で見慣れた顔、つまり自分にそっくりなのだ。

「生きていたのか」と男は言った。

仏壇のあの写真の人物だろう。そうに違いない。そっくりなのは、双子だからだ。なにも不思議なところはない。生きているならば。生後三ヶ月で死んだのではないのか。生きていたのか、はこちらのセリフだ。

「タクミか」とぼくは言う。「きみもタクミだな？」

「きみも、ということは、おまえはタクミということだな」

「あなたは」口調を改めて訊く。「タクミではない、というのか」

「工業の工と書いて、タクミだ。おまえは、文章の文と書いて、タクミだろう」

なにを言っているのだ、反対だ。ぼくが、工だ。この男は、文のほうに違いないというのに、まったくおかしなことを言う。

「違う」とぼくは、警戒心をあらわに、訂正してやる。「工業の工のタクミは、こちらだ。あなたは生後すぐに亡くなったという、ぼくの兄の、タクミだろう。文章の文と書くタクミは、あなたのほうだ。そうではないというのなら、あなたは、ぼくによく似た他人だ。だれだ。なにをしにここにきた」

「ちょっとまて」

男は居間の入り口で立ち尽くしたまま、目をぼくからそらし、室内を検分するように、ここは自分の目的の家だと確認するかのように、視線を動かして、それからまたぼくの顔を見つめ、言った。

「では、オリジナルの文《タクミ》は、やはり死んで、この世にはいないのだな。それは間違いないのだろう。しかしオリジナルに兄弟がいたとはな。知らなかったよ。しかも表記もまったく同じ名の兄弟とはな。おれはオリジナルの名ではなく、おまえの名をコピーされたんだ。そういうことになる」

「話が見えない。なにを言っているのか、理解できない。なにをわけのわからないことを言っているんだ」

「おまえはほんとうに、伊郷由史の息子なんだな？」

「顔を見ればわかるだろう。顔を似せて整形しているとでもいうのか。あなたのほうが、まさにそうじゃないのか。だが、そんなことをやる、どんな意味があるのか、わからない。そうまでしてこの家に入り込む、そんな価値が、ここにあるとでもいうのか。いいや、あるはずがない」

「おれのことを、まったく聞かされていないのか」

「だれから」

「親からだ、決まっているだろう」

「あんた、だれだ」

「聞かされていないんだな。おれも、同様だ。オリジナルに兄弟がいたとは、いまのいままで知らなかった。おまえがおれのことを知らなくても、無理はないということか。しかし、なんで、同じ字の工《タクミ》なんだ。信じられない。おまえは工ではない、偽物だろうという気がする。それもご同様というわけだ」

　親の葬式の席で、親戚の人間から、実は故人には隠し子があって、とか、実の兄弟だと疑いもせずにいっしょに育った相手が腹違いだったと知らされる、そういうことがあるとは、母親から聞いたことがある。いや、この男の話ではない、母の兄は実は母親が違うのだが、それを知ったのは父親の葬式の時だった、という。

　この男が言っている、その内容は、しかし隠し子といった関係とは違う気がする。オリジナルとかコピーという単語から連想されるのは、クローンだ。

「きみは」と訊く。「文と書くタクミの、クローンなのか」

「そう聞いている」

「だれから」

「養父からだ」

「実の親に会ったことは」

「ない」

「では、ここには、生みの親に会いにきた、初めて、ということになるわけだな。そうなのか？　伊郷由史に会いにきたのか」

「たぶん、な」

ているんだ」

「たぶん？　自分がなにをしにきたのかわからないってことはないだろう。なにをとぼけ
「入ってもいいか」

ぼくと同じ工と書くタクミが、急に疲労の色をみせて、そう言った。無言でうなずくと、その男タクミは、ふらりとした動きで居間に足を踏み入れて、また言った。

「なにか食べさせてくれ。ビールがあればなおいい。朝からなにも食べていないんだ」

灰色の背広にネクタイのないワイシャツ姿だった。背広はくたびれていて、しかもぺらぺらの夏物に見えた。玄関から上がってきてすぐに姿を現したので、外套は着ていなかったのではなかろうか。空腹のうえに、これでは寒いだろうと同情心が芽生える。言っていることを信じるならば、この男は血を分けた兄弟なのだ。クローンというのはどうだか、人のクローンが実在するなどというのは眉唾物《まゆつばもの》だが、もしそうだとしても、ぼくは双子として生まれたと思っていたが実は三つ子だった、という、それとたいした違いはないと思える。一卵性双生児は自然状態のクローンだ、などといえば専門家は素人考えだと馬鹿にするかもしれないが。しかしそうだとすると、どちらがオリジナルなのだろう。産み落とされる順番は、むろんそういう議論とは関係ない。オリジナルとコピーの区別がつけられないのなら、一卵性の双子や三つ子は、いわゆるクローンとは言えないだろう。なるほど、そういう理屈かと、一人で納得している。この男がもし本当にぼくの兄のクローンなら、

兄弟とは言えない。

「そちらで、なにか食べながら話そう。いろいろ聞きたいし」

PCのデスクから離れて、ダイニングキッチンに案内する。タクミという男は黙ってついてきた。食卓は四人がゆったりと落ち着ける大きさだ。しかし以前はしっかりとした作りの木製だったが、いまは安物で、椅子も二脚しかない。ここは母が一日の大半を過ごす場だったが、父はここではあまり時間を使わないのだろう。

男は腰を下ろすことなく、まず流しの水道栓をあけてガラスコップに水を汲み、一息に飲み干した。

「てっかんビールだ」

タクミがそう言うのを聞きながら冷蔵庫内を見てみたが、ビールは見つからない。てっかんビールとはなんだと訊くと、鉄管ビール、渇きをいやすために飲む水道の水のことだという。そういえば昔、父親がそんな言葉を使っていたような覚えがある。祖父だったかもしれない。

「あなたの養父母は、きっと年配者だったのだろうな」

タクミはそれにはこたえず、ふうと息をついて、カップ麺でもいい、と言う。

「なにか食べさせてくれ」

「飲まず食わず、か。ホームレスでもやっていたのか？」

「やっていたのか、とは無礼な言い方だな。やるものなのか、それ」

「仕事も失い、帰る家も失い、寒さと空腹に耐えかねて、生みの親を頼ってきた、そんなふうに見える。なりたくてなるんじゃない、やるしかないからやっている、そういうものじゃないのか」

「フムン」

タクミという男は流しに近いほうの椅子にどさりと腰を落として、こりをほぐすように両肩を回した。それから、ぼくを振り返ることなく、あまりこの家には帰っていないようだな、と言った。

「どうしてわかる」とぼく。

「カップ麺がすぐに出てこない。おまえはどこに住んでいるんだ。帰省と言ったな。近所ではないだろう」

ぼくが子ども時代に乾物などの食品庫にしていた戸棚には、上段に母親が元気だったころの趣味の手芸用品や糸が入ったバスケットやらがあり、下段は紙類の資源ゴミを置く場所になっていて、食品は見当たらない。いったいどこに隠してあるんだ、そもそも親父はもうインスタント麵類などは食べないのかと、なにも見つけられないことに苛立《いらだ》ちつつ、戸棚内をかき回していたら、ガスレンジに薬缶をかける音がする。薬缶ではなかった、大きめの鍋だ。タクミが金属筒を振って見せた。いつのまに。

「パスタがあった。ソースはレトルトがある。ナポリタンだ」

「どこにあった」

「米櫃《こめびつ》の隣だ」

「パスタでもよかったなら、そう言え。カップ麺でなくてもいいなら、そう言えばいいんだ」

「負け惜しみだな。パスタのありかも知らなかったくせに」

「ぼくも夕食は食べていない。腹が減っているから機嫌がわるい。二人分ゆでてくれ」

「そのつもりだ。あんたが食べなくても二人前はいける」

タクミは流しの向こうの出窓に並んでいる調味料ポットの一つを迷わずに取ると、そこから塩をひとつまみし、鍋に入れる。手慣れた感じだった。

「砂糖じゃないのか」

指をなめて、ぼくのその指摘をタクミは首を横に振って否定した。

「塩にきまっている。あんたはパスタをゆでるのに砂糖を入れるのか」

むろんこちらを揶揄《やゆ》して言っているのだ。こちらの意図を勘違いして、ここは砂糖を入れるべきだ、の応答ではないだろう。ぼくはこのタクミが、初めてきた台所で調味料のありかをすぐに見つけただけでなく、ラベルもなにもついていないポットの並びの中から間違わずに塩を選び取ったというのが、ちょっと意外だったというか、信じられないというか、なんというのだろう、そうだ、この男はもしかしたら何度もここにきているのではなかろうかと疑ったのだ。それも父親の留守中に、知られずに。空き巣のように、こっそりと。

このタクミの雰囲気には、そう思わせる、どこかしら、太陽の下を大手を振っては歩けない世界の住人といった、凶悪犯罪ではないにしろ、おおっぴらに自慢できる生き方とは言えない臭いが染みついている、そんな感じがある。話し方や態度には粗暴なところはなく、まったく知的なのだが。

「子どものころ」とぼくは食卓につき、レンジ前に立っているタクミに言う。「この近所で空き巣被害が何件かあった」

「それで？」

予想したような、それがどうした的な言葉は返ってこなかった。ぼくの話を聞くつもりらしい。

そのタクミは、これもどこにあったのか知らないレトルトのパスタソースの袋を切って、中味を雪平鍋《ゆきひらなべ》にあけている。湯で温めるのではなく直接火にかけるつもりだ。なるべく手をかけておいしく食べたいということなのだろう。見れば、いつのまにか流し脇の調理台スペースに、オリーブオイルとわかる瓶まで出してある。

「ぼくは、その空き巣と鉢合わせした。その窓の向こう、お隣さんとの境界ブロック塀と家の間の、狭いところから、玄関先に出てきたんだ」

「あんたはつまり、外にいたわけだ」

「そういうことになるな。中学校から帰ってきたところだったかもしれない。そのくらいの年齢の出来事だ。とにかく昼間だった」

「被害に遭ったのか」

「いや。たぶん、下見だったんだと思う」

「じゃあ、そいつが空き巣だったかどうかはわからないだろう。その後捕まってわかった、とか？」

「結局、それだけのことで、そのとおり、その怪しい風体の男が空き巣だったかどうかはわからない。おい、なにしてるんだ、と呼びかけたらものすごい勢いで逃げていった。ぼくは、男が入り込んでいた、その窓の下まで行ってみた。巨大なうんこがとぐろをまいて、臭っていた。以後、その男を見かけることはなかったし、空き巣の被害も聞かなくなった」

「なるほど」タクミは金属筒の蓋を開けて、パスタの束を取り出しながら、うなずいた。「それは十分、疑わしい人物だな。泥棒が仕事前に用をすませてから取りかかる、という話は聞いたことがある。だが、たまたま、便意をもよおした気の毒な人間だったのかもしれない」

「コンビニのトイレを思いつかないほど切羽詰まっていたというのか」

「怪しい人物というのはたしかだろうな。よそ者だった、というのは間違いないだろう」

「あなたは、よそ者だろう」

「フム」タクミは、パスタの量を握ってはかり、その束をぱっと鍋に散らして入れて、言う。「そういう話か。あんたの子ども時代の自慢話ではないわけだ」

「初対面でそんな話はしないだろう、普通」

「だからへんだなと思ったんだ、なにが言いたいのか、と。おまえは、いや、あんたは、このおれを、空き巣と同列に見ているというわけだ。そんなにおれは怪しいか」

「怪しい」

即答すると、タクミは失笑するかして軽く受け流すだろうと予想したが、それに反して、硬い表情で黙り込んだ。それからふと思い出したように腕時計を見て、八分だ、と言った。黒い革ベルトの腕時計はアナログで、高価なものには見えないが、機械式かもしれない。かなり古くてくたびれた感じだ。

「ゆで時間だ。すでに一分くらいは経っているか」

「几帳面なんだな」

タクミはソースの鍋をのせたレンジに着火して、そちらに注意を払いながら、話をする。

「怪しいのは、おれ個人のせいじゃない。出自が、そうさせている。その責任はおれを生み出した者や、社会が取るべきだろう」

「自分がやったことすべて、出自のせいにするつもりか」

「おれがなにをしたというんだ。空き巣か？」

「ここは初めてではないだろう。ぼくよりあれこれ、台所のことを知っている。この台所兼食堂は、母が生きていたころとはすっかり様相が変わっているのに、ぜんぜん戸惑った様子を見せない。あなたがここを知ったのは、母が死んで以降のことだろうとわかる」

「あんたは、つまり、母親の死後ここに帰ってきたことはなかった、きょうが初めてだ、ということだな」

「あなたの話をしているんだ」

「互いの話をしよう。おれにとってもあんたは十二分に、怪しい。おれにとって、あんたという人物は、つい先ほどまで、この世に存在しなかったんだ」

木べらでナポリタンソースをかき回しながら、タクミという男は、こちらとまったく対等か、それより上からの目線で、言う。この台所を使いこなしているという面からも、まさにここは自分の家だと態度で示し、そう主張しているように、ぼくには感じられた。得体の知れない相手に心理的に負けている。このままではまずい。負けても実害のない相手なのかどうかもわからないのだ。子どもの兄弟げんかなら、勝ち負けに害は伴わないだろうが、もうそういう年ではない、なにがなんでも負けられない、そう思いながら、訊いた。

「あなたは、ぼくの母親に会ったことはあるか」

「ない。この家には初めてきた」

「初めてきた家だというのなら、どうしてそんなに大きな顔をしていられるんだ？　あなたは、言ってみれば、この家の人間ではないわけだろう」

「どういう意味でだ。里子に出されたり他家に嫁いだ娘のような意味で、この家の人間ではない、というのか？」

「実の親子かどうかに関係なく、あなたは法律上、他人なわけだろう、ぼくの親とも、ぼくとも。それとも、あなたも、伊郷家の一員なのか？」

「たぶん、そうだと思う」

「またとぼけるのか。肝心なことは言わないで、互いのことを話そうだなんて、虫がよすぎる。どう見たって、ここはあなたにとって使い慣れた台所のようだ。初めてとは思えない。パスタをあけるその笊《ざる》だって、迷うことなく棚から出したじゃないか」

「たしかにな」

そう言ってタクミは、流しの笊に向けてパスタ鍋を傾けた。一気に湯気が立ちこめる。なんてアバウトなやり方だとあきれる。ざっと湯を切って、用意してあるフライパンにゆであがったパスタを入れ、オリーブオイルを一ふりし、雪平鍋で温めておいたソースをからめる。見ていて楽しい手つきだった。危なげなく、自信にあふれている。

「皿を出せ」とぼくに命じる。「食器棚だ。ロイヤルコペンハーゲンの二十七センチ、定番のブルーレース柄のディナー皿がある」

たしかに、生前の母親が折をみては買い足していた、我が家には不釣り合いな高価なブランドの食器があるはずだ。母の唯一の贅沢だったろう。

「どうして知っている」

思わず、そう言ってしまう。ここは、『ほら、知っているではないか、初めてではない証拠だ』と言うべきだった。が、こちらの意図は伝わったようだ。

「当たっているなら、偶然だ。この家にきたのは初めてだからな。またとぼけていると言われるだろうが、あてずっぽうだ。そんな気がした、と言えばわかるか」

名の知られたブランドで、白磁にブルーの線模様の皿といえば、まっさきに挙げられるのはマイセンのブルーオニオン柄だろう。ロイヤルコペンハーゲンという名が出てくる人間なら知らないはずがない。そう母から教えられたものだが、その母は、マイセンのデザインよりもシンプルな、より近代的なというのか、そういうものを好んだ。まさしくそれが、いまタクミに言われたロイヤルコペンハーゲンの皿だった。生前の母は日常的に惜しげもなく使っていて、食器戸棚の出しやすい位置に重ねて置いていたものだ。

いまも当時と同じそこに、あった。二枚を食卓に出す。いい白磁の白というのは、それだけを見ていればそんなものかと思うだけだが、安物の皿と並べれば違いが一目瞭然だ。

発光しているかのように白い。安いほうのはなんだかボール紙のようにあせて見えるのだ。
いまは二枚ともロイヤルコペンハーゲンだ。タクミが、食器戸棚にある、と言い切った、皿。

「あてずっぽうだって？　偶然だ？　それを信じろというのか」

「あてずっぽうでなければ、おれは、まさしくこの家の息子だから知っていて当然だ、ということだろう。なにも知らないあんたこそ、おかしい、そういうことになる」

「それは詭弁だ」

「だから、あてずっぽうだ、それが偶然に当たったんだ、と言っている」

タクミはフライパンからできあがりのパスタをよそう。ナポリタンの赤と皿の白の対比が美しい。ぼくが無言でそれを見ていると、ぼくを怒らせてしまったと思ったのか、タクミは言葉をついだ。

「自分でも、初めてきた気がしないんだ。遺伝子に記憶が刻まれているのかもしれないな」

フォークは食器戸棚の引き出しに、以前とおなじそこに、あった。気分をあらためて、食卓の筋違いに向かい合う位置に、腰掛ける。

「皿の種類やありかまで遺伝子に記憶されるなんて、そんなのは聞いたことがない」

「おれは、ありうると思う。胎児の夢というのを読んだことがある」

タクミは手を合わせてから、食べ始めた。空腹を満たすためにがっつくかと思えば、慎重に、という感じで、ゆっくりと食べるのが意外だ。ソースが衣服に飛ぶのを気にしているという様子ではなく、味わって食べるために動作が緩やかになっているようだった。

「胎児の夢、か。夢野久作だな。あれは小説だ。想像にすぎない。それに、遺伝子に記憶が刻まれるとか、そういう話ではなかったろう」

「事実は小説の想像力を超える。あんたにもわかるだろう。事実は小説よりも奇なり、だ」

パスタをフォークに絡めながら、どう答えようかと、考えながら、話す。

「ぼくは作家だ。認めたくないというのが本音だな。ときに、そういうこともあるだろう、ということは、認める。認めざるを得ない……だが、ほとんどの場合、小説は、よくもわるくも、事実より奇天烈だ。そうでなければ、だれも小説なんか読まないさ。事実というのは、たいがい退屈なものだからだ。ごくときたま、逆転現象が起きる。珍しいことだから、話題になる、そういうことだ。いつでも事実のほうが小説より奇だ、というのなら、それは自信を持って否定できる。それは、違う」

「そういう話なら、そうだろう。うまくかわしたな」

「かわしたつもりはない。なによりも、小説という存在もまた、奇なりという事実のひとつ、奇跡的な代物に違いない、ということを言っている。人に想像力があるという現実こそ、奇なる事実だろう。その意味で、小説が現実を超えることがない、というのは当然だ。現実の一部分なわけだから。小説とは文字というコードで編まれた遺伝子の一つだ、と想像してみればいい。弱くて役に立たない遺伝子は競争に負けて消えていく。ほとんどがそういう駄作だ。が、駄作の山があればこそ、そこで生き残る例外的傑作が生まれるんだ」

「あんたが作家とはね」

「小説を書いている」

「駄作を？」

「いやなことを言う」

「ほとんどが駄作だと言ったのはあんただ。自分のは例外だとでも言うのか」

これが蕎麦やうどんなら、麵がつゆを吸ってのびるところだな、と思いつつ、互いに時間をかけて食べ、話す。同時にはしない。

「駄作だと思いながら書ける作家はいないよ。いたら、それは詐欺行為だ。作家を名乗る資格はない」

話して、食べる。相手は一口食べ終えて、応答する。

「あんたの本は出ているか」

「本を書かない作家は作家とは言わない」

「普通の本屋に売っているか」

「あたりまえだ。どこでも電子版がダウンロードできる。電子版を扱っている書店もある」

「いまは、そういうのも本というのか？」

タクミがなにを言っているのか、しばらくわからなかった。電子書籍が存在しない時代からきた人間のようではないか。しかし、たしかにテキストだけなら素人でもアップできるが、ネットストアという商店に並べるとなると難しいだろう。タクミが言っている〈本〉とはそういう意味に違いない。

「ばかにされたものだな」とぼくは言う。「ぼくは作家で食っている。ネットでもリアル書店でも、どこでも手に入れられる、本を、書いている」

「それを信じろと？」

電子版ではだめだ。実体でないと、納得させられない。

「この家のどこかに、ある。出した本はみんな、ここ実家に送っていた」

「ペンネームはなんていう」

「なぜペンネームを使っていると思う」

「自分と同じ名の作家がいれば、興味をひかれる。おれ自身でなくても、だれかから、指摘されているだろう。だがそういう経験はいままでなかった」

「あなたの名字は伊郷ではないはずだ」

「おれのオリジナルが伊郷文という名だというのは、知っていた。養父母もだ」

「あなたはほんとうに、クローンなのか。そうだ、と言われても驚かないよ。ヒトのクローンが造られるのは、いずれ時間の問題だったろうからな。ぼくは、事実を知りたい。クローンであるあなたは、なにをしに、ここにきたんだ」

そう訊くと、先方も食べる手を止めて、手近にあるティッシュボックスから一枚抜いて口際をぬぐい、丁寧にたたんでなお、しばらく口を開かなかった。

「自分の出自については」と語り始めた口調は、慎重に言葉を選んでいるのがわかる、まじめなものだ。「じつは、あいまいで、よくわからない。いや、あなたがここにいることを知って、わからなくなった、と言うべきだろう。それと、いま、クローンでも驚かないと言われたことでも、自分が間違ったアイデンティティを信じていたようだ、という懐疑が生じた。懐疑、疑い、だ」

「ぼくは驚かない、とあなたに言うことで、なにが疑わしくなるというんだ？」

「おれとあんたは、年齢的にはほぼ同じだろう。おれのほうが年下に違いないにしても。いくつだ？」

「忘れもしない、厄年で離婚、あれから三年経つ。最近は年も数えたくないが、四十五か」

「同じ年齢だ」

「それが、どういう懐疑につながるんだ」

「四十五年前にクローン技術が完成していたとは思えない。それに気づいた。あんたの、『驚かない』という言葉で、だ。おれがクローンなら、十分、驚くべきことじゃないか。いずれ実現しただろう、というのは、そのとおりだろう。だが、過去に向かって、いずれ、はない」

タクミが言っていることは、わかった。しかし、なにを言わんとしているのかは、あいかわらず、わからない。

「ぼくをからかっているんじゃないよな。クローンだと言ったのは、あなたのほうなんだぞ」

「言い返すようだが、クローンという単語を最初に持ち出したのは、あんただよ」

そうだったかな、と思いつつ、だが、と反論する。

「あなたは、認めたじゃないか。たしか、養父からそう聞いている、と言った。あなたのオリジナルは伊郷文だと養父母も知っている、とも先ほど言った。あなたは、自分のオリジナルは文だ、というようなことは何度も言ったが、あなた自身についてはなにも語っていない。あなたの氏名は、なんだ。どこに育ち、どこで暮らしていた。学校は。職業はなんだ。住所不定無職、名前は忘れた、などと言うんじゃないぞ」

こちらがそう言うと、タクミは答えず、目を伏せ、フォークを動かし、中断していた食事を再開した。先ほどまでとは違って、さっさと食べてしまおうというような焦りもうかがえる機械的な食べ方だった。つられたわけではないが、いや、つられたのだろう、こちらも黙ってパスタをさらえることに専念する。タクミの食べ方で連想したのは、食い逃げだ。この男は、食べるだけ食べたらさっさと出ていくのではないか、そんな考えが浮かぶ。

懸念は当たったようで、一筋のパスタも残さずきれいに平らげたタクミは、新しいティッシュで口をふきながら席を立ち、台所の隅の蓋付きダストボックスにそれを捨てると、出ていこうとする。ボックスは目立たないのに、そこにゴミを入れる動作にはなんの引っかかりもなかった。

「どこに行く」と呼び止める。「逃げるのか」

「逃げる？」

ぎくりと、動きを止め、タクミは振り返る。

「おれが？　なぜ」

「知らないよ。ぼくは、きみじゃない」

「酒を買ってこようと思った」

「探せばどこかにある」

「あれば食前酒で飲んでたさ」

「なぜ、ないとわかる」

振り返ったまま、タクミはぼくを見つめ、そして力を抜き、茶にしよう、と言った。

「急須がそこにある」とタクミ。「あんたがいれてくれ。待ってる。逃げない。そちらのソファで、少し休ませてくれ」

「わかった」

急須の茶葉を流しの生ゴミ入れに捨て、新しい茶をいれる。タクミは出ていかないだろう。そう確信する。この男には、ほかに行くところがないのだ。肝心な点についての質問に答えられなかったのは、まさに図星だったからだろう。住所不定無職で、苗字も忘れた、のだ。そんなことを言うな、とぼくに言われて、答えようがなかったのではないか。

しらふではいられないだろう。こちらも飲みたい気分だ。心理的に追い詰めてしまったに違いない。おそらく、ここ、この家は、彼にとって、最後の頼みの綱、最終的な拠り所なのだろう。初めての場所ではない。父のことも、この家の内情も、酒がないことも、皿のありかも、知っている。ダストボックスの場所も。だが、知っていることを、忘れているのだ。そうとしか、思えない。

さきほど自分が使った湯飲み茶碗は父が日常的に使っているものらしく、うすく茶渋がついている。ほかに湯飲みが見当たらないので、水切りに伏せてあるマグカップを用意する。茶をいれて居間にいくと、タクミはマッサージチェアを倒してぐったりとしている。マグカップを差し出すと電動で背を起こして受け取り、ありがとうと言う。

ぼくはパソコンデスクのチェアに腰を下ろして、くつろいだ姿勢を心がけながら、話しかける。

「あなたは、どうやら記憶喪失のようだな。もっとはやく父を頼ればよかったんじゃないのか」

「見ず知らずの他人に、親切なことだ」

「互いに顔を見れば、見ず知らずとは言えないと思うが」

「そうだな。それが、問題の根っこのようだ。記憶喪失とは違う。混乱している。あんたの顔を見て、それがひどくなった。というか、それがきっかけだろう。あんたに会うまでは、おれはちゃんと、おれだった、ような気がする」

「ぼくのせいでおかしくなったというのか」

「おれは」と、タクミは背もたれから背中を離し、背筋を伸ばして、言った。「伊郷工という名だ。工業の工の、タクミ、つまり、あんたとまったく同じだ」

「しかし、養父母の姓は、伊郷ではないのだろう、どういうことだ」

「思い出せない。だから、混乱している。自分でも、自分がなんなのか、よくわからなくなっている」

「あなたは」と言う。「父とは何度も会っているんだろう」

「いや、だから、おれにもよくわからないんだ。責められても、答えられない」

「責めているんじゃない。和室に仏壇があって、そこに、あなたの写真が飾ってある。以前にはなかった。ぼくが久しく帰省しなかった間に、あなたと父は近しい関係になっていたんだろう。あの写真を見れば、なにか思い出せるだろう」

「物証というわけか」

「物証？」ぼくはつい、笑ってしまう。「刑事ドラマじゃあるまいし。だいたい、父と懇意にしていたことが証明されるのは、あなたにとっていいことだろうに、まずい証拠が見つかったかのように言うんだな」

「ほんとうにそう思ってくれるのか。いいことだと？」

「もちろんだ。どうして？」

「遺産の分け前が減るだろう」

「そんなことは——考えもしなかったな」

もとより父をきらって、家出同然で、二十歳前に長野の学校に入り、以来、新潟に戻ったことはない。遺産など、放棄するつもりでいた。

「おれが、クローンだからか」とタクミは上目遣いで茶を飲み、訊いた。「実子として認められるはずがないと、たかをくくっているのか」

「あなたは」とぼくは、なんとも、もの悲しい気分になって、言った。「それを目当てに父に近づいたのか。たまたまぼくによく似ていたから？　文という双子がいることは知っていたわけだし、それに成り代わるつもりで、小細工をしたのか？」

「何度も言うが、そのへんは、わからないんだ」

「情けない人間だな、あなたは。人の好意というものがわからないとはな」

「わるかった」と殊勝に言う。「あんたの言うとおりかもしれない」

「どこが、言うとおりだと、なにを認めるというんだ。ぼくの好意を汚したことか」

「遺産乗っ取りを画策した、情けない人間かもしれない、ということだ」

「あなたがまったくの他人なら、そんな乗っ取りなんか、できるはずがない。実際問題、無理だろう、不可能だ」

「詐欺ならできる。簡単だ。養子縁組をするだけでいい。そもそも死ぬのを待つまでもない。我が子のためなら大金を出す、それが親だ」

「あなたは、親父を知らないな」と、笑う。「出さないさ。少なくとも、ぼくには」

「おれは、文章の文と書く、タクミだと思う。たぶん、そのコピーだろうが、それにしても、死んだはずの文が生きていれば、父親なら喜ぶ」

「それにつけこむような人間だと、あなたは自分を、そう思う、というわけだ」

「そう見えるか、あんたには」

ぼくは湯飲みを傾けて、間をおき、一息ついてから、答える。

「率直に言って、そういう面は感じられる。風体や言葉遣いが、平穏な人生を歩んできた人ではなさそうだと、そう思わせるところがあなたにはある。物証だの、責められているだの、被害者意識的なところもあるし」

「負け犬だ、と」

「そんなことは言っていない。思ってもいない。そう思っているのは、あなた自身だろう」

「フム」

「どういう暮らしをしてきたんだ。直近の記憶はどうなんだ。きょう、どこから来た。それくらいは言えるだろう。それとも、その記憶も飛んでいるのか？」

「それは……」

思い出そうとしているのか、タクミは眉間に皺を寄せて、苦しそうな表情をした。それから、意を決したようにマグカップの茶を一気に飲み干し、それを両手で押さえて、言った。

「東京拘置所だ。その、死刑場から来た。本日、午前十時一分、死刑が執行された」

まったくの非日常言語とでもいう言葉のつらなりが、男の口から吐き出された。それだけではなかった。つぎに耳に入ってきた言葉は、非現実世界のものだ。

「おれは、その、死刑確定者だった。つまり刑を執行されたのは、おれだ。この腕時計や背広は、おれの、遺品だ」

どう応答していいのか、わからない。むろん、こんな話はでたらめだろう、それはわかる。だが、こんな話をする、この男の、その意図が、わからない。この話と伊郷文の存在とが、どう関連するというのだ。

応えられないままでいると、タクミは、吐き捨てるように言った。

「だから、あんたの印象は、正しい。おれは凶悪犯罪者だった、ということだ」

タクミの持つマグカップが、かすかに震えている。力一杯、両手で、握りしめているのだ。

3

そのままタクミは、ぼくを見つめたまま、口を開かない。こちらがどう出るのか、待っているのだ。恐れているようにも見える。だがマグカップをしっかりと両手で挟み込むように押さえている、その震えは、怒りの表出のようでもある。いったいなにを恐れ、なにを怒っているのか、こちらにはまるで見当もつかない。

そのくたびれた服装やどことなく怪しげな雰囲気から、あまりいい暮らしぶりではなさそうだと思い、尋ねたら、拘置所から出てきたところだという。それは、いいとしよう。

凶悪犯罪者だったという告白も、粗暴な印象はないが、自らそう言うのだからそうなのだろうと納得もしよう。だが、その前の言葉がいけない。

「死刑場から逃げてきた、というのか」

「結果的には」とタクミは、途中でつばを飲み込んだようで、引っかかりながら答えた。

「そういうことになるだろう」

「脱獄囚というわけだ。ぼくが通報したら、きみは捕まる。告白したのはなぜだ。同じ名前、顔のよしみで、ぼくが善良な市民の義務を無視するだろう、そう思ったのか」

「いや」

そう言って、タクミはカップに目を落とし、どう答えようかと考えをまとめているかのような間をおいたあと、顔を伏せたまま、ふっと笑いを漏らした。

「なにがおかしい。ぼくはおかしなことを言ったか」

「善良な市民の義務、とはな。回りくどくてかっこつけた物の言い方だ。そんなのはただの決まり文句だろう。飾りというか、虚飾というのか、そんな感じがした」

「言うだけで、ぼくにはなにもできない、なにもしない、と思うのか？」

ぼくは自分のケータイを目で探し、上着のポケットに入れていたのを思い出す。暖房をつけてもなお室内がひんやりしていたので、着込んだままだった。出してフラップを開け、ボタンを押す。一一〇だが、〇は押さないで、タクミに目をやる。

「警察に、死刑囚がここにいる、と言うのか」

表情を消して、タクミはそう言った。なにを考えているのか、読めない。声にも不安の色は感じられない。こちらをあざけるでもなく、淡淡と質問しているだけに思える。

「きみの話が本当なら、警察では情報を待っているだろうから、ぼくの電話を無視することはないと思うよ」

「いい考えだ」生真面目に、真剣そのものといった態度で、言う。「警察に確認してみるというのは、いい手だ、たしかに。なんで自分がここにいるのか、それでわかるかもしれない」

「ふざけているのか?」

「いや。ぜひ、通報してくれ」

ぼくはちょっと考えて、フラップを、音を立てて閉めた。

「あなたが」と、きみという言い方を慇懃《いんぎん》なものに変えて、言う。「本気でそう思うなら、自分でかけろ。そこの、うちの電話で」

「刑は執行されたんだ」きっぱりと、タクミは言う。「死刑囚の刑が執行されたということは、囚人は死亡している。わたしはではだれでしょう、そう警察に電話しろと、あんたは言っているわけだが、そんな話を相手がまともに受け取るわけがない」

「それはぼくも同感だ。ぼくを愚弄しているとしか思えない。いったい、どういうつもりだ」

「おれは脱獄はしていない」

「言ったじゃないか、あなた自身が。逃げてきたと言っただろう」

「あんたは、自分で言ったことを、おれが言ったという、癖がある。脱獄という言葉は、あんたが出してきた。おれは一言もそんなことは言っていない」

「つじつまが合わないことをあなたが言うからだ」

「結果として獄舎から出たにしても、刑は執行されたわけだから、脱獄ではない。刑場からは死体として出たはずだ。しかし、それは、覚えがない。おれは、自分の首に縄をまわされ、吊るされる場面、それを、見た。おれは絶対にそのまま殺されたくないと思った。そのあとの記憶が、ない。家の玄関のドアを開いた覚えもない。あのとき居間に入った、そのとき初めて、ここはどこだと疑問に思い、それから、ここが自分の生みの親の家だと気づいた。おれは、あの死刑場から逃げてきたんだ、あの場から、ここに。そうとしか思えない――」

「やはり何度もこの家にきているのだな。でなければ、気づくこともできないはずだ」

「ああ、そうだな。そうかもしれない」

タクミは、初めて、ぼくの意見にうなずいた。賛意を示して言う。

「でなくては、ここがどこなのかわかるという、その説明がつかない、たしかに、あんたの言うとおりだろう。だが、いつきたのか。おれには覚えがない。思い出せないんだ」

「それより、まず説明してほしいのは、死刑がどうのこうのという、そちらの話だ」

するとタクミは、ふっと力を抜いて、マグカップに目を落とし、「茶がなくなったな」と言った。こちらをじらしているのかと疑ったが、どうもそうではなく、緊張が解けて我に返り、安心した、というふうなのだ。そうして、彼は答えた。

「一事不再理だ。おれは死刑をやり直されることは絶対にない。それはもう済んだことだ。そうなんだ。だから安心していいんだ。死刑がどうのこうのは、それはもう、どうでもいい」

「どうでもよくはないだろう」

呆れて物も言えぬ、二の句が継げない、とはこういうことだ。

ぼくが黙っていると、熱い茶が飲みたいので番茶にするか、などと言う。さらにそれに応えないでいると、自ら立って台所に行き、ガチャガチャと音を立て始める。茶を入れる前に、使い終えた食器を洗っているのだ。母が大事にしていた皿を割られてはと危ぶんだが、下手に干渉しないほうが皿の無事にはよさそうな気がした。

ぼくは動かず、洗い物の音を聞いていた。洗う手順そのものは円滑のようだった。洗剤やスポンジのありかがわからずに戸惑っているといった感じはまったくない。姿さえ見なければ、家族の一員が台所仕事をしているとしか感じられない。彼はいったい、何者だろう。

　ふと、目を落としたそこに、タクミがくる前にあさっていたゴミ箱があるのを見て、思い出した。法務省検察なにがし、だ。中を見やればその茶封筒の切れ端がある。手を入れてその紙片をつまみあげ、裏だったので表に返して見てみれば、どうやら先に見た半片ではなく、対になる未読のほうらしい。印刷には、制度局、とある。対になった片割れだとすると、続けて読むなら、法務省検察制度局となる。はて、そのような部署が法務省内にあるのだろうか。詳しい知識は持っていない自分だが、聞いたことがなかった。これが先ほどのとは無関係な別の封筒の切れ端なら、法務省の組織図をPCで検索するまでもないだろう、読み方が違っているわけで、つまり関係のないものを組み合わせて読むという間違いをおかしているわけだ。

　先の封筒の切れ端をあらためてゴミ箱の中に探すが、見つからない。出してどこかに置いただろうか。デスクの上にはない。まったく覚えがなかった。上着のポケットも探ってみるが紙片などは入っていない。室内をぐるりと見回してみるが、それらしき影も見当たらない。

　これが法務省などと印字されたものでなければこだわることもないのだが、死刑は法務省の管轄だと思うと無視できない。なにかタクミと関係があるのではないか。偶然とは思えないが、世の中、信じがたい偶然というのがけっこうあるというのもぼくは知っていた。

でもそれは、経験というよりは知識で知っているだけだ。現に存在しているタクミという男を解釈するには、あの見当たらない封筒がこの男となにか関係がある、つまり偶然ではないだろうという思いのほうが、それを無視しようという気持ちよりも圧倒的に強い。

　立ち上がってゴミ箱をどけ、その陰になったあたりを見てみるが紙片は落ちていない。あの紙片を持って台所に行った覚えはないが、念のため足を運んでみた。やはり、道筋の床にも、ＰＣのある食卓にも、どこにも見あたらない。もしかしたら法務省検察というのは記憶違いかもしれない、タクミという正体不明の人間がやってきておかしなことを言う、そのせいで、自分の記憶がそのように変容したのではないか、などと疑ってしまう。

　タクミは沸かしたての湯で番茶をいれていた。

「あんたの分もいれてやるから待っていろ」

　ぼくのほうは見ずに、そう言う。

「それは親切なことだが」とぼくは応え、それからほとんど無意識のうちに、訊きたいことを訊いていた。訊いておくべきこと、か。「あなたはいったいだれを殺したんだ？」

「あんたは」と急須に目を落としたままタクミは、間をおかずに、言った。「おれをもう一度裁こうとでもいうのか」

「答えられないのか」

「必要がない」

「どういうことだ」

「あんたに答える義務もなければ、あんたにそう尋ねる権利もない。答える必要がない、と言っている」

「死刑を執行されて生きているというのは矛盾だ。あなたは幽霊だとでもいうのか。ぼくを愚弄しているのではない、というのなら、あなたには、ぼくの質問に答える義務がある、そう思うが」

「なに？」

「おれは、あんたを愚弄などしていないし、殺すつもりもない」

「文字どおり、言ったとおりだ。あんたの不安を解消してやったつもりだ」

「父に会ったことはあるんだな」

「ない、と思う。だが、よくわからなくなってきた。ないのなら、どうしてここに自分がいるのか、説明ができないからな」

「思い出してくれ。拘置所で会った覚えはあるか。面会だ」

「それは、絶対にない」

「死刑が執行される前には、身内の人間が呼ばれるのではないか？」

それからぼくは、例の茶封筒の切れ端の件についてタクミに話した。タクミは立ったまま、熱い番茶をすすりつつ、聞いていた。

「——ということで、父は、あなたの死刑執行の知らせを受けて上京したのではないか。そう思うんだ。あなたはどう思う」

「なるほど」

タクミは食卓の椅子にまた腰を下ろし、ぼくを上目遣いで見上げて、言った。

「ようするに、この家の主人は留守なんだな。でかけたのか。それで、いない。なるほど」

「いままでなんの疑問にも思わなかったのか」

「なにがなんだかわからなかったからな。なにがわからないのかも、わからない状況だった。落ち着いてみれば、あんたの言うとおりだ。家の主がいないのは、たしかに、へんだ」

ぼくは、自分がきょう、予定外の帰省をするはめになった、そのわけを、タクミに語った。台所の柱時計を見上げると、すでに午前零時を回っていて、一時に近い。もう、昨日の出来事になるわけだ。

「ずっと一人暮らしの父親を放っておいたと、そういうわけだ。ひどい息子だな」

「あなたから責められるいわれはない」

「ではだれから言われれば反省するというんだ」

ちょっと考えて、ぼくは答える。

「父、そのひとから、だ」

「本人から、か。おれが死刑を執行された悪人だから責める資格はない、という意味ではないのだな。それなら、わかる」

「では」と話を戻して訊く。「父には会わなかったんだな、執行前に」

「会っていない。もし法務省が執行を連絡するとしたら、生みの親などではなく、法律上の親や配偶者、実子だろう。その封筒は、おれとは関係ない」

「ほんとうにそう思うか？」

「あんたの心配は理解したつもりだ。葬儀屋から連絡があったわけだろう、内容はともかく不安に駆られて急ぎ帰省した、その気持ちはわかるよ。そう聞けば、おれもなにか役に立ちたいと思うが、ほんとうだ、なにも知らないし、伊郷由史は拘置所にはきていない。それはまったく確かなことだ」

「そうなのか」

　ぼくは先ほどの食事と同じ席に腰掛けて、タクミが勧めてくれた番茶を味わう。これはほうじ茶だ。なつかしい香りだった。ペットボトルの茶はともかく、こんな淹《い》れ立てのほうじ茶は久しく飲んでなかった。すでに冷めかけてはいたが、猫舌の自分にはちょうどいい。香りも逃げていない。

「昔はともかく、いまは、死刑の執行は当日の朝に知らされるんだ」とタクミがぼくの疑念を察したのだろう、追加の説明をした。「以前は執行日の前日などに時間をとって、呼ばれた家族を交えて生前葬のような別れの儀式をやることも許されていたようだ。拘置所長室などでやったんだろう。それを拒む死刑囚やその家族もいただろうが、どうするのかは各拘置所長の裁量に任されていたんだな。そうした、のんびりした時代もあったんだ。いまは締め付けが厳しくて、おそらく、どの拘置所でも死刑囚の扱いは同じだろう」

「自分でも、どうかしていると思う」

「なにが」

「あなたが死刑囚だったという前提で話をしているなんて。執行されたのなら生きているはずがないし、生きているのだから、あなたが死刑囚であるはずがない」

「それはもういい」

「よくはない。あなたがよくても、ぼくが納得できない」

「だから、愚弄して、悪かった。謝る。忘れてくれ」

「どういう意味だ。でまかせだったというのか」

「いや」ぼくの目をまっすぐに見返してタクミは言った。「おれが死刑を宣告され、執行されたのは事実だ。生生しく思い出せる。だが、あんたが納得できない、というのも、わかる。この気分をどう説明すればわかってもらえるのか自信がないが、おれのいまの気分は、まだ夢から覚めていないという、夢を見ながら夢だと自覚しつつ、醒めることができない状態に似ている。あんたは、つまり、おれの夢の中の登場人物というわけだ」

「それもまた、べつの愚弄の仕方じゃないか」

「いま、まだ落下の途中かもしれない。この気分は、あんたにはわからないだろう」

「落下の途中って――」

「踏み板が開いて、落ちた。落ちた。落ちる自分を、外からの視点で、見ていた。完全に落ちてぶら下がった自分は、見ていない。途中までだ。気を失ったのかもしれない。あるいは脳の防衛反射機能の働きで麻薬分子が放出され、夢を見せられているのかもしれない。落ちていく自分が見えるなんていうのは、ふつう、あり得ないだろう。あり得ないが、見たという体験は、事実だ。しかしその体験は、夢の中の出来事なのかもしれない、ということだ。死刑執行がおれにとって危機的状態だということだけは、間違いない。すでにその危機は脱している、そう信じたい。だからなかったことにしてもらって、ぜんぜんかまわない、忘れてくれと、そういうことだ。あんたを愚弄しているわけではない。わかってくれるか」

「銃殺されることになった主人公が、執行時に、その弾が身体に到達するその短い時間内で、もういちど人生を生き直す。だれの作だったかな、そんな内容の小説を読んだことがある。時間は主観的なものだということが語られるわけだよ。こうした話はたくさん書かれていて、さしてめずらしい主題ではない。むしろいまや陳腐だろう」

「それなら話がはやい。わかってもらえるだろう」

「ぼくにあからさまな悪意は持っていないようだ、ということはわかった。でも、依然として、あなたは謎の人物だ。生い立ちといったことがまるでわからないあなたを、無条件に信頼することはできない。極端なことを言うなら、父の失踪はあなたが企んだことではないかと、そう疑うことだってできるんだ」

「おれが、殺したと？」

「そこまでは言っていない」

背にひやりとしたものを感じて、ぼくは身震いしそうな身体の反応を意識的にこらえた。死刑囚だったという、そのタクミの言葉を信ずるならば、この男は殺人者だ。だれかを殺しているに違いない。それ以外に死刑になる犯罪は、国家反逆罪くらいしか思いつかない。もしそうした政治犯なら、自らを凶悪犯罪者だった、などとは言わないだろうと思える。自分の主義こそ正義だと信じて行動する確信犯が、自らの行いを、犯罪だ、凶悪だ、などと言うだろうか。

凶悪な人間に対するときは、相手にそれを思い出させる話題にはあまり触れないほうがいい気がする。さきほどタクミは、ぼくを『殺すつもりはない』と言ったが、まったく心にもない、思ってもいないことは、言葉として出てこないものだ。

食卓にＰＣがある。それでニュースを検索すれば死刑執行の有無が確認できるだろう。

法務省が発表しているだろうから。そう、タクミに言ったら、どういう反応を示すだろう。まったくのでたらめを、口からでまかせで死刑場から逃げてきた、などと言っているのなら、嘘を隠すためになんらかの行動にでるかもしれない。でたらめではなく、奇想天外な事態に自分も戸惑っていて、事実が知りたいとタクミが思っているのなら、積極的に、確認してくれと言うに違いない。

ぼくはPCを横目でちらりと見やって、迷った。『殺すつもりはない』というタクミの言葉を鵜呑みにしていいのか。婉曲な警告、いや、それは恫喝、ではないのか。どう判断していいやら、わからない。

「なにを考えているんだ?」タクミは、ぼくの沈黙の意味を訊いてきた。「おれがあんたや伊郷由史を殺しにきた、などと、本気で思っているわけではないよな?」

心を決める。もし危害を加えるのが目的なら、この男はすでに実行しているだろう、ぼくはもうやられていたはずだ、と。

「ニュースを検索してみれば、あなたがほんとうに死刑の刑場から逃げてきたのかどうか、わかる。そのPCでニュースサイトを見てみるだけでいい。もし本当なら、そんな大事件だ、映像付きで報道されているよ」

「まさか。法務省が、そんな失態をわざわざ公表するわけがない。隠蔽するに決まっている。報道なんか、されているはずがない」

「あなたが言っていることが本当かどうか、客観的に確認するすべはない、ということだな。それでぼくがあなたの話を信じられると思うのか？」

「だから、それはどうでもいい、と言っている」

「それを、愚弄というんだ」なんだか腹が立ってくる。「ぼくが信じようと信じまいと、ないどうでもいいなら、ばかげた話はしないでくれ。死刑にされました、でも、理由はわからないがが助かって、ここで目が覚めた、だって？　なにを考えているんだ、は、こちらのセリフだ」

「わかった。気の済むように、検索でもなんでもしてくれ」

「報道されているはずがない、か」

「なにか手がかりが見つかるなら、それは、おれも知りたい。悪夢なら醒めてほしい。本音だ」

「きょう、いや、もう昨日だが、死刑の執行がされているなら、その事実は確認できるだろう。死刑を執行された者の氏名や罪状は法務大臣が発表しているだろうから、それは報道されているはずだ。死刑執行に失敗することなどまず考えられない。死ぬまで執行行為は続けられるだろうからだ」

「綱が切れて吊り直したという事例は過去にあったようだ。ひどい話だ。苦しみを倍加させただろうからな。執行する側の人間も心に傷を負っただろう。残虐なやりかただ」

「そういう詳しいことは公表されないだろうと想像できる。だが、ともかく、執行されたという事実は、報道されるだろう。報道がなければ、執行はなかった、と考えていい」

「おれの話は虚構だ、作り話だと」

「そうだ」

「あんたは、最近の死刑報道に関してあまり興味がないから知らなくて当然か、と思うのだが、言っていいか」

「かまわないよ」

「日本の死刑制度は秘密主義により残虐性が隠蔽されている、という内外の批判が高まった結果、ある時期から法務省は、というより政府、法務大臣は、執行の事実や執行された死刑囚の名やその罪状を、公表するようになった。それ以前は数字でしか出されなかったんだ。いつ、だれが処刑されたのかといったことは公《おおやけ》にはされてこなかった。世間からすれば、死刑囚はこの世に存在しないも同然だった。いつのまにか、いなくなっていた、という感じだ」

「それが改善されたのはいいことだ」

「さらに改善しようと、法務省は画策している」

「画策というのは」とぼくは指摘してやる。「善いことに対してはなじまない言葉じゃないかな」

「おれも、そういうつもりで言ったんだ」

「改悪しようとしている、昔のように隠蔽しようとしている、というのか」

「五、六年ほど前、特殊秘密法というのが成立しただろう。あれができてからだ。死刑執行の確定事項は秘密対象とされた」

「死刑制度批判をかわすためなら、逆効果だろう。理解できないな。官僚はなにを考えているんだ」

「制度批判に対抗するため、に違いない。一般市民に、死刑執行現場に立ち会わせる、という制度の導入を検討していた」

「そんな話は、聞いたことがない」

「制度自体を秘密対象にするつもりだろう。裁判員制度が表舞台なら、こちらは裏の、市民参加だ。こうした死刑制度改革が検討されているというのは報道され、当初はいろいろそれについて話題にされていたはずだ。おれは拘置所暮らしだったから、そのへんは、体験できていない。だがあんたは娑婆《しゃば》にいたわけだろう。あんた、そんな話題も知らないほど、世情に疎《うと》いのか。それでよく作家がやれるものだ。おれには、あんたが、虚構を語っているとしか思えんが、とにかく、そういうことだ。その前段階として、いまや、死刑執行の事実は法務省からも大臣からも、公表はされない」

タクミは実に巧妙に、自分の立場を守ったのだと思える。一つの物語をでっち上げることでだ。だが、事実を語っている、ということもあり得る。なさけないが、この時期のぼくは離婚問題を抱えていて、抑うつ状態になっていたのだ。離婚後は精神科を受診した結果鬱病と診断されるのだが。世情に疎くなっていた、というのは本当だ。

もう一つは、例の、茶封筒の切れ端だ。『法務省検察』と、まさしく制度という文字、『制度局』が印刷されていた、その存在。それをいまタクミの前に示して話題にするなら、もう完全に、彼の思うがままの世界に引きずり込まれそうな怖さをぼくは感じた。ＰＣで検索しようという気力は失せている。

「もういい」とぼくは言う。声がすこしかすれている。「わかった。報道云云は、おしまいにしよう」

もし死刑が報道されているとしたら、処刑されたのは目の前のタクミとは別人だ（執行がうまくいったから発表されたわけで、もはや当人が生きているはずがない）からタクミは死刑囚ではない、つまりそれほど凶悪な犯罪者ではない、ことになる。これは、タクミの言っていることと矛盾するわけだが、ぼくの気持ちとも相反する。その事実（あなたは死刑囚でもなく、凶悪でもない）を突きつけて、相手の誤りを指摘するのは、こうなってみると、恐いのだ。凶悪犯ではないと相手に指摘することが恐いというのはおかしな話だが、いま自分が経験しているこの状況こそ、凶悪な人間が現在進行形で展開している犯罪だと感じる。これは、タクミは死刑囚であってほしいと願っているようなもので、なんとも二律背反する思いだ。

もう、彼が、死刑場から逃げてきたかどうかは、どうでもいい、どうでもいいことにしよう、そんな気分になっている。

タクミも死刑云云に触れたくない、ぼくにも忘れてくれ、と言っている。その気持ちに逆らって、彼をさらに刺激するのは、危ない気がした。タクミにはこのままおとなしく出ていってもらいたいところだが、しかし、こうも腰を落ち着けているところをみるとこの家に居座るつもりのようだし、こちらとしても正体不明のまま追い出すわけにはいかないだろう。知らないままでは、あとでなにかまずいことになるかもしれない。まさか脱獄した死刑囚をかくまったなどということにはなるまいが、せめて、タクミは死刑囚ではなかったと、確認する必要はある。

あらためて考えてみれば、自分の家に見知らぬ他人が勝手に上がり込んできて、その相手が、自分は凶悪な人間だと話している状況は、非常識かつ、とても不自然だ。双子のように同じ顔をしているのでなければ躊躇なく警察を呼ぶべきところだろう。が、いまは、それこそ警察や犯罪を連想させるような言葉は避けて話すのが安全だろう。ＰＣを検索するとしたら彼が寝てからこっそりとやるのがいい。

そう決めると、少し心が落ち着く。

「あんたの関心は」

とタクミが言う。ぼくは我に返った気分で、聞く。

「父親の不在、その理由だな。帰りを待っているところ、というわけだ」

そのとおりだ。無言で、うなずく。

「で、おれの関心は」

タクミは続ける。

「おれ自身の不在というか、刑を執行されたのだから、あんたが言うようにおれは社会的に存在しなくなったはずで、それをどうにかしないといけない、ということになる。つまり、自分を取り戻さなくてはならない。どうしてここにいるのか、なんでおれが伊郷由史の家を知っていて、ここにきたのか、それも知らなくてはならない」

だからどうするというのか、どうしたいのか。それを言うのかと待っていたが、タクミは黙ってしまった。首を少しかしげてぼくを見たままだ。ぼくの意見を聞きたいらしい。

「ぼくは、あなたのことは知らない」

なげやりな口調になってしまうが、そう言うしかないだろう。するとタクミは、素直にうなずいた。しかし、そのあと、実に意外なことを話し始めた。

「おれは、伊郷夫妻については、よく知っている。夫妻には双子の子がいたが、一方は生後まもなく死亡している。生き残ったほうの名は工《タクミ》、工業の工だ。死亡したのは、文章の文と書く文《タクミ》だった」

　ここまでは、まったく問題ない。

「では、なぜ、二人の工業の工の字のタクミがこの世に存在するのか。どちらかが偽物ということになる。そうだろう」

　このあたりから、なにを言っているのだ、こいつは、となる。

「あんたが文章の文のほうのタクミなら、問題はなかった」とタクミは言う。「死んだと聞かされていた双子の片割れが、実は生きていたという、ただそれだけのことだからな。生きているとは思ってもみなかった相手なのだから、相手のことを知らないのは当然で、なんの不思議もない。だが、あんたは、工業の工のタクミだという。これは、どう考えてもおかしい」

　どう考えてもおかしいのは、こいつの頭だ。口を出さずに黙って聞いていたぼくは、意識の表面に滲み出てくるような怒りを覚える。

「あんたが面白くないのは、わかるよ。おれはあんたにとって怪しい人間に違いないだろうからな。しかし、おれにとっても、同様なんだ。あんたは、この世に存在するはずがない人間だ。同姓同名の人間などめずらしくもないが、いまのおれたちの関係はそれとは異なる。互いに、同じ親の子どもだという自覚がある。同じ名前で、生きてきた。しかも、相手の存在を知らずに、いま初めて出会った。どちらかが、嘘をついている。おれはそう思う」

「なにを、ばかなことを――」

「あんた、何者だ？」

ずうずうしいにもほどがある。顔が同じというか、たんに似ているだけの他人のそら似かもしれない、その顔だけでこの家に入り込み、あまつさえ、このぼくに、『何者だ』だと？　こういうのを、盗人猛猛《ぬすっとたけだけ》しいというのだ。開いた口がふさがらない。ふさがらないまま、なにも言えないでいると、タクミはさらに続けた。

「あんたこそ、この家の主人の不在の原因を作ったのではないか、そうも疑える。葬儀屋から電話連絡があったというのは事実だとしても、その内容までは、おれは確認のしようがない。いまおれの生みの親は、その葬儀社の遺体安置庫に保存されているのかもしれない――」

「なぜぼくが」と我慢できずに、相手の言葉を遮って、言ってやる。「あなたに嘘を言わなくてはならないんだ？　あなたの存在などまったく知らず、ましてや、今夜ここにやってくることなど、あらかじめ予想することすらできなかったというのに、あなたを騙す理由など、あるはずがない」

「あんたは、おれが死刑を執行されたことを信じていないだろう。同じように、おれは、あんたが作家だとかこの家の息子だということが信じられない。おれは、そう言っているんだ。あんたにすれば主客転倒だから、憤《いきどお》るのはもっともだ、気持ちはわかる。だが、同様に、おれも、そうなんだ。おれの主観では、あんたは、存在するはずのない人間だ。なんども言っているが、あんたには通じないようだから、なんどでも言う。伊郷由史の息子の工は、このおれだ。あんたではない」

「なにが目的だ。ぼくに成り代わることか。ぼくを殺して、そうしたいのか」

「なぜそんな物騒なことを言う」

「自分の不在を埋めることが、いまの関心事だとか、さきほど言っただろう。あなたは、自らのアイデンティティを失っているのだろう。あなた自身、それを自覚している。あなたはようするに、あなた自身のことがわかっていない。記憶が曖昧だし、こう言ってはなんだが、精神的に問題があるのは間違いない。そんなあなたが、ぼくと対等であるはずがない」

これは相当やっかいな相手だと、遅まきながら、ぼくは気づいている。これは言い合っても無駄だろう。相手は、こちらがなにを言ったところで、独り言を言い続けるだけだ。そうだ、これは会話ではない。独り言の言い合いでしかないだろう。しかし、無駄だとしても、これだけは言っておく必要がある。

「あなたは」と嚙んで含めるように言ってやる。「あなた自身のことを、伊郷工だと思い込んでいるだけなんだ。自分のことがだれなのかわからないから、とにかく、だれかに成りすます必要がある。ここにどうしてやってきたのかはぼくにはわからないが、ここに、ぼくという名を持った人間がいる、その、ぼくのアイデンティティをあなたは横取りすることで、あなた自身の心の安定を図っているんだよ」

するると、なんと、これもまったく意外なことに、タクミはうなずいたではないか。真剣な表情で。

「そう、そうかもしれん。おれの名は、伊郷工ではない可能性がある」

「なんだ、いまさら――」

「あんたが言うように、とっさに、藁《わら》を摑むように、あんたの名を自分の名だと思い込んだのかもしれない」そう言ったタクミは、こう続けた。「ではおれは、文章の文のほうの、タクミなのだろう。あなたがあくまでも工業の工のタクミだと言い張るのなら、そういうことになる」

「文章の文のタクミは」とぼくは言ってやった。「死んだんだ」

もう、なにも言いたくない気分だ。疲労困憊《こんぱい》。それなのに、タクミのほうは疲れ知らずだった。そういうところも精神に異常がある証《あかし》のような気がする。

「でも、おれはこうして生きている。しかも、おれがこの家にこうしているのは、伊郷由史の息子だからだろう、それは間違いない。文章の文のタクミが生まれてすぐに死んだのなら、おれは、そのクローンのようなものだろう。なにしろ、あんたと瓜二つだから。クローンでないとしたら、やはりおれは文章の文のタクミで、なんらかの事情で里子に出されたのだ。伊郷家のほうは、文のタクミは死んだものとして生きてきた。母親、つまり由史の妻が死ぬまでは。だが由史は、その後おれを実子として認めた、と」

「ぼくになにも言わずに、父がそうしたと言うのか」

「そういうことになる。おれには記憶がないので、そうだと確信はできないのがなんとも歯がゆいが、しかし、証拠はある」

「証拠だ？」

「そうだ。あんたが、言った、証拠だ」

「なんて？　どういう証拠があると？」

「写真だ。仏壇にある。そう、言っただろう。忘れたのか」

写真がある。そうだった。ぼくは、そのスナップ写真に覚えがない。写っているのはぼくではない。あの写真がタクミなら、なんてことだ、タクミが言っていることは正しいということになるだろう。少なくとも、全否定することはできない。いったい、どういうことなんだ。

「すべては」とタクミは言う。「ここにあんたがいた、それから始まった。あんたにこう言えば怒るだろうが、おれにとっての元凶が、それだ」

それ、か。ぼく、つまり『あんただ』と言わないのがタクミの心遣いなのか、あるいは『それ』のほうがなおひどい言い方なのか。もう、判断が、よくつけられない。

「あのときから、すべてがおかしくなったんだ。あんたと顔を合わせたとたん、おれの正常な記憶が、まるで電気がショートしたみたいに飛んでしまった気がする。あんたという、おれと同じ顔の、正体不明の、いるはずのない人間にいきなり出会って、ショックを受けたんだ。そういうことも言ったと思うが、覚えているか」

答えられない。タクミが腰を上げて、仏壇の写真を見に行こうと言ったので、ぼくの心が乱れたのだ。これはタクミの逆襲だ、そんな気がした。いや、気がするだけではなく、事実そうなのだろう。この男は、ぼくをこそ正体不明の人間にしようとしている。

「どうした」とタクミは言う。「たしかめるのが恐いのか」

図星だ。しかし、痛いところを突かれると人は怒りを感じるものらしく、「なにをばかな」と返して、ぼくは立っていた。

和室には、ぼくが先に入った。タクミに主導権を渡したくないという思いからだ。タクミは逆らわなかった。余裕のある態度に感じられて、ぼくはますます苛立ったが、理性でこらえる。

仏壇には、ぼくより先に歩み寄り、件《くだん》の写真にタクミは顔を近づけて、じっくりと検分した。

「これは、たしかに伊郷由史の息子だ」

そう、タクミは言った。表情は、嬉しそうではなかった。『たしかに、おれだ』と言わなかったところをみると、タクミ自身、その写真を見ても、自分を思い出せないのだ。正直な人間だ、というのがわかる。

「だが、あんたではない」タクミは少し黙って間をおいたあと、そう続けた。「それは、わかる」

「どうしてだ」

「なんども言わせるな。あんたが、そう言ったからだよ。これほどたしかな理由はないだろう。それとも嘘をついていたというのか」

答えられない。なにを言っても、ぼくは言い負けそうだ。敗北感に襲われる。

「あんたではない。認めるだろう。では、ここに写っている、人物は、だれなんだろう」と追い打ちをかけるように、言う。「おれか。でなければ、やはり文章の文のほうのタクミだ。あんたは、つまり、だれでもない。伊郷の息子ではないんだ」

「そんなことはどうでもいい」とぼく。

「どうでもよかないだろう。あんたがよくても、おれは、困る。わかるよな?」

さきほどぼくがタクミに投げつけた言葉と気持ちが、そっくりそのままこちらに跳ね返ってきた、跳ね返されてきた、わけだ。まるでクロスカウンターだ。こんな逆襲法があるとは想像もしていなかったのでこちらの受けるダメージは大きい。

「あんたの正体がはっきりしないかぎり、おれ自身の記憶も飛んだままだ。それは、困る」

勝手に飛ばしたままでいろ、と言いたかったが、かろうじて、こらえた。こちらにそう言わせるのが、タクミの企みかもしれないと気づいたからだ。ぼくにその正体の追及を放棄させる、罠かもしれなかった。

思えばきょうの、いや、すでに昨日の、午前にホーリーベルの小林氏から電話連絡を受けてからずっと、緊張を強いられている。父親の不在の理由もわからないまま、あらたに正体不明のタクミという人物まで現れて、気の安まる間がない。いまこの畳に寝転がったらそのまま意識を失ってしまうのではないかと思うくらいに疲れていた。だが、もちろん、ここで気を緩めるわけにはいかなかった。この家から追い出されるわけにはいかない。実家に未練などないが、これはそういう問題ではない。言ってみれば、領土問題だ。縄張りを守れず、譲歩するというのは、相手の優位を認めることになる。絶対に譲れない。この人物の正体を探らねばならない。危険を犯してでも、だ。

「ぼくは職業などを、あなたに明かした。こんどはあなたの番だ。どこまで自分のことを思い出せるのか、話してくれないか。それは互いにとって、どうでもいいことではないはずだ」

タクミはといえば、写真立てのわきの線香を取り、火をつけていた。それを立てて、わかった、と言った。

「死刑云云はいいから」

　とぼくは言ったが、タクミは、いや、まずそこからだ、と応えた。

「二度とごめんだが、あの体験があまりに強烈なので、それまでの人生の記憶がかすんでしまっているようなんだ。過去多くの死刑囚の中には、最期に言い残すことはないかと問われたとき、もう二、三日待ってくれないかと言った者がいるそうだが、気持ちはわかる。死ぬ覚悟なんて、なかなかできるものじゃない。殺されるという実感を遮るというのか、信じないように、たぶん本能的に、身体が反応するんだろうな。ほんとうにいま自分は殺されるのだという実感がわいたとき、おれは大小便を失禁していた。いまは乾いている。そんな形跡もないので、着替えたんだ。しかし、それも、覚えがない」

　ぼくは押し入れから座布団を出して、タクミに勧めた。ぼく自身がそれを求めたのだが。タクミはすまないと言い、ぼくにならって座布団を尻に敷いてあぐらを組んだ。ぼくらはそろって、仏壇を向いている。目は、そこの、写真だ。

「気がつかないか」とぼくは言う。「仏壇にあって、線香を手向《たむ》けられる写真といえば、遺影だ」

「ウム」とタクミは、まったく無意識に線香を上げていたとでも言いたげな、言われて初めて気がついたと受け取れる様子を見せた。「そうか。死んでいるのか」

「あなたが死刑の現場から逃げてきた、なんていう話は信じない、信じられないが、父は、その写真の人物が、いずれ死ぬということがわかっていて線香を上げていたんじゃないか、と想像することはできる」

「ああ、そう言われれば。死刑囚の、おれのために、か。それは、なるほど、あり得るな」

「でも、まったく関係のない、すでになくなった人物かもしれない。たとえば、ぼくらが知らない文章の文のほうのタクミは、新生児のときに死んだのではなくて、あなたが言ったようにどこか里子に出されていたとかで生きていて、でも最近亡くなった、ということなのかもしれない。その死を知った父が、写真を手に入れて、毎日線香と水をあげていた、とか」

いまは水も箸を立てたご飯もないが。父の信仰心の薄さからして、線香はともかく水その他を手向けることはしないだろう。

「もしそうだとすると」とタクミは言う。「おれたちのどちらかが、タクミ兄弟とは関係のない、まったくの他人ということになる」

「クローン、とかね」とぼくも考える。「ぼくらの、どちらかが文章の文のタクミで、この写真の人物は死んでいない、遺影なんかじゃない、というのが、いちばん現実的な解釈だろう」

「では、この人物は、おれということになる。覚えがないが、こうして話しているうちに思い出すかもしれない。たしかに、あんたが言うとおり、おれたちは真の兄弟だというのが、もっとも収まりがいい。しかし、おれたちは互いに、自分は文章の文のほうではないということに関しては確信があるから、やっかいなんだ」

「そうだな」とうなずく。「それについては同感だ。——しかし、寒いな」

この部屋の暖房は電気のエアコンしかないようだ。以前は、外気給排気式の灯油ファンヒーターがあったと記憶するが、いまはそこに仏壇があって、そういうことかと納得する。壁にリモコンがあるのを見つけたが、タクミが立って、電源を入れた。

「この和室は」とタクミが言う。「この家でいちばん冷える」

まるで我が家について客人に語る口調だった。

「もとはといえば客間だ」とぼくも負けずに言う。「普段使っていないから底冷えがする。布団乾燥器もその押し入れにあるから、寝る前にそれを使って温めるといい」

「あんたがこの部屋を使うんじゃないのか」

「あなたはどこで寝るつもりだったんだ」

「居間の、あの寝椅子だ」

「ああ、あれか」あのマッサージチェアのことだろう。「あれは、ぼくが使うよ」

「おれを客扱いしてくれるわけだ」

それは、皮肉だろう。タクミのほうもぼくを客扱いしたいに違いなかった。つまり、互いに、この家の人間は自分のほうだと思っている。でもそんなことは、それこそ、いまはどうでもいい。

「悪い扱いではないと思うが」と答える。

「ま、久しぶりの暖房はありがたい」そう言って、タクミも座布団に戻る。「もっとも、身体が暖房なしに慣れているからな。今夜は暑くて寝られないかもしれん」

「拘置所は寒いのか」

「冬はより寒く、夏はさらに暑い。どちらも堪《こた》えるが、暑いほうが耐えがたい。食欲がなくなり生きる気力も薄れる。暑さというのは慣れるということがない。収監された人間が熱中症で死ぬことはあっても、凍死者が出たという話は聞いたことがないだろう」

死刑を執行された死刑囚だ、などという言葉を信じているわけではないが、最初に顔を合わしたときからの印象はいまだにぬぐえないどころか、より具体化されている。この人物は、拘置所に入ったことがあるに違いない、と。

「父はあなたに面会に行ったことはない、そう言ったが、記憶にない、思い出せない、ということなのか？」

「死刑囚が面会できるのは、親族のほかは弁護士くらいだ。伊郷由史は法律上、おれの親族ではないから、おれの記憶の有無とは関係なく、面会の事実はない、面会したくてもできない、そういうことだ」

「しかし」とぼくは、思いついたことを、尋ねた。「おかしい、へんだな、と思うのは、あなたは、自分のことがよくわからないと言っているくせに、最初からぼくの父のことを、生みの親だが育ての親でないと言っていることだ。その記憶が間違っているとは思わないのか？　法律上、伊郷由史は父ではないと、どうしてそう、はっきりと言い切れるんだ？」

するとタクミは黙った。そう言われればそうだな、といった顔で、じっと考え込んだようだった。が、突然、なんどもうなずいたあげく、あぐらを組んだ姿勢で身体を前後に揺さぶり始めた。思い出そうとしているというより、思い出したので興奮しているように見える。

「おい、どうした」

不安になって声をかけた。そのとたん、動きがとまる。タクミはぼくに顔を向け、そして、思い出した、と言った。

「おれが死刑になった、そのわけだ。伊郷由史は、殺されてはいない」

「なに？　どういうことだ――」

「だから、おれは、実父は殺していない」

殺したのは、法律上の親だ。そう続くのは、言っている内容からして明らかだろう。

4

タクミの人生がおぼろげながら立ち上がってくるさまを見ていると、なんだかぼくのほうの思い出が霧状に拡散していくような気分になる。そんなのはリアルな現象ではなく幻想だと思うのだが、記憶というのは幻想であって人生は幻想で成り立っているようなものだと常日頃思いつつ創作をしている身としては、なんの慰めにもならないどころか、重大さを再認識させるものだ。

問題なのは、どちらも自分は工業の工のタクミだと思っていて、顔も同じだ、というところにある。不吉なドッペルゲンガーのようなものなのだ。どちらかがオリジナルで他方は偽物であり、それがはっきりしたら偽のほうは消えてしまう、そんな危機感がぼくに生じている。まさに、こんなのは夢に違いないがその悪夢から抜けられない、という夢を見ている感覚で、しかし、これは夢ではない、という自覚がある。

まったく同じことを先にタクミが言っていたのを思い出すと、危機感に焦燥感が加わり、さらには、タクミが抜けられない悪夢とは死刑を執行されている自分を見るという悪趣味なもので、ついにはタクミは自らを殺人者だと告白したことを意識するなら、わき上がってくるのはリアルな恐怖だ。身体に危害を加えられるのではないか、端的に言えばタクミに殺されるのではないかという、怖さ。

それは、たんにタクミが恐い、というのではない。タクミという存在によって、自分のアイデンティティが曖昧にされ、意味を失っていく、というのが恐ろしいのだ。

この人物が現れてから、ぼくらはずっと、文章の文のほうのタクミは死んだの、いやそれは実は違うのではないかなどと、同じ内容を繰り返し、堂堂巡りの議論を交わしてきた気がするが、実は同じなんかではなく、タクミは実に巧妙にその話題を操作して、こちらの存在感を薄くし、ぼくという色をこの家から抜いていったような気がする。堂堂巡りなら議論は振り出しに戻るだろうが、実はらせん状になっていて、ぼくが気づいたときにはタクミはぼくよりずっと優位なポジションを占めており、ぼくがいるところは戦略的に不利だ、そんな感じだった。

これに対抗するには、ぼくが作家である証をこの家に見つけてタクミに突きつけること、だろう。紙の本、ぼくの著作を、だ。が、昼間父を捜していたときには、そういえば一冊も目に入らなかった。この家に送った本はみな届くなり処分されたのだ、などというのは想像したくもない。おそらく専用の場所に保存されていると思いたい。それがわからない以上、この戦略は使えない。逆効果になるだけだ。とするなら、タクミの話を聞きながら、そちらの弱いところを突くしかない。

「信じられないかもしれないが、おれは、彼らを里親だとは思っていなかった」

タクミはそう語り始めていた。

自分の育ての親を里親だとは思っていなかったということは、ようするに普通の親子だと思っていたということだろう。早い話が、このタクミは、実の親だと思いつつ二親を、あるいはそのどちらかを、殺したわけだ。そう言うと、タクミはうなずいた。

「父親だ。実父だと信じて疑いもしなかった。裁判でも、気がつかなかった」

「信じられない」

「だから、信じられないかもしれないがと、断っただろう」

「それにしても」とぼくは少し間を置いて、おもむろに言う。「……裁判でも言及されないとはな。しかし、尊属殺人で死刑というのは、旧法ならともかく、いまはむしろめずらしいだろう。尊属殺人罪というのは現行刑法にはないはずだし、いまは親殺しのほうがむしろ刑は軽いのではないか？」

「だから殺してもいいという理屈にはならん」

「それはこちらのセリフだ」

ぼくがそう言うと、タクミはふと不気味な笑みをもらし、発言の真意を説明する。

「親なら、憎さあまって殺しても死刑にはならないとわかっている人間に対して、言ったんだ。つまり、自分は安全だと思って親を殺すやつに対して、だ。自分は死刑にならないから人を殺してもいいという理屈にはならん。そんな人間こそ死刑にすべきだろう」

「あなたは、死刑は覚悟していたと、そういうことか。それで望みどおり死刑になったわけだ。本望だろう。そういうのは、自殺というんだ。税金を使って勝手なことをするんじゃない。迷惑だ」

「それは違う」

「どう違う」

「全部だ。まず、自殺する気などおれにはなかったし、いまもない。死刑など望んでもいなかった。それから、おれが殺したのは父親だけではない」

「……なんだって？」

「父親が憎かったわけでもない。おれは自分の身を守っただけだ。正当防衛だ。そのおれの主張を無視した不当判決で、おれは死刑場に引き立てられ、吊るされた」

「ちょっと待て」とぼくは言う。「いきなりいろいろなことを一度にまくし立ててこちらを煙に巻くつもりか」

「一度にいろいろなことを言い並べたのは、あんたのほうだろう。すべて推測によるでたらめだ。でたらめと言われるのがむかつくなら、あんたの思い込みによる独り言と言い直してやってもいい」

その挑戦的な物の言い方にむっとする感情を押し殺し、ぼくは一撃でタクミのその態度を粉砕できるであろう、問いをぶつけてやった。

「いまの話からすると、あなたは里親殺しで裁かれたのではない。あなた自身は実父を殺したのだと信じて疑わなかったわけだし、裁判官らもそうだろう。つまりあなたは、伊郷工ではなく、育ての親の名でもって生きてきたに違いない。社会的には伊郷工としては認められていないということだ。これはぼくの推測ではない、あなたが、そう言ったんだ。では、あなたの名前はなんだ。なぜ、伊郷工だと言い張るんだ。その根拠は、なんなんだ？」

また複数の問いを間を置かずに投げかけていたが、今度は自覚的だった。相手の顔色が変化し、守勢に回っているのを見たから、畳みかけるように言ってやったのだ。

タクミは口を開かず、あぐらを組んだ両膝を摑んで貧乏揺すりをはじめた。彼の頭の中で記憶の混乱が生じているのだろうと思われた。ぼくに言い返すことが即座にできないというのは彼にとっては敗北であって、負ければこの家から出て行かざるを得ないだろう。だが、それを焦っているというより、自分がわからなくなっていることへの不安のほうが大きいのではないか、そんなふうに見える。

「おれが伊郷工であることは間違いない」

しばらくして、貧乏揺すりをやめ、ぼくの目をまっすぐに見てタクミはそう言った。こいつは絶対に過ちを認める気はないのかとぼくは怒りと絶望を感じたが、ぐっとこらえて、タクミが先を続けるのを無言で待った。

「……なぜなら」とタクミは言った。「自分でそう思っているのだから、これほどたしかなことはない。いや、あんたの言いたいことはわかるつもりだ。言い訳をはじめたと思うだろう、だが、あんたの気持ちには関係ない話なんだ。おれの話だよ。おれは自分を伊郷工だと思っている。同時に、死刑になった自分というのもおれの中では間違いのない事実だ。だが、あんたが言ったとおり、では伊郷工が死刑になったのかと問われれば、どうもそうではなさそうだ、と思える。思えるというか、そうではない、と考えないと、いろいろつじつまが合わない、これも事実だ。認めざるを得ない。この矛盾をなんとかして解消しないとおれはこのさき生きていけない。これはあんたにはどうすることもできない、非常に、困った状況だ」

「伊郷工であることをやめればいい」とぼくは言ってやる。「簡単なことだ」

「では」とタクミは言った。「あんたも、やめろ。伊郷工であることをやめるのは簡単なんだろう、隗《かい》より始めよという。やってくれ」

　ぼくが黙っていると、タクミは言う。

「あんたができるなら、おれも、そうしてみようと思うが、できないだろう」

「ぼくにはできないが、あなたならできそうな提案が、もう一つある」

「なんだ」

「伊郷工であることをやめられないのなら、死刑囚であることをやめればいい。それで矛盾は解消される。あなた自身の中での矛盾に限定される問題だが、そうするしか解決法はない。わかるだろう。あなたの中の、そのどちらかの記憶が、錯誤だ。ならば、一方を誤りと認めて、消すしかない。忘れることだ」

「すると、どうなる」

「その結果、あなたが伊郷工だとすると、ぼくとの間で葛藤が生じる。ぼくも自分が工であることを否定するつもりはないからな。で、あなたが死刑囚だとすると、脱走囚になる。あるいは、あなたは嘘をついている詐欺師だとか、いずれにしても善良な一般市民の基準からは外れる人間だということになる。どっちにしても大きな問題だが、いまはとにかく、あなたの中の問題、矛盾をどうにかしたいというのだから、まずはそちらを片付けてくれ。あなたの言うとおり、それはあなたの問題であって、ぼくにはどうすることもできない」

これはようするに、たんに伊郷工という名前の問題ではなく、伊郷工という人物の実在性の問題であり、ぼくら二人の実存に関わる話をタクミはしているということだ。

わかった。そう言って、タクミは立ち上がった。どこへ行くのだと訊くと、歯を磨いて寝る支度をするという。

「すごく疲れている。そろそろ限界だ」

タクミはそう言い、ふらりと身体をゆらすように動かして和室を出て行った。それを見て、ぼくも疲労困憊している自分を意識した。タクミは依然として正体のわからない人物だったが、今夜のところは危険はないだろう。心身ともに消耗している様子は演技とは思えなかった。押し入れのふすまを開けて夜具を取り出し、布団乾燥器も用意してやる。押し入れの中を勝手にかき回されるのは気分的に我慢ならなかったからだ。布団を敷いたりするのは自分でやるだろう。押し入れのふすまを閉めて、ぼくは居間で休むべく仏壇のある部屋を出る。

おれは化粧台の鏡で顔を見る。どう見てもこれは伊郷工の顔でしかあり得ない。自分の顔だ。

化粧台はおれの記憶のよりも新しい物になっていた。以前のそれがどんなのだったか、厳密に説明しろと言われたら思い出せないのだが、そういったことはおれにかぎらずだれでも同じだろう。生活に溶け込んだ記憶というのはあらためて引き出すとなると面倒なものだ。化粧台の脇にある洗濯機も同様だ。ダイニングキッチンにある冷蔵庫その他にしても、白物家電は白物家電であって、型番はおろかメーカーすらなんだったか、そんなのはいちいち覚えてはいない。なんとなく新しくなっているかな、といった程度だろう。だから、それが伊郷工ではない(それとは別人格の)死刑囚の記憶であったとしてもかまわないわけだ。そういった漠然とした記憶が、いつの、どこでのものなのかが、はっきりしないのだ。問題なのはそこだろう。

いまのおれにとって、だれの確認もとる必要のない完全無欠な記憶といえば二点だ。自分は伊郷の実の息子であること。もう一つは、きょう自分は死刑を執行されたということ。

一点の曇りもなくこの二つは事実であって、どちらかが偽の記憶だということはあり得ない。つまり、もしこの二点が矛盾する事柄であるならば、この矛盾を解消することはおれにはできない、ということだ。

矛盾というのは背反し合う二つの〈事実〉のことをいうのだろうから、そのことからもどちらかが嘘（偽の記憶）であるということはあり得ないだろう。矛盾を解消するというのはどちらの事実がより強いかということであって、どちらの事実が正しいのか、なのではない。どちらかが嘘ならば、もとより矛盾は存在しないということなのだから。

いまの状態を解消するには、矛盾を解消するのではなく、矛盾そのものが存在しない〈事実〉を摑むしかないだろう。おれの二つの記憶のどちらが偽（＝嘘）なのかを自問したり、自分に納得できる説明を受け入れるということではない。そんなのは妥協だし、それは偽の記憶の創出にすぎない。おれが知りたいのは、事実だ。記憶ではない、客観的な事実。摑んだそれが小説よりも奇なりという事実だったとしても、事実である限り、それは偽の記憶といった物語ではない。となれば、そこにはほんとうの矛盾が存在することもあり得るわけで、そうなったら、その矛盾を受け入れて生きていくしかない。

洗面台の湯を張ったところへ手を入れると、ぬるめだ。湯だけを追加し少し熱いと感じたところで栓を止め、ざばりと顔を洗う。なんとも贅沢な心地だ。拘置所では出るのは冷たい水だけだった。夏は汗をかいた頭を洗いたくても洗面台での洗髪は禁じられていたし、濡らしたタオルで勝手に身体を拭くのもだめだった。ここではそういう制限はないわけだ。と気づいて、シャンプーを目で探していた。わざわざ洗面台で髪を洗うこともない、風呂に入ればいいのだ。そう思いつく。思いつかなかったら風呂には入らなかったわけだから、慣れというのは恐ろしい。長年の拘置所暮らしの習慣が身に染みついているのだ。

ところが拘置所とは無縁の、バスタオルのありかといったこの家の決まり事についても身体が覚えているようで、迷うことがなかった。風呂周りの機器の使い方にしても同様だ。迷うことなく風呂に湯を張る操作をしている。これも奇妙な感覚だった。

湯船はステンレス製で、これは少し旧式というか流行遅れではないかとふと思った。手入れがよくされていて清潔で、この家の主がきれい好きなのだとわかる。伊郷由史、伊郷工の実父だ。最近会った覚えはまったくない。が、プラ製の浴槽よりステンレス製のほうが傷がつきにくく磨き甲斐がある、そんな考えが浮かぶ。死刑囚の自分は、少なくとも拘置所で暮らしていた時分には、そんな考えが浮かぶはずもない。服役囚なら刑の一環として風呂の掃除当番をやらされることもあるのだろうが、死刑囚の刑は死刑にされることとなので、そうした作業をやらされることは一切ない。磨き甲斐があるといったこの気分は、実父の気持ちに共感したからに違いない、そう思う。

——おれは、伊郷工であり、死刑になった。

湯船にゆったりと身体を沈めて、深部体温が温まるまでじっくりと湯を楽しむという、長らく経験していなかった時間を過ごしながら、おれは、そう、口に出して言ってみた。それで、背反する点は三つだ、と気づいた。おれはおれであり、かつ伊郷の息子であり、死刑になった——どれも単独ではなんら問題はない。おれがおれでないのなら、だれかが死刑になったのだ。伊郷工が死刑になったのだ、というのも問題はない。つまり、〈おれ〉という存在があるゆえに、矛盾が生じるのだと気がついた。おれはおれである、という条件こそが、矛盾の発生源なのだ。

おれはだれか、という問題ではない。〈おれ＝自分〉とはなにか、という問題だ。もう少し考えれば、ようするに、伊郷工であるおれと、死刑になったおれが、同じ〈おれ〉であることは可能なのかという問題だと、わかる。

もう一人の工、自分は工だと言って譲らないあいつは、作家だという。あの男なら、この問題をどう表現するだろうか。〈おれ〉という一人称がだれを示しているのか、そういう問題だと言うだろうか。特定のだれかを示さない〈おれ〉という一人称は、小説では可能だろう。叙述ミステリならこれを利用して複数の人物の入れ替えトリックもできるだろうし実際無数のパターンが書かれてきたはずだ。

いまのおれは、現実の世界で、リアルにそういう状態に置かれている気がする。死刑になったのが現実である以上、おれは生きているはずもなく、伊郷工であるかどうかはどうでもいいはずだ。では、おれは死刑になったと信じている〈おれ〉とはいったい何者か。死んでいる以上、人ではあり得ない。幽霊だ。いま吊るされている最中で、死んでいく過程で生じている幻覚を体験しているのだということも考えられる。すると、これが夢であれ現実であれ、おれという意識のみが生きて活動していることになる。体験しているこれが夢でないとすれば、いまのおれはオカルトで言えば浮遊霊とでもなるのだろう。霊になって実家に帰ってきたのだ、とか。雨月物語でもあるまいし、そんな馬鹿なと思う。

死んでいるおれはたしかにおれだが、死んでいるおれを抱いているおれはいったいだれだ、という落語、粗忽《そこつ》長屋にも似た状況だ。おれはあの落語の登場人物、八と熊のような粗忽者なのか。だがおれは（だれかの）死体を抱いているわけではない。おれが抱いているのは、伊郷工と、死刑を執行された、二人のおれ、二人の意識だ。それが、幽霊の正体だろう。

死んでいるおれはたしかにおれだが、死んでいるおれを意識しているおれはいったい何者か——幽霊に実体を持たせるべく答えるとすれば、それは伊郷工のほかにはいない、ということになる。

正確に言うなら、伊郷由史の息子、だ。由史には二人の、同じ音の名の子どもがいた。工と文だ。文のほうのタクミは死亡している。これについては、自分が由史の子であることを疑いのない真実として感じているように、おれにとっての真実、事実だ。だから、この家に（帰って）きたらもう一人の工がいた、という事実は、矛盾だ。あいつもおれ同様、嘘を主張しているのではないと仮定するならば、二人の工の存在はまさしく背反する事実であって、これを解消するには、どちらの工が〈強い〉かを判定することでしか、なし得ないだろう。これは当事者同士では解消できないということでもある。判定者を必要とするからだ。負けたほうがどうなるのかは、また別の話になる。いまは判定者もおらず判定方法もない以上、この問題に関わるのは時間の無駄だ。同じようなことをあいつは言ったが、そのとおりだろう。

これらのことから、いまおれがやるべきことというのが浮かび上がってくる。死刑になったおれを意識している自分のことはいい。それは伊郷由史の息子で間違いない。

死刑にされたおれは、だれなのか。

知るべきは、そちらのほうだ。そもそも名前が思い出せないのは問題だ。死刑になったのが〈伊郷工〉ならば、その事実によって、さまざまな矛盾が潰れて消滅する。矛盾に思えていたのは実は矛盾ではなかったということがわかる、ということだ。たとえば、あいつが嘘をついているということが、わかる。同様に、いまのこのおれも〈伊郷工〉ではなくなるだろう。死刑にされて生きているはずがないとなれば、おれは別の名の由史の息子である可能性が浮上するということだ。おれは文のほうのタクミにかぎらず、いまだ知られていない隠し子であるかもしれない。

死刑囚であった自分の記憶を掘り起こし、その名を知ることだ。いまのおれがやるべきこと、かつ、やれるのは、それしかない。

身体の垢《あか》を落とし、やることもわかり、ようやく風呂から上がる。いつまでも湯に浸かっていたい気分だったのだが。

脱衣所は狭くて、脱いだ衣服を入れる籠などなかったから蓋をした洗濯機の上にまとめて置いていたが、身体を拭きながらそれをみやって、違和感を覚えた。拘置所暮らしをしていた自分の衣服という気がしない。覚えがないのだ。しかしいまは手近に他に着る物がない。下着を身につけてから、背広を手に取り、裏を見てみる。伊郷というネームが入っているのを期待したが、なかった。着古して身体になじんでいたが、こうして脱いだものを手に取ってみると、どことなく、他人の背広を借りてきたというような、おれのではないという妙な感覚もある。

拘置所から出たときに――死体になって、ということではないから、脱走に成功したのだと仮定するしかないのだが――おれは〈伊郷工〉を殺害して、そのアイデンティティごと身ぐるみはがして盗んできたのではないか。こんな考えに、自分でもぞくりとした怖さを感じる。殺害したという考えにではなく、殺したのが事実であったとしてもこの家には伊郷工と名乗る人間が（もう一人）いるのだから、おれがやった殺人はばれない、そう思っている自分に気づいてのことだ。あの工はおれのことを、犯罪者の臭いがするといった意味のことをはっきり口にしていたが、こういうことかと思う。死刑囚であった自分は幻想ではない、リアルな現実なのだと、あの工から承認されたようなものだ。複雑な気分だった。

髪を乾かそうと、ドライヤーがあるであろう化粧台下の物入れの扉に手を伸ばそうとして、自分が短髪なのに初めて気がついた。冬の拘置所は寒いので伸ばしていたのだが。髪の毛の保温効果は馬鹿にはできないことをその暮らしで実感していたおれだが、いまのおれはどうやらあのおれではなさそうだと思い始める。しかし、それでも死刑執行時の記憶は鮮明で、あれが偽の記憶や体験だなどということは断じてない。

いっそそんな記憶など忘れてしまえばいいのだ、ふとそう思う。それができるなら、おれに生じている矛盾は消失し、二人の工という問題になるだろうが、そのときは、おれは工であることも忘れてしまっているだろう、そんな気がする。

とにかく、子ども時代のことも、なにもかも、絞首台のあの場、あの時以前の記憶が曖昧だ。いまだに不安と恐怖は消えていない。死刑執行時のあの恐怖のフラッシュバックかもしれないが、記憶を喪失していることの不安も大きい。この家の中の状態を身体が覚えているような体験は、おれには唯一の救いであり、安心のよりどころだ。他人の家ではないという安心感がある。それに身を任せて熟睡すれば朝にはなにもかも解決しているだろう、そう期待して、脱衣所を出る。

居間の明かりはついたままだった。あいつはまだ起きているのかと中を窺ったのがいけない。工を名乗るその男はPCを使って調べ物に没頭しているところだった。安心できるはずの巣に正体不明の人間が入り込んでいる。それを自分から再確認してしまったとなっては、このまま黙って休む気にはなれない。相手をせざるを得なくなった。

5

なにかわかったかとおれは訊く。死刑囚のおれのことだ。この工がやっている調べ物といえばそれしかないだろう。

工はパソコンデスクでPCを使っていたが由史のPCを勝手に使っているとしたら許せないと思い、見れば、彼のものだ。由史のそれは蓋を閉められてデスク奥に追いやられていた。おれの視線に工は気づいて、しかしおれの気持ちには気づかなかったようで、「あなたにはあれは使えないよ、父のだからな」と言った。

「おれが盗むとでも思ったか」

「ロックがかかっているという意味だ。それとも、ログインパスワードを知っているとでもいうのか？」

知るわけがない。だが、この家の物の位置やなにやらにまったく戸惑うことがないことからして、そのPCを前にして適当にキーを叩けばそれが正しいパスワードになっているということはありそうだった。が、いまはそれはどうでもいい。おれがPCを使うことより、工がPCを使ってなにをしているかのほうが重要だろう。工は外部のだれかと通信していたのかもしれない。

おれはそのPCの画面が見えるように寝椅子を動かし、そこに腰を下ろした。

「で、どうなんだ」とおれは言う。「なにがわかった」

「なにがって？」

「原稿を書いている画面には見えない。仕事をしていたわけじゃないだろう。おれのことを調べていた。そうだろう」

「なにもわかるはずがないと言いたげだな」

「おれも事実を知りたい。死刑執行の発表や報道はあったか」

「ない」と工は首を横に振った。「あなたの言ったとおり、死刑執行については、二十年前から執行の当日にその事実及び人数が公表されはじめ、十年前くらいからは執行を受けた者の氏名や生年月日、犯罪内容や執行場所が公表されるようになった。それがこの数年、なんの発表もない。執行された事実がなかったのか、一切公表されなくなったのか、それを検索中だが、いまのところなにも引っかかってこない。死刑執行に関する情報公開はされなくなったと考えるのが自然だろう、ぼくはそう思う」

「法務省や大臣の発表がなくても、死刑を執行された者の家族には知らせがいく。遺体引き取りのために必要不可欠だからだ。報道機関が取材を通じて死刑執行の事実を捉え、それを報道することは法的に問題ないはずだ。が、最近は、そうした報道が特殊秘密法に引っかかるおそれはある」

「塀の中で暮らしていたにしては、現状に詳しいんだな。本当に死刑囚だったのか?」

「自分には関係ないと思っているわけだよ、あんたはな。愚者の楽園で遊んでいられる幸せ者だ。おれは違った」

「特殊秘密法はあんたにとって他人事ではなかった、ということだな。わかった。続けてくれ」

「あの法律は恣意的な解釈が可能な悪法だから報道機関が自主規制することも考えられる。まさにそうさせる目的で権力が通した法律だ。米国なら憲法修正第一条に違反するとして廃案にされているところだろう」

「憲法を持ち出すまでもなく、あなたがきょう、いや、昨日死刑を執行されたというおかしな話の裏付けは、取れなかった。肯定も否定もできないということだ。安心したか？」

「いや。どうして安心できるんだ。いいや、できない。死刑になってここにいる、その事実を、客観的に確認できないかぎり、不安は消えない」

寝椅子の、これは電動マッサージチェアだ、寝ていた背もたれをスイッチ操作で起こして、おれは本心で答えた。

「おれは、死刑を執行された自分の名を知りたい」

「伊郷工ではあり得ない、そう認めるわけだな」

「伊郷工の名で執行されたという可能性も含めてだ。事実を知りたい」

「そんなのは、あり得ない」

「あんたの気持ちはわかる。だが、さきほどおれが風呂に入る前にあんたも言っただろう、これはおれの問題だ。まずは、それを片付ける。あんたとの話はそれからだ。そう考えてくれ」

「わかった」無表情に工はうなずいた。「そういうことなら、検索しても引っかからない以上、あなたが思い出すしか方法はない。ぼくにできることはなにもない」

「いや。死刑の執行が公表されなくても、犯罪事実そのものは存在している。おれはありふれた犯罪者として扱われ、おれにとっては不本意だが、死刑を宣告されたふつうの死刑囚の一人にすぎない」

「どういうこと？」

「おれの死刑執行を、犯罪事実も含めて、つまりおれの存在そのものを、ピンポイントで権力が抹消している、隠蔽しようとしている、なんてことは考えられない。おれは権力にとってそのような重要人物ではない、と思う。だから、おれが捕まった事件は報道されているはずだし、その情報は消されずにいまだ残っているだろう、ということだ」

「なるほど。手がかりは？」

「おれは十年以上拘置所暮らしをしていた。したがって、事件発生は十年以上前のことになる」

「最近ではないわけだな。事件の内容そのものの記憶もはっきりしないのか」

「父親を殺している、はずだ。しかし、おれの父親ではないかもしれない。少なくともそれが伊郷由史ではないことは、自覚できている」

「実父でもなく、さらに里親でもない、ということか。なんにも覚えていないということじゃないか」

「父親にあたる人間を殺したという覚えはある。殺害したというはっきりとした覚えだ。だがその父というのは、おれの父ではなかったかもしれない」

「すると、だれの父親だ。だれを殺したというんだ？」

「雰囲気としては、いちばん殺したいとねらった相手の父親だろう。一家皆殺しを実行した、という感じだ。主目標の、その父親を、ということだ」

「なんてことだ。死刑になって当然だと思えてきた。ぼくを怖がらせようと、作り話をしているんじゃないか」

「そう思いたいあんたの気持ちもわかる。顔が同じ人間がいるというのは、ただでさえ恐い。おれも恐いよ。あんたにかまっている余裕なんかない。おれはとにかく、事実を知りたいんだ」

「実父は殺してない、あんたにわかっているのはそれだけなんだな。それだけの手がかりで、どうやって調べろというんだ」

「伊郷由史は少なくとも昨日までは生存が確認されているわけだろう。その事実からも、おれが殺したのは実父ではないことは客観的に、おれにも確認できる。あんたにもだ。事実確認をすることは、互いの安心に不可欠だ。協力してくれ」

「なにか事件の内容のヒントをくれないか。キーワードでもいい。なにかないか」

「それをこれから思い出す。つき合ってくれるな？」

「もうつき合っているだろう」

「そうだな」

おれは風呂上がりに忘れないよう着けた腕時計をみやる。三時になろうとしていた。夜明けまでにはなにか確実な手がかりを摑んでおきたい。まだ時間はある。冬の夜は長い。

いずれにしても、おれの正体を探っている工を放っておく気にはなれない。

腕時計の秒針の動きを見て、よく動いていると思い、時刻ではなく時計そのものへと意識が行く。これは大昔、おれが実父からもらったものだ。大学の入学祝いだったか成人祝いだったか、なにかそういう記念だった。風防は平板ガラスではなく文字どおり時計皿のように湾曲していて、いまや細かい傷が無数についている。

これだけでもおれが由史の息子だという立派な証拠だと思う。対して、いまPCを使っている工はどうか。この腕時計に気がつかないわけがない。由来を知らなければただの古い機械式の腕時計にすぎないが、息子なら、忘れるはずもなかろう。いや、息子でも記念の腕時計をもらってない者もいるのだと反論されればそれまでか。ともかく、いまは工との関係はおいといて、おれ自身のことを振り返ることだ。

「一家皆殺し事件というのは」と工がPCの画面をさして言う。「意外とあるものだな。成功するのは少ないが、母娘二人の家族をねらった殺人事件でも一家皆殺しの犯行になるわけだ。十人家族をやるとなると単独犯では無理だろう。というか、そんな犯行を企てるやつはいかれている」

「おれがいかれている、というのはいまはおいといてくれ」

「嫌みで言ったわけじゃない。まともな人間なら一家皆殺しを考える対象の家族数は多くてもせいぜい二、三人だろう、ということだ。検索の絞り込みをやっているんだ。わかるか」

「そういうことか。すまない。おれをまともな人間扱いしてくれて嬉しいよ。皮肉じゃない、本心だ」

工はちらりとおれに目をくれたが感情は読み取れない。続けてくれとおれがうながすとPC画面に視線を戻して言った。

「一家皆殺しのような犯行でも死刑判決が出ない例もけっこうあるんだな。それも意外な気がする。正当防衛だとか、あなたは言ったな」

「ああ」

「正当な防衛といえば、襲われたので反撃に出た、という感じだ。それと一家皆殺しという行動は、なんだかそぐわない。そのへんはどうだろう。思い出せるか」

「――父親を殺した、父親まで殺した、皆殺しにしようとした、なぜそこまでやらなくてはならなかったのか」

なんども他人からそう問われた覚えがある。おそらくはおれを逮捕した警官がまず最初にそう言ったことだろう。取り調べの刑事も、検察官も、そう訊いたはずだ。

おれはマッサージチェアの背もたれをまた倒して、目を閉じて思い出そうとつとめる。

「そうした周囲の詰問に対するおれの答えが」とおれは言う。「自分を守るため、だった。我が身を守る権利が認められているからには正当な行為であるはずだ、という答えだ」

となると、殺さなくては自分のほうが殺される立場におれは置かれていたことになる。そうだったに違いない。

「恨みや強盗殺人ではない」とおれは考えながら続ける。「計画性があるから反射的な防衛行為でもない。おれは——あの女に利用されていたんだ」

突然、自分が殺した相手が女だと気づいた。父親というのは、その女の親だろうか。

「あなたの妻か。それともつき合っていたのか」と工に訊かれる。「どういう関係なのかわかるか」

「痴情のもつれなどではない。色恋沙汰ではないし夫婦関係とも関係ない。職場の人間だ。一家皆殺しの一家というのは——疑似家族かもしれない」

「家族のようなふりをしている集団をあなたが皆殺しにした？」

「職場の長とその部下たちで構成される職場環境のことも、なんとか一家ということがあるだろう。責任者のトップが、父親になる。レトリックだ。一家皆殺しというのは、その人間をみんな殺したということだろう。疑似家族を皆殺しにした、ということになる」

「それで」

「おれは、なにか研究機関で研究対象にされていたか、そこで働いていたにしても正規ではなくアルバイトかパートだったような気がする。まてよ……学生だったかもしれない」

「学生って」と工は呆れた顔をあからさまに見せて言う。「いくつの話だ。いつの話だよ。

我我は四十半ばだ。二十年以上前の事件だというのか。あなたは四半世紀もの間、刑を執行されなかったというのか？」

またこいつはいろいろな事項を一度に訊き立てる。

「かもしれん」と、おれは全部まとめて、答えてやる。「可能性はある」

「ことわっておくが」と工は言った。「死刑確定者の中に、伊郷工という名はない。過去もいまもだ。文章の文のタクミもリストにはない。伊郷姓の該当者もいない」

「直近のリストは出せるか」

「もちろんいくらでも出せる。出所の違うリストが何種類も存在しているよ。簡単な事件名を添えたものもある」

早くそれを言ってくれ、と言いたかった。

おれはまた背もたれを起こし、身を乗り出して、「見せてくれ」と言う。

工が素早くキーを操作するとそれらしき画面になる。

リスト内容は半年ほど前のものだ。死刑が確定した者たちとのことから、十年間拘置所暮らしをしたあげく昨日刑を執行された者もここに含まれているはずだ。氏名が読点で区切られてずらりと並んでいるだけなので見にくい。ざっと二百名ほどだった。氏名には括弧書きがついていて、保険金殺人などとある。幼女強姦殺人とか、連続バラバラ殺人とか、無差別放火犯とか、見ていて気分が悪くなる内容が続く。闇サイトやらストーカーといった最近の社会的病理を示すものから、冤罪だとして再審請求が出されているよく知られた歴史的犯罪まで、時期的にこんなに幅広いとは驚いた。こうして表にしてみるとあらためて死刑制度の不備や矛盾が見えてくるというものだ。

しかし、これが自分の名だとか、自分が犯した犯罪だとか、肝心なことはいっこうに見えてこない。ここにおれのアイデンティティがあるはずなのだが。あの刑場の体験が幻覚であるはずがない。あの生生しい体験はおれのものだ。いまのおれがだれであれ、死刑になったおれもおれなのだ。奇妙な感覚だが、そうとしか言いようがない。

「実弟殺しというのもある」と工は黙ってみているおれに助け船を出すといったふうに、あまり差し出がましいとは感じさせない態度で画面を指した。「あるいは、こちら、つき合っていた女をその祖父と母ごと惨殺した事件とか。しかし、こういうのではなさそうだな」

熱心に工は言う。自信をなくしかけたおれとは対照的だ。本気で突き止めようとしているのがわかる。工にとっては、そうだろう、伊郷家とはまったく無関係なおれというのを突き止められれば、自分こそ本物の工だと主張できるわけだからだ。そう考えれば、なるほど工のこの態度は理解できるし、おれ自身のこの腰の引け具合も、無意識のうちにはやりたくないと思っているのかもしれない。

「こちらはどうだ」と工は読み上げる。「同僚殺しだそうだ。これなんか、あなたの上げた条件に近いんじゃないか？　名前は、これはなんて読むんだろう。検索にかけてみるか。事件内容の詳細も出てくるだろう」

　邨江清司。おれはその名前を見て、すぐにわかる。ムラエキヨシだ。だが、黙っている。

検索結果はすぐに出た。

「この死刑確定者は新潟出身だ。事件現場は、なんてこった、五十嵐二の町というから、すぐ隣だぞ。うちは一の町だからな。もしかしたら大学の構内なんじゃないか、この財団法人進化分子生物学研究所というのは？」

　工は、とうぜん、おれに訊いているのだ。

「どうなんだ」と工はおれを振り向いて、問う。「あなたが言っている事件というのは、これじゃないのか」

　答えたくない。官憲らの果てしのない詰問の、そのうんざりとする、同じ内容を繰り返し訊いてくる口調をおれは思い出して苛苛してくる。

「どうなんだ、邨江清司」

「勝手に呼ばないでくれ」

「まさか、本気じゃないよな？」と工は初めて表情を動かして言った。驚いているのだ。

「あなたがこの死刑囚なら、うちの人間ではないのは明らかだ。あなたは自らそれを認めるのか。自分はこの邨江清司なる人物だと認めるというのは、嘘を言っていたことを認める、ということと同じだ。死刑になって生きていられるはずがないんだし、刑場から逃げてこられるはずもない」

「顔で邨江清司を検索してみてくれ」とおれは言う。「それで、あんたが判断してくれ」

「なにを判断しろというんだ。あなたが嘘をついているかどうかなど、調べるまでもないだろう」

「おれは」と、自分でも強く緊張していることを自覚しながら、つばを飲み込んでから、言った。「邨江清司という名で育った。つまり、それが、いわば里親がつけた名だ」

「またそんな話を蒸し返す――」

と工は言い、言葉を切った。絶句したのだ。

死刑確定者の邨江清司の顔写真がいくつか画面に並んで出ているのを、おれも見る。事件報道に使われたものだろう。

当然のことながら、おれの顔だった。ということは画面を見ている工の顔でもあるのだ。つまりいま画面を見ている工その人が、邨江清司という死刑を宣告された凶悪犯であってもいいようなものだ。工自身がそう感じたに違いない。他人事だと思って検索してきたというのに、いきなり対象が我が事としてネット上に立ち現れたのだから、これで平然としていられるほうがおかしい。

この事実はおれにとってもかなりの衝撃だった。死刑囚の自分の名が邨江清司と確認できたのはいいとして、まさかその顔が、いまの自分の顔だとは思ってもみなかったのだ。いや、理屈としてはそうでなくてはならないのだろうし、これは当然の帰結なのだろうが、感覚としては、伊郷工のおれと死刑囚の邨江清司のおれは、別人だった。邨江清司は昨日午前十時ごろ、死刑を執行されたのだ。間違いなく、それをおれは体験した。そのおれの顔は、このおれの顔ではないはずだ。もし同じ顔ならば絞首台の頭上から下がる綱がいまもこの首を締め上げていなくてはならない――思わずおれは首筋に手をやっている。そんなものは、これも当然のごとく、あるはずもない。

「……伊郷家には息子が三人いたんだな」工のほうも見えないロープで首を絞められていたかのようで、かすれた声を出した。「双子ではなく三つ子だったのか。あなたは文章の文のタクミだろう。この事実をぼくに伝えるために、こんな手の込んだ真似をしたわけか。親父は、この清司という実子の死体を引き取りに行ったんだな。仏壇のあの写真は、この死刑囚か。なんてことだ。お袋はこれらのことを知っていたのか。どうなんだ」

合理的で破綻のない解釈だ。すばらしい。おれは工の考えに感心する。工はこの解釈によって自らの不安は払拭されたはずだ。おれはそんな工を心底うらやましく思った。おれもその解釈を受け入れられれば、今夜はこれで眠れるだろうに。工の立場と入れ替わりたいくらいだ。

「わからない」とおれは答える。「三つ子などではない、ということしか、おれには言えない。三人いるとすれば一人はクローンだろう。最初にあんたが言ったようにだ。おれにとっては、そういう解釈しかできない」

「ぼくには、そう言い続けるあなたのことがわからないな。なぜ、話をそのようにややこしくするんだ。目的はなんなんだ。この家に帰ってきた、あえて帰ってきたと言ってやるけど、その理由はなんなんだ。父から認知してもらおうとでも？」

「おれは文章の文のタクミなのか」

「あなたは伊郷家の息子だと、いつ、どこで知ったんだ？」

そう言われると、はっきりしない。死刑になったあとか。いや、生まれたときから知っていたような気もする。息子だという確信はあるのだが、いつ知ったかなんて、あらためて考えたこともなかった。ふつう、みなそうではなかろうか。息子ではないかもしれないという疑惑が生じてこそ、やはり自分はこの父の子だと〈知る〉のであって、疑惑など感じたこともないから〈知る〉必要もなかった、ただ確信だけで十分だった、そういうものだろう。おれは間違いなく由史の息子であればこそ、こんな質問には答えようがない。

「答えられないのなら、あなたはぼくとそっくりな顔の赤の他人だろう」と工は言い放った。「いますぐに出ていくか、でなければ、なぜこの家に現れたのか、説明をしてほしい。少なくとも、死んだはずの文章の文のタクミであることを素直に認めて、今夜は休むとしようじゃないか」

「おれは」と口を開く。「邨江清司であり、伊郷由史の息子だ。そうとしか言いようがない」

「それでは矛盾はぜんぜん解消されていないじゃないか。そちらをどうにかしてもらえないかぎり、話にならない。ぼくはもう寝させてもらうよ」

「つき合ってくれるんじゃないのか」

「これ以上ぼくになにをしろというんだ」

「邨江清司がだれを殺したのか、調べてくれ」

「この画面に出ているとおりだ」

おれはそのニュースサイトの記事が出ているであろう画面を横目で見やり、ではそのPCを使わせてもらっていいかと訊く。

「それは遠慮願いたい」と工は言った。「読むのはかまわないよ。ぼくも寝る支度をしたいので、さっさとしてほしい」

「あんたは」と言ってやる。「同じ顔をした人間が死刑になったことをいま知ったというのに、このまま安眠できるわけだな。おれにはその神経がわからない。なにも知らずによく寝る気になれるものだ」

「死刑がいつ執行されたのか、これからされるのかは、確認できない。あなたの話は信じられない――」

「同じことだ。社会通念上の凶悪犯には違いない。あんたにも同じ血が流れていることになるんだぞ。もしあんたが、清司やおれの兄弟だとするならば、だが」

「だから、なに」

「気にならないとしたら、あんたはいかれている。逆説的に、だからあんたは清司と血を分けた兄弟だと認めてやってもいい」

「ほんとうだとしても、血を入れ替えることなんかできない。いまさら生物学的にどうにもならない。じたばたしても始まらない。双子だからといって、どちらも同じように〈いかれる〉わけじゃないだろう。ぼくは自分がいかれているなんて思っていないし、事実、交通違反も犯したことのない人間だ。それとも、あなたが言っているのは、凶悪犯の兄弟をもった人間として、世間に対して責任を感じるべきだ、殊勝な態度をとれとでもいうことか？」

「少しは気にしたほうがいいだろうと思う」

「もしかして、あなたは、これを理由に、ネタにというほうがいいのか、ぼくを強請《ゆす》っているのか。父には隠し子がいて、それは凶悪な犯罪者で、それを世間にばらされたくなかったら、とでも言いたいのか。そうなんだな？　どうりで最初から怪しい雰囲気だったよ。でも言っておくが、ぼくにはめぼしい資産はないからな」

「ばかばかしい」とおれは本気で思う。こいつはまさしく、そうとういかれている。「あんたこそ、いますぐに出ていけばいい。自分の家があるんだろう。実家に頼ることもない。由史はそのうち戻る。おれが留守番をしているから、あんたがだれであれ、心配は無用だ。帰ってくれ」

この工を名乗る男は、作家などではない。少なくとも、この家のどこにも、この男の本などあるはずがない。ペンネームを尋ねてもこいつははぐらかして答えなかったから、おれにはこの男が書いた本とやらを探しようがないわけだが、どのみちこの家には〈由史の息子が書いた〉本というのは存在しない。感覚として、それがわかるのだ。由史の妻が愛したブランドの皿やバスタオルその他の在処が考えなくてもわかったようにだ。この男がもしほんとうに作家だというのなら、おれの兄弟ではない、つまり由史の息子ではないだろう、ということだ。

「そんなことが」と、工が言う。「できるもんか」

「では」とおれは言う。「謝ってくれ」

「なに？　どういうこと」

「あんたは、おれを侮辱した。強請たかり呼ばわりしただろう。それとも、死刑囚には人権はないから罵倒してもかまわないとでも思っているのか」

「いつまで死刑囚だとか言い張るつもりだ。おかしいだろう」

「はぐらかさないでくれ。謝罪してほしいとおれは本気で言っているんだ。おれにとってもあんたは、正体不明の人間だ。しかしそういうあんたを、おれは罵倒したりはしていない。あんたは、人をなんだと思っているんだ？」

工は目をＰＣ画面にやり、その反動のような動きで視線をおれに戻すと、悪かった、と言った。

「言い過ぎたかもしれない。気分を害することを言ってしまって、すまなかった」

心からの謝罪とは思えないが、意外と利口だと感じる。感情を抑えて自分の立場を守ることを知っているわけだ。

「では、おれも前言は撤回する。帰れ、と言ったのは忘れてくれ」

「あなたのほんとうの目的はなんなんだ？」

「ほんとうに、おれは邨江清司だった気がするんだ。それがどうしてこうなってしまったのか、それが知りたい。ほんとうの目的というのなら」おれは自分の心の内を探って、それを適当な言葉で表せないかと考え、言う。「手段を選ばず生き延びること、だ。そのためにここにきた。そんな気がする」

「結局、なにもわからないわけだ」

工は深くため息をついた。絶望的になっているというのは大げさだろうが、投げやりな気分になっているのは間違いないところだ。

おれは工のＰＣ画面の記事を見やって、そうでもない、と言ってやる。

「このニュースには出ていない、事件の背景というのを、話すことができると思う。邨江清司が働いていた環境とか、犯行の動機とか」

「……思い出したのか？」

「そう言ってもらえるのは嬉しいよ」

「信じているわけじゃない——話の流れで、だ」

「わかるよ。おれ自身、いまの状況がよくわからんのだからな。思い出したおれは、清司なのか工なのか、おれにはそれが、よくわからない。それこそが問題なんだと思うが、とにかく、死刑を執行されたおれのことを、もっと思い出したいんだ。なぜ死刑になるような行動をとったのか、それを知りたい」

それを知りたいと思っているおれは、伊郷工のおれなのかもしれない。つまり由史の息子のほうの〈おれ〉が、清司の〈おれ〉に教えろと要求しているのではないか。実に奇妙な感覚だが、そういう気がする。どちらも〈おれ〉に違いなくて、しかも邨江清司のほうのおれは、まず間違いなく、吊るされて、断末魔の痙攣に身体を踊らせながら死亡している、はずだ。しかし、いまこうしてそれを意識できているように、その記憶は死んでいないのだ。どこまでできるのかやってみなくてはわからないが、その記憶を掘り起こしていけば生まれるところまでいける気がする。清司が由史の息子なのかどうかも、そこまで遡れるなら、わかるだろう。つまり工と清司の関係が確認できることになる。もっとも、それがわかるのは副次的なものであって、記憶を遡ろうとするその気持ちの目的は、絞首台での最期を起点にして時間を逆向きに、もう一度、生き直すことにあるようだ。このへんはおれにもよくわからない。自分の気持ちであるはずなのに。

もういちど、おれではない自称作家の工はふうと息をついて、ニュースサイトの記事に目をやり、犯行の動機は職場でのいじめだそうだ、と言った。

「邨江という男は」と工は記事に目を走らせ、それを彼の言葉にして言う。「職場ではみんなから無視されていた。上司からは、これはパワハラだ、研究論文を握りつぶされたりしていた。この上司というのが、あなたの言うところの、疑似家族の長、父親ということらしい。同僚というか研究チームのリーダーに女性がいて、この女を清司は真っ先に殺害している。彼女からはセクハラも受けていたと清司は供述している。犯行は職場の研究室と上司の部屋で行われ、凶器はハンドメイドの拳銃だ。清司が製造した。実包も清司の手製で、犯行に使われた七発を含めて計五十一発が現場や自宅から見つかっている。清司は三名を射殺、一名に重傷を負わせたところで、駆けつけた警官隊に投降して逮捕された。死亡した被害者らはみな胸部を撃たれている。重傷者のみ背中を撃たれていた」

顔を画面からあげておれを振り向き、工は、これで間違いないかと訊いた。実に、嫌な気分だ。供述調書に拇印を押せと迫られている記憶が鮮やかに甦った。

拳銃と実包を自作したのはおれだ。間違いない。銃刀法違反だ。だがこの際そんな罪状は関係ない。

「邨江清司が使用した拳銃は、ひとえにこの事件における被害者らを殺害するために作られたものなのか」と工が詰問口調で訊いた。「それとも、武器を作る趣味があったのか。拳銃オタクだったのかという意味だが」

「そんなのは」とおれは心でつぶやいたままを口に出す。「この際関係ない。彼らを殺す道具が拳銃だった、それだけのことだ。自分に作れないなら売人から手に入れていただろう」

「銃にこだわっていた、ということはうかがえる。凶器は拳銃でなければならなかったということだろう。職場の全員皆殺しを計画するなら、まっさきに選択される方法は、飲み物に毒を混入させることではないかと思うのだが、銃殺というのはいかにも派手だ。それはつまり、あなた自身がやったということを隠すつもりはなく、むしろ殺意を世間に知らしめるためにあえて派手な方法を選んだと、そういうことなのかな」

「そのとおりだ」おれはうなずいて、もう一つある、と続けた。「確実に殺せる手法として選んだんだ。おれがもし剣の達人なら日本刀でもよかっただろうが。それにしたって刃物を使うのはなにかと面倒だ。銃なら子どもでも人を殺せる」

「そう簡単には当たらないだろう」

「射撃競技かなにかと勘違いしているようだな。コンバットゲームとか。戦闘訓練など必要ない。相手は無警戒なうえに丸腰だ。逃げようとする前に撃つ。失敗しないコツはそれだけだ。引き金を引ける力がある者なら子どもにもできる。もちろん、強力な殺意があることが前提条件になるが。そういうことだ」

工は、黙った。顔に血の気がなくなっているように見えるのは、この部屋の寒さのせいではなく青ざめているのだろう。殺人者を目の前にしていることを意識したのだ。はっきりと。風呂に入って身体を温めたらどうかなどと助言するのは明後日を向いたばかげたものでしかないに違いない。だからおれはなにも言わなかった。

しばらくしてから工はおれにもわかる身震いをして、口を継いだ。

「なにがあったんだ。あなたがそうまでして職場の人間を殺さなくてはならない、なにがあった。いじめを受けていたという、ただそれだけのことで、ここまでするのか？」

「たんなるいじめでここまでするのか、か。するだろう、ふつう」

「ふつう、しないだろう」

「あんたの想像力は貧困だ。作家だというが嘘だな。まるっきり想像力に欠けている。いいか、殺人の動機としてはありふれている、ふつうだ、ということだ。だから官憲側も犯行の動機について、日常的にいじめを受けていたことにより殺意を抱くに至ったため、としたんだ。おれに言わせればいい加減なでっち上げだ。官憲らの想像力もその程度でしかないということだ」

「いじめが原因ではない、ということか。じゃあ、なんなんだ」

「さて、どうしたものか」

「肝心なことは思い出せないってことか。あなたは、ぼくを、おちょくっているのか」

「協力してくれているあんたを馬鹿にしたりはしないさ」

「さきほどしたくせに。想像力の欠片《かけら》もないと言った」

「欠片もないなんて言ってないが、想像力の貧困な人間だとは言った。あんたにはいじめられた経験はないのだろうな。馬鹿にしたつもりはないが、あんたが馬鹿にされたと感じたのなら悪かった。あんたが経験したこともない内容を、どう説明したものか、それを考えていたところだ」

「思い出したと？」

「クリアにすべて思い出したわけではない。だが殺害の動機がいじめへの復讐だなんてことではなかった、それはたしかだ。まずは、そうだな、どういう研究所だったのか。それから話そう。回りくどくなるが、つき合ってくれるな」

工は一瞬躊躇した様子を見せたがうなずいた。おれのほうは、この男が邨江清司の行動に関心を失っておれの話にもうつき合わないと言ったとしてもここでやめる気はなかった。邨江清司はなぜ吊るされなくてはならなかったのか。もういちどそれを検証せずにはいられない。おれは正当な防衛をしたにすぎないはずだ。しかし防衛しなければならなかったその理由とはなんだったのだろう?

6

進化分子生物学研究所というのは、生物の進化を分子レベルで調べ、それをさまざまな方面に役立てることを目的として設立された財団法人だ。応用面はいくらでもある。というか、画期的な応用分野を開発することも目的とされていた。基礎研究部門から医療や福祉分野などへの応用部門まで一貫して行うところ、というのが一応の設立目的だ。それはウェブを見るほうが早いだろう。

そうおれが言うと、工はなぞの笑みを浮かべて言った。

「無駄だ」

「なぜ」

「そんなページはどこにもない」

「おれが虚構をでっち上げていると言うのか」

「そんな財団法人は解体されている。不祥事があったということだろう」

「おれのせいか。邨江清司がやった事件だろうな。なるほど」

工はおれの顔をさぐるように見つめていたが、おれが嘘を言っているのではないと納得したのだろう、薄笑いを消した。がっかりしたように見える。

「自意識過剰だ」と工は言った。「まあ、たしかに邨江の事件はきっかけにはなったのだろう。いま調べてみた。しかし、邨江清司がやった事件はたいしたことじゃないと思わせる、ひどい不祥事がぼろぼろでてくる。あなたはぜんぜん知らなかったようだな」

「不祥事とはなんだ、不正な金の動きとか？」

「いや、それもあったかもしれないが、それを言うなら不祥事というより、倫理上の問題のある研究が多すぎた、と言うほうがいいだろう。それが邨江清司の事件をきっかけにして世の中に噴き出してきたんだ」

「たしかに倫理委員会の承認を必要とする研究をやっているユニットもあっただろうな。うちもまさにそうだったから。しかし、他のユニットのことはほとんど知らない。たとえばどんなのがあったんだ？」

「これなんかどうだ」と工はPCの画面をこちらに傾けてみせた。「ヒトクローンの胎児から知性のあるトカゲを作るとか」

「……なんだって？」

「文字どおりだ。信憑性はともかく、ここにそう書いてある」

おれもそれを読んでみた。読めば、なるほど、と思う。あの研究所ではやっていそうなことだったので、意外には思わなかった。

「こんなのはめずらしくない」おれは言う。「問題は、それがどういう役に立つかだ。胎児になんらかの刺激を与えて新人類を生み出せないか、などというプロジェクトなら、わかる。そこに書かれているのは扇情的な記事内容だけなので、猟奇的に感じられるんだ」

「こんなのを本気でやっていたというわけ？」

「むろん本気だったろう」

「マッドサイエンティストの集団か」

「マッドサイエンティストとはまた、言葉が古い」

「あなたにも通じるだろう」

「マッドではないよ。ヒトの胎児は発生当初から脊椎動物の進化をなぞるように発達する。それを途中で強制的に止めてしまうのは可能かとか、進化方向を変えてやれないか、といった研究だろう」

「ヒトでやるか、それを？　マッド以外の何物でもないだろう。どういう神経をしているんだ」

「調べてみればいいさ。おそらくサルの胎児からヒトを作れるかどうか、実際に研究していて、ある程度の成功は収めていたはずだ。サルに鼠を産ませたとか、人並みの知性を持ったサルのような生き物が作られたとか。でなければ、いきなりヒトにはいかないよ」

「倫理上の問題が大きすぎる」

「だから公開はされなかった、ということだろう。秘密裏にそうした研究をやるのはまずい。組織が解体されるのは当然だろうという気は、たしかにする。やりかたがまずかったんだ」

「おおっぴらにやっていれば問題はなかったとでも言いたげだな」

「研究の必要性と重要性をいかにアピールするかという、プレゼンテーションをうまくやっていれば問題にはならなかったろう。一般大衆に向けてだ」

「そんなプレゼンは予算獲得のためにやるものだ。一般公開された試しはないと思うね」

「まあ、そうだろうな。公開で行われたとしても素人にはその重要性がわかりにくいということもある。昔、TV中継もされた行政刷新会議上、世界最速のスーパーコンピュータ開発予算に対して、世界二位じゃ駄目なのかとけちをつけた議員がいた。まるでわかってない素人はときにこうした愚問を発する」

「面目の問題にすぎない、面目にこだわるのはやめろ、二位でも実用上なにも問題ないではないか、血税を使っていることを忘れるなと、そういうことだろう。正しい、まっとうな指摘だと思うね」

「科学や技術というのは世界一を目指さなければ見えてこないものがあるんだ。だれも経験したことのない現象がその途中で発生したりする。それへの対処が経験になり、商売敵に対して優位に立てる。技術分野とはそうしたものだ。二位に甘んじてもいいのなら、初めからそんな計画に予算を付けるのは無駄だよ。最初からブービー賞を狙うごとき愚行だ。その議員は科学技術というものの精神をよく知らなかったのだろうが、開発担当側はそういう素人にもわかるプレゼンをすべきだった。大衆もそれを聞いて納得するようなやつだ。そうすれば予算が削られることはなかったはずだ。そういう話だ」

「いや、話の次元が違う。倫理的に問題のある内容を一般大衆が認めるはずがない」

「それはやってみなければわからないさ。だれもが自分の生まれてくる子どもには優秀であってほしいと願っているだろう。もし妊娠中の胎児に障害があることがわかったとして、生まれる前に遺伝子レベルでその障害を取り除ける可能性がある、そのための研究だといえば賛成する者だって出てくる。そういうものだ。一にも二にも、プレゼンの出来にかかっている。説得力があるかないか、だ。そういう努力をすべきだった。それを怠《おこた》ったのだから解体されて当然だ。おれはそう思う」

「ぼくは納得できないね。マッドサイエンスはマッドサイエンスだ。狂っている。あなたのその考えもだ」

「ま、そうかもしれない」

おれはうなずいてみせる。

「客観的立場としては言ったことは正しいと自負するが、これが、自分が実験対象にされ

か？」

「なかなかいい線をいっている。あんたが思っている以上にそれはあり得るシチュエーションだよ。ヒトではないなにかを人工的に、それも男に産ませてみようという実験は、いくつもの分野の基礎研究をまとめて検証するということで実際に計画されそうではある。あんたはそうした分野に興味や知識はあるのだろうな。おれはあんたのことを過小評価しているのかもしれない。もしかしたら、あんたはおれのことをある程度知っていて、探りを入れていたんじゃないのか」

おれはその可能性にいま気づいた。

「どういうことだ」と工は言った。「なんの話だ」

とぼけているようには見えないが、よくわからない。工の正体はなぞのままだ。

「最初あんたと顔を合わせたとき、あんたは言っただろう」とおれは工の表情から目をそらさずに言う。「おれは文と書くタクミの、クローンなのか、と」

「ああ、そうだったな。それがなんだというんだ？」

「おれもそうかもしれないと思って『そのように親から聞いている』と答えたんだが、しかし考えてみれば、クローン云云というやり取りがさほど不自然を伴わずに成立するというのは奇妙だとは思わないか。たまたま互いにそういう知識があったのだという、たんなる偶然だろうか」

「話が見えない」と工は苛立った表情を浮かべた。「なにが言いたいんだ」

おれはいま思い出したことを言う。いま意識野に突然浮かび上がってきたこと、と言うべきか。

「邨江清司がまっさきに殺害した女は、畑上絢萌《はたがみあやめ》という。彼女がリーダーを務める研究班、畑上ユニットで行われていた研究が、まさにヒトクローンに関するものだったんだ」

この工と顔を合わせたときには意識しなかったが、無意識にはクローンという言葉はなじみのものだったに違いない。おれのほうはそれでいい。しかし工はどうなのだろう。

「あんたは最初から邨江清司のことを知っていたのではないか、そう思える」

そう、おれは工に言う。工は黙っている。

「あんたは自分でも言っていたではないか、おれが文と書くタクミのクローンだったとしたら、いまの自分の歳である四十五年という、それだけ前にすでにヒトクローン技術は完成していたことになるが、そうした事実は公開されてはいない。それはおかしいのではないかと」

ヒトのクローンは技術的に可能だろう。その実証実験に成功したのならば、それこそ倫理面で大きな問題とされるに違いない。その成功を隠蔽するかどうかは、実験者の狙いや価値観にかかっているわけだが、いずれにせよ隠し通せるものではないとおれには思える。

「あなたは」と工は作ったとは思えない驚きの表情を浮かべて言った。「では、ほんとうにクローン人間なのか？」

「いや、だから」

おれは、いま、の話をしているのだ。四十五年前のおれの出生の秘密とやらではない。十年前の畑上チームリーダーを殺害したその動機について思い出したことを語ろうとしている。それをこいつは妨害しようとしているのか？

「ああ、そうか」と工はおれの苛立ちと苛立つ意味とに気がついたのだろう、「申し訳ない」と謝り、続けた。「つい考えもなく思ったことを口にしてしまった。いまのは独り言だとして聞き流してくれないかな。クローンかもしれないのは邨江清司であって、あなたではないだろう、というべきだった。邨江清司が正当防衛で行動したということや、クローンの人権というものが確立していない現在の状況からすれば、邨江の犯行というのは、彼がクローンならやってもおかしくないとぼくは思ったわけだよ」

「おれが、邨江清司なんだよ」

「それは矛盾だ。それは、あなたの問題だ、そういうことだったろう」

「だから、おれの話をしている」

「わかったよ」と工は諦めたという表情で、ため息まじりに言う。「そういうことで進めよう。それで？」

「あんたは研究所がやっていることをよく知らない素人に思える。そのくせ、さらりとクローンという言葉が出るというのは、おれにすれば不思議だ。あんたはあらかじめおれのことを知っていたのではないか？」

「ぼくはいまだにあなたのことがわからないよ。正体も、思惑も、だ。ぼくがクローンという言葉を知っていたのは不自然だ、といった指摘は、ぼくにすれば心外だ。クローンを扱った文芸ならいくらでもある。めずらしくもない。作家なら興味を抱く題材だからだ。ぼくは書いてはいないが読んではいる。たとえばカズオ・イシグロの小説、臓器移植用に作られたクローンたちの物語とか。知っているか？」

「いや」

「作家にとってクローンというのは、分子や細胞レベルで複製された存在があったとして、それは自分なのか、ヒトはどこからどこまでヒトなのだろう、個人という概念は幻想なのではないか、そうしたことを考える足がかりになるわけだ。科学的知見とは直接は関係ないし、科学も最先端ともなれば想像力によって生み出される概念の世界だろう。文芸も同じだ。文芸の想像力は、目指すものや方向が科学とは違うという、両者はそれだけの違いでしかない。その違いはとてつもなく大きい、とも言えるだろうが。いずれにしても、あなたが思っているほどには、ぼくはあなたを知りたいとは思っていない、ということは言えると思う。だからといって、あなたの正体などどうでもいい、という話ではないのだが」

「邨江清司のことをあんたはおれより知っているかもしれない。そう思った。それならあんたの話を聞くのが手っ取り早い。だが、おれはあんたとは違って、あんたのことも知りたい。あんたが思っているよりもずっとだ」

そうだ、なぜ工という名を使う他人がここにいるのか。同じ顔をした他人。まったくのなぞだ。得体の知れない相手のことを知りたいと思わない人間がどこにいるのだ。ここにいる、か。この工は、おれのことはどうでもいいと思っているようだ。それもわからない。この男の目的はなんなのだろう。

「しかし」とおれは言う。「いまはとにかく邨江清司の話だ。もう飽きたのならつき合わなくてもいい、客間で寝ればいいだろう。おれは自分で思い出す」

「事件の詳細を聞くまでは」と反射的に答えが返ってきた。「寝られるはずがない。ぼくが知らなかった兄弟らしき人間が、どういう理由で死刑にされたのか、知るまではね」

工《タクミ》は、自分は三つ子のうちの一人だという考えなのだった。この男は、自分は工、おれは文で、邨江清司の存在は知らずに育ったのだと思っているか、思いたがっている。それを確認したいのだろう、そういう口ぶりだ。だから、おれは文ではなくて邨江なのだといったことが確認される事実は知りたくない。それが、『あなたが思っているほどには、ぼくはあなたを知りたいとは思っていない』ということなのだろう。しかしおれのほうは、自分こそ工と書くタクミであり、かつ邨江清司でもある、と感じている。

「で、ヒトクローンは、実際につくられたのか」と工はおれに続きをうながした。「その研究に邨江はどうかかわっていたんだ」

「畑上絢萌で検索すればいくつかの論文が出てくるはずだ」

工は〈はたがみあやめ〉の表記を聞いてからPCを操作し、あらためておれを振り向いて言った。

「クローン研究という言葉は引っかかってこない。論文はたしかにいくつかある。共同執筆がほとんどだな」

「その最新が――おれが殺害した当時のという意味だ、言うまでもなく――ヒトクローンについての研究だった」

「まだ論文としてはまとめられていなかった？」

「いや。クローンという言葉を意識的に排除してきた結果だよ、検索しても引っかからないのは、まさにそのせいだ」

「倫理審査をパスするための手段でそうしたのだと」

「それもあるだろう。が――」とおれは記憶を探りながら、言う。「いわゆるクローン技術とはまったく異なる手法でオリジナルの複製を実現しようという研究だったんだ。だから言ってみれば、それは狭義のクローンではない。われわれが理解している一般的なクローンというのは、受精卵の遺伝子を既存のだれかのそれに入れ替えて作られる、複製人間だ。それとは違うやり方で複製を作ろうという研究だ。わかるか」

「まあ、そうだな、なんとなく。これら論文内容は専門的なのでよくわからないが、ようするに万能細胞を利用するようだな。これはたしかにクローンのイメージとは違うが、そういう理解でいいのか」

「正確な理解だと思う」

「それがどうしてクローンになるんだ？　というか、どうやってクローンを作るんだ、と訊くべきなのか。すでにどこがわからないのかからして、わからない」

　畑上絢萌はじつに面白いことをやろうとしていた。それをおれは思い出している。どうやってクローンを作るのか。

「オリジナルの体内で、だ」とおれは言う。

「どういうことだ？」

　工の疑問はもっともだ。おれも最初畑上絢萌から聞かされたとき、そう思った。

「男にトカゲを産ませるようなことかな」と工は言う。

　おれはちょっと工を見直している。「そのたとえは的を射ている」と答える。「だが──

──」

いるように見える。

「その人本人に自分自身の複製を産ませるというのか」

工が浮かべている表情は、これは驚きではないし、理解に苦しむというものでもない、なんだろう。呆れている？　侮蔑か。馬鹿にしている感じ、というのがいちばん当たって

「ばかばかしい」と、工はまさしく、そう言った。「そんなことができるはずがない」

「技術的には可能だ」とおれは言う。「およそヒトがやりたいと思って研究をするものは時間さえあればほぼ実現できる。科学技術とはそういうものだ」

「ぼくが言った『できるはずがない』という意味は、そういう技術の文脈ではないよ。ヒトとしてそんなことはやってはならない、ということだ。倫理の問題もあるが、そんな複製が簡単にできるようになったら、あらゆる方面でヒトの生きる世界がめちゃくちゃにな る。人口問題、生殖医療、臓器移植、不老不死の実現可能性、新しい血が入らないことで人類は絶滅に向かうかもしれないとか、いくらでもマイナス面は考えられる。そのくせプラス面について考えられることといえば、それはごく私的な、そのひと個人の、利己的なものでしかないだろう。自分の複製を作るという考え自体が利己的な欲望から出ているものに違いないからだ。その欲望を実現していったらどうなるかと言えば、個人は生き残るが人類は絶滅する、という結果になるのは目に見えている」

一息おいて工はおれの目をまっすぐ見て言う。

「そうした〈個人〉は、もはやヒトではない」

もっともらしいことを言うものだとおれは工の視線を外さずに思う。こいつが言っているのは、人間とはなにかという概念を操作しているだけの虚構、言葉遊びだ。

「それは言葉遊びだ」と言ってやる。「個人だろうと社会的集団であろうと、人はヒトだ。人類が滅んでもなお残るヒトではない個人とはなんだ？　そんなのは概念上の〈物語〉にすぎない――」

「クローンの群れを考えてみればいい」そう工は言い放った。「オリジナルがもはやいない、クローンだけの人の集団だ。それでもなお、それは人類でありヒトという種だと、あなたに言えるのか？」

「それは、オリジナルの個性を集めたコピー集団にすぎない――」

そのとおりだ、そのどこが〈言葉遊び〉なんだ、と言いかける工をおれは制して、続けた。

「そうおれに言わせたいのだろう、というのはわかる。だが、それはもはや人類ではないとか利己主義の集団だとかいう主張は、あんたが考えた〈物語〉にすぎない。文学的想像とでも言えばいいのだろう」

「あなたの考えは、ではどうなんだ。ぼくの考えを否定するのはいい。批判するなら、あなた自身の考えを提示して反論すべきだろう。違う、違う、だけなら三歳児にも言えるよ」

「オリジナルがすべて死に絶えてクローンのみが生きるという、そういう世界になったとき、その集団が人類であるかどうかは、彼ら自身が決めることだ。『われわれはヒトなのだろうか？』という問いに答えることは、彼ら自身にしかできない。それが、おれの考えだ。あんたが勝手に決めることではない。いや、決めつけることではない、と言ったほうがいいだろうな。あんたの考えはいちおう理解できるからおれはあんたのその考えを全面否定はしないよ」

「クローンが、われわれ通常のヒトと異なるのは明らかだ。だからこそ、クローンという呼び名があるわけだからな」

「唯名論を持ち出すのか？」

「あなたのそのような態度は、逃げ、だよ」

「おれはそうは思わない。技術的科学合理主義による、あんたのその文学的想像や観念論への批判だと思っている。あんたが考えるようなそういうシチュエーションも実現するかもしれないし、あるいはクローンが新人類として予想を超えて進化していくかもしれない。あんたの想像力はその一面を示しているにすぎない。薔薇色の未来も破滅的終末も、作家なら自由自在に生み出せるだろう。あんたが作家ならその決定権はあんたにある。だがそれはあんたが書く小説内世界に限ってのことだ。現実の未来をこうだと決めつける権利は作家にはない。あんたたちにできるのは、そしてやっていいことは、ただ想像することだけだ」

「倫理なき科学技術は暴走する。あなたは傲慢だな」

「おれはあんたの文学的想像力をおとしめているわけではない。その使い方に気をつけろと言っているんだ。科学技術を暴走させてきたのは〈物語〉だろう。それを忘れ、倫理やモラルを持ち出しておれを批判するのは間違っている。おれは道徳についてどうのこうのという話をしているわけではないからな」

「自分の体内でクローンを作るという話をモラル抜きでできるとは、ぼくは思わないね」

「それは、そうだ」

おれはうなずく。

「わけがわからない人だな、あなたは」

「なんどか言ったと思うが、自分のこととなれば、一般論は関係なくなる」

「一般論だって?」

「畑上をリーダーとするユニットが研究していたクローンは、いまあんたが考えているようなものではないんだ。だからおれもあんたの架空の話につき合うことができた」

「無駄話だというのか」

「言葉遊びだ。それはそれで楽しい。他人事だからな」

「調子のいい人だな」こんどはあきらかに呆れたという表情で工は言った。「邨江清司が畑上チームというのか、そのユニットの皆殺しをはかったというのは、まったく利己的な動機だろう。正当防衛なんだから。しかもあなたは、その理由は、畑上ユニットがモラルに反する実験をやっていたからだ、とも言う。これは、矛盾だ」

「畑上ユニットが研究していた基礎的なことは一見アンモラルなものには見えないはずだ。あんたがいま言ってきたクローンというものに関する問題をきれいに解消するような内容だった。聞く気はあるか？」

工は返事をしない。しかしＰＣを閉じて席を立つこともしないから無言で同意したということだろう。

「畑上ユニットがやっていたことは、一つ一つの手法はクローン技術とは気づかれない基礎的なものなのだが、それらを集めればヒトのクローンがたしかに実現できると、その時点になって初めてわかるといったものだった」

「男に妊娠させる研究とかをしていたというわけか」

「もっとスマートだ。細胞レベルでの研究の積み重ねだよ。あんたがいまＰＣで検索して発見した論文の内容のとおりだ。たとえば万能細胞だ。その応用技術を使う。いままで知られていなかったまったくあたらしい万能細胞の創造と言ってもいい」

「しかしいずれは、子宮のあるなしにかかわらず、ようするに性別に関係なくクローンの胎児を身ごもるということになるわけだろう。でも、そんな研究はぜんぜん検索網に引っかかってこない。どういうことなんだ」

「畑上ユニットが目指したのはオリジナルの体内でヒトクローンを作るということだった。それは間違いない。だがそれは、オリジナルの分身であるクローンを産むということではないんだ。オリジナルの身体をクローンのものに置き換える、ということなんだよ」

「……なんだって？」

「言ったとおりだ。オリジナルの身体の細胞をクローン細胞に置き換える。完成すればそれはすでにオリジナルではない、別人だ。オリジナルの複製であるヒトクローン、そのものになる」

しばし工は黙った。気持ちはわかる。工は常識的なレベルの生物科学の知識を持っているようだったから、いまおれが言ったことがそのような科学面でなにを意味するのかを考えているのだ。まっさきに思いつく疑問とすれば、そういうことをやる意味がどこにあるのか、だろう。あるいは——

「それって」と工は言った。「ふつう、われわれの身体が細胞レベルでやっていること、なんじゃないか？」

「細胞分裂というのはそのレベルで見ればクローンだ、という考えだろう、わかるよ」

「そんなことで完成する身体というのは、いわゆるヒトクローンなんかではない、通常の身体そのものじゃないか」

「ほんとにそう思うか。普通の身体と同じだと思うか？」

「どこが違う」

「クローン細胞は天然ではなく人工的に創られたものだ、という点が決定的に通常とは異なる。それにより構成された人体はもはや天然のヒトではない。人類が創造した、人工ヒトだよ」

「いや、だけど、それはそれで、そんな大それたことがどうして考えられるんだ、おかしいだろう」

想像上のクローンに対しては『それはもはやヒトではない』と冷静に言えた工だが、こうして具体例を出すと、『そんな大それたこと』と感情的になる。その気持ちはよくわかるので、おれは誠実に答えている。

「畑上ユニットの研究は、まずは人工臓器を万能細胞で作ることを目指していた。たとえば豚の体内でヒトの心臓を作るといったことは可能だ。それを発展させたものだと言えばわかりやすいだろう。豚ではなくオリジナルの体内でやれるならそのほうが効率がいいからな」

「体内にスペアの心臓を作ってしまう、ということになるわけか」

「同じものを二つ持つ必要はない」

「どういうことだ。——そうか、それが、置き換えるということか」

「オリジナルの心臓の細胞を人工由来のクローン細胞に置き換えていく、ということだ。ヒトの体内で起きている新陳代謝は当然のことながらクローン現象ではないよ。心臓の細胞は分裂はしない。脳細胞もだ。わかるか。あんたが訊いた通常の細胞と畑上ユニットが目指したクローン細胞の違いは、ここだ」

「分裂しないはずの細胞が分裂して、オリジナルの細胞は死滅する、そのようにして置き換わっていくということなんだな。でも、そんなことがどうやってできるんだ？　だいたい、クローン細胞って、なんなんだ？　なにがなんだか、さっぱりわからない」

「クローン増殖化させるためクローン化幹細胞を作るんだ。癌の幹細胞のようなものだよ。幹細胞が全身に回って、言ってみれば転移して、転移先の細胞種類情報を元に正常な細胞をクローン分化させ、元細胞を分解する」

「するとどうなる」

「うまくいけば病変に対する抜本的治療になる。肝硬変の細胞もリフレッシュされる。ぼろぼろになった血管などもだ。全身、まっさらになる」

「健康体になる、わけだ」

「でもクローンだからな。細胞分裂可能数も引き継がれているので、いわゆる最大余命はオリジナルと同じだ」

「ということは……不老のまま死ぬわけだな。健康体のまま」

「理想的にはそういうことになる。細胞レベルでは最大限うまくいってもオリジナルの細胞とクローン細胞とがキメラ状態になるだろうと思われる。それで健康体のままでいられるかどうかは疑わしい。その問題が解決できれば、それは完璧なヒトクローンの完成だ。さきほどあんたが言ったクローンのマイナス面はすべてクリアされているだろう」

工はかすかにうなずきながらも、口では反論している。

「それはでも、もはやクローンではないよ。そういう施術をされた時点で健康体になったという、個体上の出来事にすぎない」

「それはクローンとはなにかという定義の違いから生じる主張だ。そういうクローン体をなんと呼ぶかはどうでもいい。とにもかくにも畑上が目指したのは、オリジナルの複製人間を作ることだったんだ。健康体になることを目的としたのではない」

「そういう研究動機なら、それはそれでいろんな問題を引き起こすことにはなりそうだ」

「たとえば?」

「そんなこと、わかるはずが――」と言いかけて、工はおれに反論するために考える。

「これはこれで人口問題が出てきそうだ。見かけ上若くなるだけでなく、卵子も精子も新しい状態のものに置き換わるなら妊娠をあきらめていた夫婦にも子どもを授かる希望が出てくるわけだから」

「少子化対策になるだろう。社会的な貢献にもなる研究であって、クローンは利己的なものであるというあんたの批判は的外れなものになる」

「そのときになれば弊害も出てくるというのは予想できる。ぼくはそう言っているんだ」

「そういうクローン人間ばかりになったら、はたしてそれはヒトと言えるのか？　あんたはどう思う」

「それは状況によりけりだ。――言うな、わかったよ、あなたが言ったとおりだ。いまここであれこれ言うのは机上の空論にすぎない」

「わかればいい」

「しかし、そんなことは実現できそうにない。それが証拠に、検索しても出てこない。結局、夢物語で終わったんだ。あなたの、それこそ創作、物語かもしれない。ぼくはその方面に明るくないから騙すのは簡単だろう」

「騙す？　なんのために。こういう話をして騙すメリットがおれにあるというのなら教えてほしいものだが、それはあんたの本意ではないだろう。たんに、畑上ユニットが目指したことは実現不可能だ、実現しなかったに違いない、ただそう言いたいだけだ。信じるか信じないかはあんたの問題であって、おれには関係ない」

「フムン」と工は深くため息をつく。

「これが実現すれば、それはそれで問題を引き起こすだろうとあんたは言った。そこまで考えておいて、どうしてそこでこう言わないのだ。『畑上絢萌がやろうとしたのはオリジナルを殺害してクローン人間にしてしまうことなのだ』と。これこそ、あんたがもっとも気にしていたモラルに真っ向からぶつかるだろうに、あんたはそれに気づかなかった。まさに畑上ユニットの狙いどおりだとも言える。あんたはおれにではなく、畑上絢萌に騙されたんだよ」

工はしばし黙したあとぽつりと言った。

「……クローンの反撃というわけだ」

「どういう意味だ」

「一方的に利用される受身なのがクローンだとぼくは思っていた。そういう意味だ」

「それで」

「ものすごく長い前置きだったというのが、わかった。あなたは、まさに実験台にされようとしたと、そういうことなんだな」

「ものすごく単純に言ってしまえばそういうことだ。さきほどおれはそう言ったはずだ」

「これ以上複雑にしてほしくないな」

「おれは自分自身だけでなく、死者を、畑上絢萌の思惑から護ろうとしたんだよ」

「死者って」

「畑上方式のクローン化は、ものすごく応用範囲が広いというのはあんたにもわかるだろ

できることになる。成功するならばという条件はつくにしても。だが畑上という女は、そうしただれでも考えそうなものの、その先を、実現しようとしていたんだ」

「死者を生き返らせるとでも？」

「当たりだ。まさにそのとおり」

「まさか」

「クローン細胞を寄生能力化することで、生きのいい死者に注入し、生き返らせる。死者の細胞はすべて新鮮なクローン細胞に置き換わる。心臓も、脳細胞も。クリーンな脳細胞はオリジナルの人格を備えてはいないだろうというのは、この死体クローン化に限らず一般的にも言えるだろう。ならばあらたなクローン人格が発現しないよう操作してしまえば死者をロボットにできる。有機的なロボットだ」

「……カレル・チャペックが初めて小説上に出したロボットがまさにそういう有機的なものだった」

「いいや、畑上絢萌が考えるそれはもはやロボットですらない。それはゾンビだよ。ハイチゾンビそのものだ。死者を労働力として使うんだ」

「いや――それは死者でもゾンビでもないだろう。まさにクローンだ」

「土着的なゾンビは科学技術的見地ではクローンという、と。あんたお得意の抽象的観念論だろうが、おれは現実にそういう実験対象にされたんだ。わかるか、この状況がどういうことなのか」

「正直、わからない。まったく信じられないからな。それはもう、小説の世界だ」

「事実は小説よりも奇なりだ。おれはゾンビにされかけたんだ。つまり、一度死んでみてくれ、ということだよ」

「死んでみてくれって。それが本当なら、銃を自作して殺すまでもない。アンモラルな実験を告発すればいい。だれが見ても許されるものではない。それだけの話だ。邨江が告発しなかったというのは、そんな実験などやはり夢物語だったということだろう。邨江清司の妄想だったという解釈がいちばん妥当だろう。邨江は逮捕後、精神鑑定はされているか？」

「されている」

「だろうな」

「鑑定医にはゾンビの件は話さなかった。死者をよみがえらせるというそれを話せばさすがに頭がおかしいと判断されそうだったからだ。実験段階にまでいってなかったから客観的なデータを示すことができない。だが、おれはいずれその実験台にされそうではあった。畑上ユニットの連中を皆殺しにしていなければそうなっていたのは間違いない。それだけはいやだった。殺すしかなかったんだ——」

「それだけは、いやだった？」

工はおれが言いたいことの本質を敏感に汲み取ったようだ。

「もう抜けられなかった」とおれは言う。

「どういうことだ」

工はPCに向けていた身体を椅子ごとこちらに回しておれと正対し、訊いた。

「それはもしかして、邨江清司はすでにクローン化処置を施されていたとでも言いたいのか？」

思い出している。そうなのだ。そうだったのだ。この工に会ったあのとき、クローンなのかと言われておれがそう聞いていると答えたのは、まさにそうだったからだ。

「そうだ。あのときのおれは、気がついたときはもう遅かった。おれはすでにクローンだった。人間ではなかったんだ。あんたが言ったとおり一方的に利用される受身な、クローンだ。すでに実験台だったんだ。一度死んでみてくれないか、というのは、お願いではなく、強制されるものだったんだ。こちらは拒否できる立場ではなかった。実力行使にでるしか手段がなかったんだ」

畑上絢萌らをおれが殺したのは、おれにすれば正当防衛であり、クローンの逆襲であり、復讐でもあったのだ。だが正当な防衛とは認められなかったから死刑になった。

「過去の邨江清司の記憶が曖昧なのはおそらくそのせいだ。自分の生まれ育ちに関しては物語のようにあいまいで実感がない。自分の人生だと鮮やかに感じられる記憶は、やつらを皆殺しにしようと決意した瞬間から絞首台の踏み板が落ちたそのときまで、だ」

「もういちど精神鑑定を受けたほうがいいと思う」

「おれは邨江清司だと認めればこその勧めだな」

「いや、それは――」と言ってから工は、言い直した。「いちおうそういうことにしないとあなたの話が聞けない。そのように理解してほしい」

「わかった」

「だけど」と工は少し考える間を取ってから言った。「いま話しているあなたは、死刑を執行された邨江清司ではないのはあきらかだ。文と書くタクミに違いないとぼくは思うが、その名を持ち出すとややこしくなるのでいまはおいておくとして、邨江清司ではない、いまのあなたは、どうやって生きてきたんだ？」

あらためてそう訊かれると、それがはっきりしない。

「それが曖昧でよく思い出せない。確実に、間違いないと信じられるのは、何度も言ったが自分は伊郷由史の息子であるということだけだ。くどいようだが、伊郷由史には双子の息子がいて、文と書くタクミは生後まもなく死亡している。だからおれが文であるはずがなく、工に違いないということだ」

「工の人生はぼくがよく知っている。ぼくが、工だからだ。あなたは文だろう。認められないにしてもそのように仮定して、過去の自分を思い出してみたらどうだろう。自分こそ工だとこだわっているから思い出せないということもあるんじゃないか」

工の言うことはもっともな気がしてくる。いまの発言は、ようするにこのおれが伊郷由史の息子であることを認めるということだ。この男にすればおれに妥協したということであって、おれにも譲るべきところは譲れと言っているのだ。

「おれは伊郷由史の息子だ」とおれはうなずきながら、言う。「名前は、あんたが言うようにこだわらないことにすると、絶対に譲れないのは伊郷由史には二人の子しかいないということ、それと、おれは死刑を執行された邨江清司でもあるという確信の、二つだ。つまり三つ子というのはあり得ないし、邨江清司はクローンなのだから、そのオリジナルが、たぶん思い出せない過去のおれなのだろう、ということになる」

「なるほどな」と工はうなずいた。「邨江清司は死刑囚だった。死刑を執行されたのが間違いないとすると、生きているはずがない。にもかかわらずあなたが邨江であるとするなら、では、いまのあなたは甦ったということになる」

「畑上絢萌の研究成果により邨江清司は再クローン化されたのだろうというのが納得のいく解釈になるだろうな。理屈上はそう考えるしかないわけだが、その解釈は、現実味は薄い」

「クローン化された脳みそはまっさらのはずだから、死刑執行の記憶もないだろうと予想

される から、か」

「それは、そうだな。あんたは短い時間でよく理解したと感心する。揶揄しているのではない。本音だ。が、そういう技術面ではなく、邨江清司が死刑執行後に生き返るということは、あり得ない」

「どうして。クローン化云云はやはり物語だと認めるのか」

「そうじゃない。むしろ逆だ」

長くなるかと工は訊いた。どういうことかと訊き返すと、濃いコーヒーでも飲みながらにしようと言った。おれは同意する。休息が必要だ。

7

伊郷由史は妻に死なれた時分に胃を悪くして以来、コーヒー豆を買わなくなった。もとよりさほど好きというものでもなくて、妻につき合って嗜《たしな》んでいただけでもあり、それは自然な成り行きだった。

だからこの家にあるはずもないのだが、工は探していたから、少なくとも由史の妻が死んで以降の内情は知らないのだ。母親が好きだったコーヒーだがもしかして父は嫌いだったのか、そう言って工はあきらめた。

代わりに濃い緑茶をおれが入れてやった。甘い味よりも高い香りをねらって少し熱めにいれ、それでも湯飲みが持てないほどではなく、それを手にしてまた居間に落ち着く。外は冷え込んでいるらしく居間のストーブの火力は落ちない。古い家だから隙間だらけなのだ。

「あなたが何者であれ」と工は湯飲みを手で包み込んで言う。「邨江清司死刑囚についてよく知っていることは認めるよ。虚実ない交ぜなのだろうと思うが。畑上ユニットの研究内容についてもPCで検索するかぎり、まんざらでたらめでもなさそうだ」

おれは湯飲みを傾けながら口を挟まずに聞く。

「だけど」と工は続ける。「あなたが――邨江清司がということだが――クローン化の実験台にされていた、死刑になったときの邨江は畑上絢萌が試みたところのヒトクローンなのだ、というあなたの言葉はやはり信じがたい。精神鑑定を受けたことは認めているわけだが、結果はどうだったんだろう」

刑は執行されているのだから責任能力はあったと判定されたのだ。そのくらいは工にはわかりそうなものだから、質問の意図はもっと深いものなのだろう。だが、おそらく、工自身にも、なにをどう質問していいのかわからないのだ。つまり自分がなにを疑問に思っているのかを言語化できないでいるのだろう。おれが黙ってそんなことを考えていると、工は、精神鑑定の結果は本人には知らされなかったのかと訊いてきた。

「結果は」とおれは言う。「治療の必要ありということなら入院させられるわけだから、知らされるもなにもない」

「なるほどそうか」とようやく気づいて、続けた。「なぜ入院させられなかったのか、そう聞くべきだろうな。どう考えても、あなたが言っていることは妄想だとしか思えない。あなたは当局に自分はクローンにされたということは言わなかったのかな？」

「警察でも検察でも取り調べの際には言ったし、弁護士にも言ったから、それで精神鑑定に回されたんだろう。ゾンビにされそうだったとも言った。さすがに鑑定医にはゾンビの件はおれの口からは言わなかったが、調書内容は当然伝えられていたと思う」

「それでもあなたの精神は正常だと判定されたわけだ。鑑定医はあなたの話す内容を信じたということなのか」

「鑑定は、弁護側検察側、双方からなされたんだ」

「そうなのか？　では検察側は当然、正常だという判定だったんだろうな」

「そうだった」

「なんでだ。検察側はあなたのゾンビの話を信じたのか」

「そういうことだ。まさにそうだ」

「公判ではあなたはクローンがどうのこうのという話はしていないだろう。ニュース記事にもなっていない。これはどうしてなんだ。あなたのいまの話と矛盾するのではないか？」

「司法取引というやつだ。おれがクローンであることは国家秘密とされたんだ。秘密をおれが暴露しなければ助けてやる、ということだ。だが最初から国側は、おれを消すつもりだったんだ。失敗作と認定したんだな。おれがおとなしくゾンビにされていればよかったのだろうが、それこそ倫理的に大きな問題だろう。それを公にするわけにはいかないと判断したんだ」

「信じられないね」

「おれは確実に殺されなくてはならなかったんだ。事件を起こさなければ、裏で処理されていたに違いない。クローンは人間ではないから法律外存在であり、所有権は畑上ユニットにあったんだが、それはおれが連中を皆殺しにして研究所も解体されたとあれば、最終的な所有者は国であるような、おれは、〈物〉なんだよ。廃棄するも自由勝手にできる物体なんだが、おれがやった犯罪事実に対する法的措置も同時に行う必要があった。つまり犯罪事実そのものを隠蔽することはできなかったから、犯人をとにかく捕まえる必要がある。おれはだから、犯人であり廃棄処分される物でもあり、その両方の事由で死刑判決を受けたんだ。国にとっては一石二鳥のやり方、それが、邨江清司を絞首台に送ることだったんだよ」

「たしかに、長くなるわけだ」

「どういう意味だ？」

「妄想は妄想を生む、ということだ。だって、そうだろう。真面目に聞いているのがばかばかしくなるような、典型的な誇大妄想じゃないか。自分は国家権力に見張られているとか、その圧力を受けているとか、捕まったら殺されるとか、殺されたとか」

「では」とおれは深呼吸をひとつ深くして、言う。「あんたと同じ顔をした邨江清司が死刑になった理由は、あんたは、なんだったと思う。そのＰＣで検索すれば、公にされているデータを見ることができるだろう。見てきたはずだ」

「職場で日常的にいじめを受けていた邨江清司がある日ぶちきれて、同僚皆殺しに走った。それでいいと思う。死刑になるのは当然だろう」

「邨江は三つ子の一人で、おれは文のほうのタクミか」

「それで問題はないはずだ」

「畑上ユニットがやっていたクローン研究の話も妄想だと決めつけるわけだな」

「そういうことになる。少なくとも、ゾンビ化の研究云云は、眉唾だ。それはあなたの妄想でなければ、でっち上げだと思う」

「では」とおれは言う。「おれに話せることはもうなにもない」

おれはゆっくりとお茶を飲み、それから、どちらで寝るかと工に訊く。

「おれは客間でもここでも、どちらでもいい」

「これからのことはどうするつもりだ」

「もうあんたに話す必要はないと思うが」

「そういうわけにはいかないだろう」

「あんたこそどうする」

「父の帰りを待つよ。消息がわからないまま松本に戻るわけにはいかない」

「おれが留守番を引き受けると言っても無駄だろうな」

「ここに居座るつもりなのか」

「あんたがおれの話を信じない以上、あんたは頼りにならない。自分で捜す。邨江清司と重なっているもう一人のおれ自身は何者なのかを特定できないかぎり、おれはどこにも落ち着いて居座ることはできない」

「本気でクローンだと信じているわけじゃないよな？」

「ずっと本気で本当のことを話していた。邨江清司というのは、もしかしたら畑上ユニットが作りだした架空の人格と名前なのかもしれない。いま、そう気づいた。おれは自分のオリジナルがだれなのかを捜すべきだ」

「邨江清司のオリジナルが存在しないとなれば、あなたは文と書くタクミ以外の何者でもないだろう。あなたのその考えにそって考えるなら、文のクローンが邨江清司だ。顔が同じことからして、それしかあり得ない」

いや、おれは工のほうのタクミであり、この工と名乗る男はまったくの他人だというのがおれの感覚だ。工として生きてきたおれを捜さねばならない。工である自分はいつ邨江清司になったのだろう。工である自分はクローン化されたときに死に、邨江清司というあらたな人格として再生され、もとより邨江清司というのは架空であって人としては存在していないのだ――そう考えるのがおれにとってはいちばん合理的な解釈だ。

この男、工が言ったように死刑にされたあと邨江清司であった身体がクローン細胞によって甦ったのだとすればこうして生きていても不思議ではない。死刑を執行されたあとどうやって逃げ出したのか記憶がないし厳重な管理の下で逃げ出せるとも思えないが、ともかくも逃げ出せたのであれば、工である自分の記憶を頼りに自動人形のように身体を動かしてこの実家にたどり着いたのだというのはあり得る。

だがもうそんな反論をこの工に投げかける気力はなかった。ひどく疲れていてもう限界だ。腕時計を見れば午前四時を回っている。この時計は間違いなく工が父親から贈られたものだ。妄想ではない。

「客間で寝させてもらう」

工はそう言ってパソコンデスクから自分のＰＣを取り上げて席を立った。

「毛布でも持ってきてやろうか」

「いや、いい」とおれは断る。「かまわないでくれ。この家のことはあんたよりよくわかっているつもりだ」

おれは二階の由史の寝室を使うことを思いついている。ここ居間よりも落ち着いて眠れそうだ。工のほうはおれの思惑には気づかなかったようだ。

ドアの前で工は振り向き、「明日になれば本当のことを思い出すかもしれない」と言った。「期待しているよ」

本当のこと、か。工はおれの話をまったく信じていない。泥のような疲労感。それに逆らっておれは応える。

「明日はチャプレンを捜しに行く」

「だれ？」

「おれが真実を話した相手は司法機関の連中のほかに、もう一人いる。そいつに邨江清司のことを聴きにいくことにする」

「どういう人間なんだ。外人か」

「チャプレンというのは職業名だ。特定の教会や寺院に属さない聖職者のことだ。おれは死刑を執行される前、一年ほどのあいだキリスト教のチャプレンから教誨を受けた。教誨師だよ。あの男に会いたい」

出ていくかと思った工だが、こちらに向き直って、意外なことを言った。

無言でおれはうなずく。おれが行くのは愚者の楽園だと言ったあの教誨師の顔がありありと脳裏に浮かぶ。

「その教誨師の反応を見たいからだよ。死刑にも立ち会ったんだろう？」

「あんたが？　どうしてだ」

「同行していいかな」

「ぼくのクルマを出してもいい。乗せていこう」

「伊郷由史を待たなくてもいいのか」

「なにかあれば小林さんから連絡があるだろう。葬儀社の人だ。言ったと思うが。それよりもあなたの身元をはっきりさせるほうが重要だ」

「おれの妄想につき合うというのか。信じていないのだろう」

「妄想を払う手伝いをしたい。それはぼくらのためになると思う」

「妄想だと決めつけているわけだな」

「言葉は悪かった」と工はすまなそうな表情をして言った。「だけど、あなたはなんとかして思い出せない過去を合理化できる説明を必要としている、というのは間違いないだろう。ぼくは、畑上ユニットの研究内容の詳しい説明をあなたが始める前に、あなたがクローンなら犯行は理解できる、というようなことを言った覚えがある。クローンの復讐だよ。あなたはそのぼくの言葉を聞いて、そのような物語をとっさに頭の中で創り上げたのではないか、そう思うんだ。ぼくを騙すためではなく、自身が、そういう想像によって救われることを目的として、すがる思いで、自分自身をクローンであると信じようとしたのだ、したのではないか、そういうことなんだ。だから、その教誨師に会えば、そのへんのことが確かめられるだろう。ぼくもそれに立ち会いたいし、もし教誨師のほうで、そんな話は知らないと言うとしたら、あなたはショックを受けるに違いないが、それを和《やわ》らげることがぼくにはできると思う。だから、同行させてくれないか」

おれはしばらく考えて、いいだろうと言う。結局のところ工はおれが言っていることを信じない、というわけだ。妄想だと言っていることには変わりない。だが、この男が自分は工だと言い張るそれもおれに言わせれば妄想だ。どちらの妄想が強いか確かめてくれよう、おれはそう思った。

それで、と工は言った。

「どこに行けばいいかな？」

こいつは自分のクルマを出して目的地に行くものと決めてかかっている。おれを乗せてやる、ということだ。主導権を握るにはいい方法だとおれは感心した。同行していいかとおれに同意を求めたのはそういう魂胆からかと、遅まきながら気づいた。

教誨師の居所はわかっていないのだろう、そう工は勝ち誇ったように言う。

「捜しに行くというのは、その教誨師自体の存在も怪しいという感覚だろう。あなた自身にもよくわかっていないのではないか。捜すあてはあるのか？」

おれは返答に窮した。実は工の言うとおりだった。工は、行けるものなら行ってみるがいい、そうおれに言っているのだ。同行するというのは、一緒にその教誨師を捜してやるということではなくて、そんな人間はどこにもいないということをおれに納得させるためなのだろう。

あてはなかったが、会えるという確信はあった。このおれの心の内を言葉にするのは難しい。他人を説得することができない。この家にどうやってたどり着いたかを説明できないことと同じだ。

あの教誨師がどこでどういう日常を送っているのかはおれにはわからない。だが、あの男に会いに行こうと意識してこの家を出れば自動的に足が向くだろう、そういうことだ。このおれの感覚を合理的に説明するのは無理だ。おれの力に余る。とくにこの工にそんなあやふやなことを言うわけにはいかない。そらみたことかと、嵩《かさ》にかかっておれを妄想者あつかいしてくるに決まっている。

「なんなら」と薄い笑いを浮かべた顔を見せつけるように工は少し身を乗り出して言う。「拘置所に電話して、邨江が受けていた教誨について聞いてみようか。邨江清司の教誨を担当していた人間についてだ」

そんなプライバシーにかかわることを役所である拘置所が漏らすはずがない。死刑囚にも人権がある。それとも死者にはそんなものはないとでも工は思っているのか。

いや、工はおそらくそれを承知で、先手を打ったのだろうと思う。おれに『拘置所関係者に訊けばすべてわかる』と言わせないためだ。拘置所側は個人情報保護を理由に返答を拒否するだろうが、それはおれのせいではない。返答がないといって、おれが嘘を言っていることの証明にはならない。そう工に主張することでおれは主導権を取り戻すことができる。そうはさせまいと工は考えたのだろう、そうおれは思った。

主導権を工にとられたままの形だが、それでもこのやりとりで、おれは思い出していた。あの教誨師の名前だ。考えてみれば、あの教誨師についておれが知っている情報の、それがほとんどすべて、だった。

「どこに行けば会えるか、はっきりとは言えないが」とおれは言ってやった。「捜すあてならある。教誨師の名だ。あんたにも捜してほしい。協力してくれ」

「名前だって？」工は意外だという表情をした。「どうして知っているんだ？」

「どうしてって」とおれは思わず笑ってしまう。「名を持たない教誨師はいないだろう。名簿から選ぶんだ」

「選ぶって？」

「個人的に宗教教誨を受けたいと申し出ると、拘置所に出入りしている教誨師らの名簿から選ぶことになるんだ。宗派別に記載されている名簿だよ」

「なんていう教誨師だ」

「後上明生」

「こうがみあきお、字は」

「後ろの上、明るく生きる、だ。年齢は四十代、教誨師としては若い感じだった」

工はPCに向かってさっそくその名を打ち込む。

「どうだ」

おれが画面をのぞき込もうとすると、工はさりげなくノートPCを閉じて、明日にしようと言った。

「たしかに、そういう名前の人物は引っかかってきた」と工はPCを手にして椅子から腰を上げる。「保育園の園長であり牧師だ。たぶんあなたが言っているのはこの牧師だと思う」

「おれの話を信じるわけだな」

「この件は、明日にしよう」と工は繰り返した。「後上という牧師が邨江死刑囚の宗教教誨を担当していたかどうかは検索しても出てこない。宗教家の守秘義務というのがあるだろうから、実際に会ったとしてもあなたの話の信憑性を確認できるという保証はない」

「会えば、相手の反応で、わかる」

「だから明日にしようということだよ」

「どういうことだ」

「会えばわかるなら、いまここで仮定の話をしても始まらない。ぼくはあなたにいろいろ質問したいところだけど、質問すべき相手はその牧師だろう」

「……そうだな。それはそうだ」

おれはうなずいた。

「いきなり会いに行ってもなにも聞き出せないと思っていい。物事には手順というものがある」そう工は居間の入り口に立って、言った。「これは取材だ。ぼくのほうが慣れている。明日、事前に計画を練ってから出かけよう」

「わかった」

工はおれの話を信じてはいないだろうが、いきなり行っても駄目だろうという指摘はそのとおりだとおれも同意せざるを得ない。

いずれにせよ、明日やること、やるべきことははっきりした。これは大きな成果と言うべきだろう。人生というのは、そうした些細な目標の積み重ねで成り立っている。死刑確定者にはそうした意味での〈人生〉はもはやない。無意味になる。宗教に頼りたくなるのも当然だろう。いま息をしていることの意味がわからなくなるのだ。宗教はそうした懐疑に答えるために人が生み出したフィクションに違いない。

おれには人にとってのリアルというものがわかっていたから、宗教が虚構だということが肌で実感できた。生まれること、生殖すること、死ぬこと。リアルな世界において人がやっていることは、その三つだけだ。どれもが自分の意識では制御できない。人が生きている意味とは、自分にはどうにもできないその三つにある。それしかない。自分の意思とは関係なく、生まれなければならない、生殖しなくてはならない、死ななくてはならない。それがリアルなヒトというものだ。なにを考えようと、どう行動しようと、いずれリアルからは逃れられない。どんなフィクションを信じようと結果は同じだ。虚構内には答えはない。そういうことだ。

生きる意味はフィクションではなく、リアルの側にある。そこにしか、ない。おれにはそれがわかる。だから宗教は必要なかった。

おれが教誨師を呼んだのは、とにかく話をしたかったからだ。会話だ。生きている意味など他人から聞かされるまでもない。生きている実感が、ほしかった。独房に隔離されて運動もできずだれとも会えないとなると、生きながらに身体が腐っていく感覚に襲われる。その感じをだれかに伝えたかった。宗教家なら頭ではわかっているだろうが、おれのこの感覚をどう受け止めるだろうかと、それを試してみたくもあった。口先だけの宗教家なんぞ、見下し、馬鹿にして、罵倒したかった。おまえにはリアルなヒトというものがわかっていない、と。

この感覚は、邨江清司のものだろう。あのとき、おれは伊郷工である自分は意識していただろうか。まったく覚えがない。

「じゃあ、明日」

工がそう言っていた。おれは我に返って、「おやすみ」と返した。生きているのか死んでいるのかはっきりしない、というこの世界は、どうにもリアルには感じられなかった。

邨江清司と伊郷工の、どちらでもあるというこの感覚が解消されないかぎり、おそらくこのままだろう。明日はこの曖昧さが解けることを期待しよう。

工が客間へと下がったのをたしかめてから、二階の由史の寝室に入った。洋間だがベッドはなく、カーペット張りの床に布団を敷いて寝るのだ。そういうものだと、なんの違和感もなかった。

拘置所に比べれば天国だと思うが、この違和感のなさは安全な自分の巣に戻ってきたという感じで、考えてみればじつに奇妙な感覚だ。邨江清司にとっては初めての部屋のはずだし、息子の工にしても父親の寝間にはあまりなじみがないはずだろう。奇妙だと思いながらも手は押し入れを開き、布団を下ろしている。シーツは新しいのを出す。押し入れの下の段に洗濯済みのリネンを入れるケースがあって、それを出すのにおれは迷うこともなかった。

おれは由史の息子だからこの家の様子がわかっていても不思議ではないが、邨江清司は由史の息子ではないと思う。苗字が違う。死んだはずの文のほうのタクミが幼いころに邨江家にもらわれていって、というケースは考えられるが、おれの記憶にそんなものはない。邨江と伊郷はまったく無関係の間柄だ。だからこそ、おれは悩んでいる。おれは、おれこそが、工と書くほうのタクミだと意識しているからだ。とすれば、さきほど考えたように、工であるおれをオリジナルとした邨江清司というクローンがいまのおれなのだ——というのが、いちばん理屈にかなっているだろう。伊郷家のおれと邨江清司であるおれの記憶の断絶は、それで説明できる。

　しかし、いまのおれが邨江清司のゾンビだというのは、どうにもファンタジー次元の非現実的解釈としか思えない。畑上絢萌という女はたしかにクローンを研究していて、邨江であるおれはその畑上ユニットの研究に関係していたのは間違いないところだし、おれがクローン化の実験台にされていたというのも事実だろう。クローンになったのは自分でそれを望んだからかもしれない。そのへんははっきりしないが、成功すれば完全な健康体を手に入れられるのだからやってみる価値はある、そう判断したのだろう。それが言いくるめられたものにせよ、なんにせよ、だ。無事に成功して賭に勝ったわけだが、それで終わらず、さらにゾンビにされそうになって、それはいやだった。生ける屍にはなりたくなかった。それが大量殺人をおかした動機に違いない。それなのに、もしいまのおれが死刑執行の後にゾンビ化された状態なのだとすると、おれはなんのために畑上ユニットの連中を皆殺しにしたのかがわからなくなる。おれがやったことは無駄だったということになるのだから、それなら死んだほうがましなくらいだ。死にたくはないが。

あの女、畑上絢萌が死体をゾンビ化して生き返らせることを目指していたというのは間違いない。おれは思い出していた。生き返らすというのは語弊があるだろう、ゾンビはもはやオリジナルの人格を備えていない別人なのだから。人格も意識も備えていないとなればそれはもはや人ではないわけで、労働力としてのロボットだ。ゾンビとはもともとそういうものを指していたのだろう。

なんともおぞましい研究で、おれはそういう非人道的な研究を潰してやりたいとも思っていた。それも立派な動機だろう。おれは正当な防衛権利を行使したのであり、同時に反社会的な企みをこの手で阻止するという正義をなしたのだ。司法や社会はそのおれの主張を認めなかったということだ。否定した、と言うほうがいい。

邨江清司が死刑判決を受け、昨日執行されたのは事実だ。おれはそれを体験している。どうしてそれがわかるのか、いまのおれのこの体験は妄想なのか、といったことも含めて、この点についてはもう自分で考えていてもこれ以上の進展は望めないだろう。

邨江清司の死刑執行に立ち会ったあの教誨師に会えば客観的事実というやつがわかるに違いない。事実のすべてではなく一端にすぎないだろうが、いまおれが置かれているこの状況とはいったいなんなのか、なにによるものなのか、なぜこうした矛盾状態が生じているのかといった謎を解きほぐすのに役に立つだろう。

死刑囚だったおれはあのキリスト教の教誨師に、この死刑は不当だといったことをぶつけていた。なぜ不当なのかも当然のことながら打ち明けていた。畑上絢萌の悪魔的研究についても洗いざらいだ。それをあの教誨師が信じたかどうかは、いまはどうでもいい。邨江であるおれがたしかにそういうことを言ったということが確認できれば、おれがいま工というあの男に言ったことは妄想ではなかったということがわかるだろう。それがまずは、重要だ。後上明生という、さきほど思い出した名前がはたして正しいのかどうか、それは会ってみなくてはわからないが、拘置所に定期的におれを訪ね、死刑の執行に立ち会った教誨師はたしかにいた。

妄想が妄想を生む、と工は言った。それはそのとおりだとおれも思う。おれ自身は、自分が言ったことは妄想などではなく、記憶が曖昧でよくわからないことを想像してみたわけだが、工は、いいや、それは妄想だという。

想像が想像を膨らませるとも言えるわけで、この点では妄想も想像も同じだろう。だが妄想は事実によって叩きつぶすことが可能だ。それに対して想像は事実とは無関係に存続可能だから、事実面からそれは違うと言われても傷つかない。

おれが考えたのは果たして妄想か想像か。

もはや明け方だったが外はまだ暗い。なかなか寝付けず窓が白んできた。なんども寝返りを打って、それでも眠れないので何時になっただろうと枕元の腕時計をとってみると、十時半を過ぎていた。どうやら眠れないという夢を見ていたようだ。それほど寝不足感はなかった。五時間は寝ていたのではないか。

耳を澄まして階下の気配を探ったが、工が起きているような物音は伝わってこなかった。まだ寝ているのか。床《とこ》を離れると、寝不足感はないが身体が重かった。疲労が抜けていない。

布団をたたんで、箪笥《たんす》から新しいワイシャツを失敬してそれを身につけ、身支度を調《ととの》えていると、クルマのドアが閉まる音が聞こえた。近い。カーテンを開けて庭を見下ろす。カーポートの屋根の陰から出てくる工の姿が見えた。クルマに荷物でも積み込んでいたらしい。おれの視線を感じたらしくこちらを見上げ、手をちょっと挙げて挨拶した。

おれは顔を洗いに階下に降りた。

8

自分は昨日死刑を執行された者であり、かつ我こそ伊郷の息子の工である。そう主張するタクミの話は妄想というより、もはや法螺話《ほらばなし》だった。実害がないのなら面白い話として聞き流してもいいのだが、二人とも同じ顔であちらも工は自分だと言い張るとなると、看過できない。ぼくの立場が危うくなる。

とにかくタクミの目的がなんなのかわからないのが不安だ。ぼくのアイデンティティを乗っ取ろうとしているのだとしか思えないが、話を聞いているかぎりでは、あちらもぼくの正体がわからないと感じているようだ。それが本当ならば正体がわからない相手のアイデンティティを乗っ取るというのはナンセンスだろう。意味がない。というか、意味がわからない。矛盾だ。とにかく、何者なのかわからないあいつが、なにを考え、なにをしようとしているのかもわからない。これが不安でなくてなんだろう。

タクミのほうも不安な様子なのだが、それが見せかけではないと好意的に解釈するならば、彼はこのぼくの正体よりもまず彼自身が何者なのかわからないのだろう。そう思えばすこし不安は薄れて、タクミとは何者なのかをぼくも調べてやろうという気持ちになれる。こちらを法螺話で煙に巻こうとしているのではなく、妄想に悩まされている気の毒な人間なのだと、そう同情することでぼく自身の心の安定がはかれるというものだ。

タクミの話がすべてでっち上げでありもしないことばかり並べ立てているのなら対処は簡単で、すべて否定してやればいいだけの話なのだが、彼の言っている内容には本当のことも含まれているからやっかいだった。虚実ない交ぜで、記憶もはっきりしておらず、まだら模様だ。思い出せないふりをしているだけなのかどうか、そのへんの真偽のほどもわからない。

クローン云云は眉唾物だが、邨江清司という死刑確定囚は実在する。しかもその顔はタクミと同じだ。つまりぼくとも同じ顔だった。これは事実だ。畑上絢萌ほか、邨江清司が殺害した被害者もとうぜん実在するだろう。クローン研究に通じるかもしれないヒト細胞に関する研究論文もネット上に実在する。

そして、教誨師だ。

後上明生という牧師はたしかに存在している。タクミの言っている教誨師に違いないとは思うが、しかし邨江が会っていたという教誨師ではないと思われた。

ぼくが検索した後上明生という牧師は七十代で、若い時分に自ら伝道所を開設し、付属の保育園を経営している。いまはその理事だ。ウェブには教誨師の経験もある旨記載されてはいたが現在活動しているとは書かれていない。ほかに同姓同名の人間は検索に引っかかってこないのでタクミが言っていた教誨師はこの牧師だろう。しかし拘置所に来ていた教誨師は四十代というから、この後上明生牧師ではないだろう。三十年前の話ならともかく、邨江清司が教誨を受けていたのはつい最近だろう。最後に会ったのは執行された昨日になる。

この矛盾をつくことでタクミが言っていることは妄想であると彼に自覚させられるだろう、ぼくはそう期待している。なにが妄想かといって、自分は死刑を執行された人間だ、という主張だ。いま生きているのに、どうしてそんなことが言えるのか。彼自身にもわからないようだ。なぜ妄想であるということを認めようとしないのか、こちらとしてはそれこそが、わからない。タクミはあくまでも妄想などではないと言い張る。どんな理屈をつけてでも昨日絞首台から落とされ、ぶら下がった死刑囚でなければならないらしい。ぼくにはまったく理解できない。タクミがそれを『自分の思い違いだった』と認めさえすれば、こちらとしても、ほかの多くの矛盾点は彼の勘違いにすぎないとして、ある程度共感してやれるだろうに、彼は絶対に譲ろうとしない。ならば、唯一絶対の真実を突きつけてやるしかないだろう。たとえそれでタクミのなにかが壊れるにしても。ぼく自身の存在を護るためにも、そういう対抗策をとるしかないとぼくは覚悟を決めていた。

今朝は九時前に起きてシャワーを浴びた。最初は冷たい水で、それもなかなか熱くならず、しばらく凍える思いをした。身支度をしてから、まず愛車のロードスターのナビに目的地を設定した。後上明生が理事をやっている保育園、東京の杉並区高沢だ。

クルマから降りて何気なく家の二階を見上げると父の寝室の窓からこちらを見下ろしているタクミと目が合った。ずっと監視されていたのかとすこしぞくりとするものを感じたが、怖さを払うように手を挙げて挨拶する。向こうもどぎまぎしたようにうなずいたから、こちらの行動を訝《いぶか》しんでいたのだろうと解釈することにした。

昨夜ぼくが客間に引っ込んだ後、タクミが階段を上がっていく足音が聞こえてそのまま降りてこなかったから、彼は父の寝室で休んだのだ。それは予想外で、ぼくとしては気分のいいものではなかった。他人が父の寝室を使うなんて。でも抗議をしたからといって先方がおとなしく従うとも思えず、疲れていたこともあって、黙って布団に入って寝た。

カーポートから表に出て、隣近所の気配を探ってから、家に戻った。だれの姿も見かけなかった。印象としては、だれもうちの様子を気にかけてはいない。ようするに、伊郷家になにか異変があったとは、ご近所さんらは感じていない。タクミがこの家に入ったのは昨夜暗くなってからだから、だれにも見とがめられなかったのだろう。しかし同じ顔の、息子らしい人間が二人いることを近所の住人に知られたら、不審に思われるに違いない。もっとも昨日の感触では、すくなくともお向かいさんは我が伊郷家にはまったく無関心のようだったから、なんとも思われないかもしれない。代替わりしたであろう両隣の住人も似たり寄ったりかもしれない。ぼくが気にするほど他人はこちらに関心を持っていないのではなかろうか。そう思うと、なんだか寂しい。子どものころいた近所の噂好きの迷惑おばさんといった人間は、どこへ消えてしまったのだろう。

ナビに入力したし、タクミも起きたようだから、いつでも出発できた。もう昼に近いが、食事は出先でなんとでもなる。コンビニ弁当だろうが本格レストランだろうがなんでも選びたい放題だ。家の台所をかき回すよりもずっと賢い選択だと思う。だが、やはり父のことが気になった。こうしているうちにもひょっこりと帰ってくるかもしれないのだ。

朝になっても父からは相変わらずなんの連絡もなくて心配だった。父が帰ってくれれば、出かけるまでもなくタクミが他人だということがはっきりするだろう。もしタクミが身内なのだとしたら、ぼくらは三つ子だ。邨江清司と、タクミと、そしてぼく、工の三つ子。父親の口からそうきかされれば納得がいくし、タクミも反論できないだろう。死刑を体験したという主張が妄想だとタクミは認めざるを得なくなるだろうから、あえて教誨師に会いに行く必要はなくなるわけだ。

タクミはそれを恐れて、きょうは家を空ける、教誨師に会いに行くつもりだ、と言ったのかもしれない。父が帰ってくることを予想し、自分の正体が知られる前に逃げるつもりで。

だが、ぼくがクルマから家に戻るとタクミは台所にいて、遅い朝食をとるべく支度しているところだった。ブランチというわけだが、タクミはなんと炊飯器で米を炊くべくセットしている。ブランチという洋食のイメージとはほど遠いのはいいとして、つまり、すぐに出立する気はないということで、それが意外だった。逃げるつもりならこんなことはしないだろう。ぼくの予想とは正反対の行為だ。しかし腰を落ち着けて父の帰りを待っている、わけではないだろう。父に帰ってこられては困るのだとしたら、帰ってこないことを確信しているに違いない、そういう態度だとぼくは思った。

タクミは父の消息を知っているのではないか。昨夜もそういう想像はした。父はこいつにどうにかされたのではないか、と。

「なにをしているんだ」と訊かずにはいられなかった。「出かけるのはやめにしたのか？」

「腹が減ってはなんとやら、だ」とタクミは言う。「教誨師には守秘義務がある。あんたが昨夜言ったように、いきなり押しかけていってもなにも聞き出せないだろう」

「どうすると？」

「あんたのほうが慣れているそうだから、知恵を借りたい。納豆と生卵でいいか？」

「パンとコーヒーがいいが、ないんだな」

「ここはこちらの好みに合わせてくれないか。拘置所の食事には生ものは出ないんだ。炊きたてのご飯を卵がけにして、納豆もつける。死ぬ前にもういちど食べたいものだと思っていた。最期の食事をさせない、いまの執行のやり方は人権侵害もはなはだしい。非人道的行為だ」

「あなたはその被害者だという」

「そのとおりだ」

わかってくれたのかと言ってタクミは喜んだ顔を見せると思ったが、無表情だった。こちらは懐疑的に言っているのだから反発するのは当然か。それにしては冷ややかな応答ではある。こちらにはもうなにも期待していない、ということか。知恵を借りたい、という先ほどの言葉は皮肉で言ったのかもしれない。

ぼくの計画では、タクミには後上明生が老人だとは言わずに現地に行って、彼の妄想を一気に潰してやるつもりだったが、考え直す。タクミの腹を探りたい。この落ち着きようはいったいなんなのだろう。

「連絡はしてくれたのか」

タクミは冷蔵庫から納豆のパックを出して、ぼくにそう訊いてきた。

「連絡って」

後上明生に、だろう。先手をとられた格好になった。

「取材の申込みだ。ネットに電話連絡先も出ているだろう。幼稚園だそうだから」

「保育園だ」

「似たようなものだ」

「管轄省庁が違うよ。幼稚園は教育目的で、保育園は働く親のための――」

「月一回、拘置所にやってきた後上は、保育園をやっているなどとは一切言ってない。おれも関心がなかったからな。本業がなにか、なんて」

「牧師と言えば教会からくるに決まっているだろう」

「まあ、そうだな。しかしチャプレンというのは牧師の資格を持ってはいても教会に住んでいるわけではない、そう教えてくれたのは後上だったから、そのとき、じゃあああんたはどこに住んでいるんだと訊けばよかったが——」

「教会に属さない牧師というのがわからないな」

「どこかの教団には属している。教団から牧師として認定されてはいるということだよ。自称牧師では詐欺、詐称だからな。牧師には違いないが、たとえば従軍牧師とか、企業とか学校の心理療法士のように職員や生徒たちの宗教面でのケアをやるのが、チャプレンということだよ」

「ああ、そういうことか」

「拘置所や刑務所にやってくる教誨師はボランティアだ。一回ごとに謝礼も出るが足代にもならない額だそうだ。そんなんでどうやって食っているのか、考えてみれば、疑問に思ってもいいところだな。しかしそんな疑問はまったく思い浮かばなかった。先方の暮らしのことを訊こうなんてことは、思いつきもしなかった。宗教家だから霞《かすみ》を食って生きているんだろう、おれはたぶんそう思っていた。ようするに、献金で、だ。税金がかからない収入だ。彼らは税金を納めていないのだから、その分、身を粉にして社会に貢献するのは当然だろう、おれは無意識のうちにそう思っていたんだろうな」

「おれは、というのは、邨江清司は、ということだね」

「そうだ」

「いまのあなたはだれなんだ。だれだと思っているんだ、ということだけど。責めたりしているわけではなくて、事実を知りたいということで訊いているんだけど」

納豆は冷凍されていたものらしい。発泡スチロールのパックの上蓋をはがしてレンジ脇におき、タクミはどうやら味噌汁を作るつもりだ。片手鍋を出して水を入れ、レンジにかけた。

「わからないんだ」とタクミは言った。「正直、わからない」

「工業の工のタクミではないのか」

ぼくはなにか、肩すかしを食らった気分でそう訊く。

「昨夜まで工は自分だ、ぼくではないと、あれほど頑《かたく》なに言ってたのに、どういう風の吹き回しだ」

「死んでいる気がする」とタクミは言った。

「なに？　どういうこと」

タクミは上の戸棚から茶筒を出してあけ、中から煮干しを一本出し、頭と腹をむしり取ってから鍋に放り込んだ。

「具は乾燥ワカメにする。簡単だが、いいか？」

「なんでもいい、それより――」

「邨江清司は死んでいる。吊るされたんだ。工も同時に死んだ。そういう気分だ。たぶん、間違いないと思う。工業の工のタクミは、いまこの世にはいない」

「まてよ、ぼくを殺さないでくれ。それはともかく――じゃあ、いまのあなたは、だれなんだ」

「だから、わからない。そう言っている。しかし」と言葉を切り、少し考えてから、タクミは言った。「あえて言うなら、死人かな。名前のない死者だ」

これはこれで、なんとも不気味で、怖い。まったくの正体不明者どころか、幽霊を目の当たりにしている、そういう気分にさせられる。

「人間は死ぬと名も失うのかもしれないな」とタクミは続けた。「死して名を残すなんてのは、死んでないってことなんじゃないか」

「あなたは死にたいのか？」

「いや、まったく。逆だ。死にたくない。というより、殺されたくない」

「あなたはもう死んでるよ」

思わずそう言ってしまった。タクミは短い笑い声を上げ、そして言う。

「あんたの気持ちはわかる。もうおれには黙っていろ、というんだろう。死人なら死人らしく、喋るな、と。死人に口なし。意味が違うか。わけのわからないおれには消えてほしい、おれがかかえている矛盾ごと、おれがいなくなればいい、ということだ。ようするに、あんたもおれを殺そうとしているってことだよ。だが、おれは、そんなのはいやだ。殺されたくはない。自分が何者なのか知らないまま消えるつもりはない」

どう応えていいかわからず黙っているとタクミも言葉をつがない。会話がとだえた。

ぼくは玄関に行き、ロードスターに積み込むべくまとめておいた荷物からPCを出して台所に戻り、食卓でそれを開いた。ウェブ情報を元に、ケータイを出して、後上明生の経営する保育園に電話をかけてみる。タクミはなにも言わず、味噌汁を作っている。鍋から煮干しをすくい上げて、吹いて冷まして、食べてしまった。

先方はすぐに出た。名乗ってから、「理事長の後上明生さんはいらっしゃいますか」と尋ねると、ご用件はと訊かれる。自分は作家だが、教誨師について勉強中で、教誨師をやられている後上牧師に話を伺えればさいわいだ、といったことを伝えると、電話を回すから待てと言われた。若い女性の声だった。保育士だろうと思われた。

『お電話かわりました。後上です』

低めの心地よい声で応答があった。偉ぶった印象はないが、年齢は高めだとわかる声だった。ぼくはあらためて名乗り、挨拶をした後、早速ですがとことわってから、言う。

「実は取材中に知り合った人物が、ぜひ後上先生にお会いしてお教え願いたいことがあるのだがと、相談を持ちかけられまして。彼は拘置所暮らしの経験があるのですが、記憶を喪失しています。拘置所で後上明生という牧師の教誨を受けたというおぼろげな記憶があるだけなのです。もしかしたら、拘置所にいたという記憶も勘違いなのではなかろうかとわたし自身はそうも思うのですが、彼の不安は芝居とは思えません。それを取り除いてやりたいと思います。先生には、お忙しいところご迷惑でしょうが、なんとかお会いできないでしょうか。直接彼の話を聞いていただけないかと思いまして、失礼ながら、こうして電話でご連絡したようなわけです」

　嘘は一つもまぜていない。ありのままに伝えた。

　後上明生は口を挟むことなく、こちらの話を聞いていた。聞くことに慣れていることがわかる。牧師らしいと思う。それにしても突拍子もない話を黙って最後まで聞いてくれたのは、こちらの話に不誠実な臭いを感じなかったからだろうとぼくは思う。

『わかりました』と、あっさり、後上牧師は言った。『いつでもいらっしゃい。ご友人にそうお伝えください』

「あ、ありがとうございます」と、思いもかけずどもってしまった。気を取り直して、お願いした。「急な話で申し訳ないのですが、きょう伺ってもよろしいでしょうか。友人は自分の名前もあやふやで、できるなら早いほうがいいと思いまして」

　タクミのことを友人と呼んだのは後上牧師であって、ぼくは言ってなかったのだが、ほかに適当な呼び方がない。思えばいい呼び方だ。だれに対しても言える。牧師ならではだなと感心した。

『かまいません。きょういらっしゃるなら、息子も紹介しましょう』

「息子さん、ですか」

『はい。わたしの後を継いで教誨師をやっています』

それは初耳だ。当然か。後上牧師という人の人生についてこちらはなにも知らないのだから。

「ではあなたは、先生は、いまは教誨師はやられていないのでしょうか?」

『現役は退きました。経験を息子や若手に伝えていきたくて教誨師会の講師などはやっていますが、現場には出ていません』

「そうでしたか」

『息子は独立して伝道の道を歩んでいまして、最近はめったに帰ってこないのですが、きょう戻ると連絡がありました。ご友人がもしお若いのでしたら、記憶されているのは息子のほうかもしれません』

「そうなんですか。いえ、おそらく、そうだと思います。きょうお帰りとは、奇遇ですね。ではお言葉に甘えて、本日伺わせてください」

なにかの縁、という言葉が思い浮かんだ。キリスト教だから主の導きと言うべきだな、などと思う。

『お待ちしています』

「ご厚意、感謝します。よろしくお願いします。友人を乗せてクルマでまいります。夕方には着けるかと思います」

『お気をつけて』

「ありがとうございます。失礼します」

切ってから、息子の教誨師の名前を聞くのを忘れたことに気づいた。

「うまく面会を取り付けたようだな」

タクミはそう言い、冷蔵庫をあけ、卵を出した。

「無駄足になるかもしれない」とぼくは言う。

「拘置所にきていたのは後上明生ではない、というのか」

「引退したそうだ。後上明生は老人だ。息子に後を継がせたそうだ」

「名簿が書き換えられていなかったのかもしれないな」

「そんなにいいかげんなものなのか」

「知らんよ。しかし、そうとしか考えられないだろう。無数にあるプロテスタント教団のなかの、わりとマイナーな宗派を選んだつもりだ。死刑囚のほうから指名されたのは初めてかもしれない」

「マイナーって——」

「それなりの歴史はあり、力も持っているのは間違いない。教誨師を派遣したくても法務省の認定がおりない宗教、教団は多いようだ。マイナーというのは語弊があるな、取り消す」

ご飯が炊けたようだ。卵は自分で割るようにとタクミは言い、納豆を二つの小皿に分け入れた。まだ完全には解凍されていないようでシャリシャリしている。

「薬味に刻みネギが欲しければタッパーに入っている。冷蔵庫の上の段だ」

「そういえば、あまり好きじゃなかったな、納豆」

「そうなのか」

「知らなかったか」

「知らないよ、あんたのことなんか」

「お袋の話だ。毎日欠かさず食べていたけど、好きで食べていたわけじゃなかったんだな。いつだったか、そう言ってた。健康のためだろうな。まるで薬だ」

「いや、このねばねばが、いやだったんだよ。食べるのがいやなんじゃなくて、皿がねばねばになるだろう、それがいやだったんだ。洗うときになかなかきれいにならないし、手を滑らせて落としたりするしで。知らなかったのか？」

「嘘だ」

「おれはそう聞いていた」

「だれから」

「伊郷由史の妻、工の母親からだ、もちろん」

「どういうつもりだ」

「つもりもなにも、当然知っていることを言っているまでだ」

「信じられない」

タクミはまるでぼくの母親すら奪おうとしているかのようだ。不愉快というより、怖さを覚える。

「食べよう」とタクミはぼくの気持ちをよそに、食卓についた。「簡単だが、おれにはご馳走だ」

味付けのりに納豆と、生卵。ご飯にワカメの味噌汁。タクミはぼくの分も並べて、手を合わせ、頂きますと言う。それにうながされてぼくも箸をとった。

「知っているか」

とタクミが醬油をかけた生卵をかき混ぜながら言う。

「知りたくない」

「生卵の話だ」

「なにが言いたい」

「生卵を食すのは日本くらいなものだそうだ。気持ちが悪くて食えないらしい。親以外は何でも食うという中国文化でも生卵は食わない。下手物《げてもの》扱いだ」

「中国は生ものを避けるからな。卵はいろいろ料理して食べる。料理法の問題だ」

「生きたサルの頭をかち割って脳みそを食べるというのは中国じゃなかったか」

「やめよう。食欲が失せる」

「ご飯にかけて食べないのか」

「生卵も納豆もご飯に載せたり混ぜたりするのは嫌いだ」

「なんで？」

「子どものころからそうしてた。茶碗が汚れるのがいやなんだ。そういえば、お袋もそうだったような気がする。ご飯にはなにもかけなかった」

「おれの話から、そういう物語を作ったのか？」

「意味がわからないが」

「皿に付くねばねばが嫌いだと言ったろう。母さんは皿が汚れるのを嫌ったんだ。あんたも同じことを言ってる」

そういうことか。奇妙な感覚だが、タクミにかすかな親しみを感じた。家族の一員であるかのような。認めたくはないがまるで本物の兄弟のような感じというのか。しかし、そんなはずがない、タクミは他人だ。ぼくには生きている兄弟はいない。

「お袋は白いご飯は白いままで食べるのをよしとしたんだ」とぼくは言う。「美学だよ。品格というか。親父はそういう面では無頓着だった」

「おれは父親似というわけだ」

タクミは卵かけご飯に、さらに納豆まで載せている。そう、彼の言うとおり、親父はそんな食べ方を平気でしていた。

「よくお袋が我慢できたものだ」とぼくは応えている。

「そんなことを言うなら、丼物はどうなんだ」

「それはそれだよ。お袋はふりかけもかけなかった」

「しょっぱいのが嫌いだったからだ」

「白いご飯が台無しになるからだよ」

いったいなんの話をしているのだろう。久しく顔を合わせることがなかった兄弟が、何十年ぶりかに再会して親を懐かしんでいるような会話ではないか。

「茶を入れたら電気ポットのコードを外していこう」とタクミが言った。きのうぼくが見つけられなかった電気ポットだ。「出発前にストーブの消火も確認しないとな」

そのとおりにした。食器はタクミが洗い、ぼくは火の元の点検をした。二階にも上がってみた。父の寝室では布団が畳まれていた。押し入れにはしまわれていない。タクミはまたここに帰ってくるつもりなのか。そういうメッセージのようにぼくには思われた。

家中を見て回った。父の姿はない。ここで見つかるほうがおかしいだろう、そう思う。父の安否がまた心配になると、タクミにつき合って出かけていいのかと決心が揺らいだが、父は大丈夫だと自分に言い聞かせた。とにかくタクミの件をなんとかしたい。この世に二人の工はいらない。

タクミは残ったご飯をおにぎりにして、これを持って行こうと言った。食べきれないほど炊くからだ、残ったご飯は冷蔵しておけばいいと言うと、まだ温かいのに冷蔵庫に入れるのはよくないと言う。所帯じみているというか、なんというか。それに、おにぎりって、なんなんだ。遠足か。

「食べるものがあれば安心だろう」

タクミはそう言った。コンビニでもどこでも、いまの世の中、食べ物には困らないだろうにタクミの感覚は理解しがたい。拘置所暮らしを裏付けているとも思えない。味はともかくそこでは食べ物に不自由しないはずだ。理由はわからないがタクミが不安を感じているというのはわかったから、あえて突っ込みは入れなかった。

タクミはどこで見つけたのか、黒いショルダーバッグにおにぎりを入れて、支度はこれでいいと言った。

ロードスターに荷物を積み、タクミを乗せて、関越道に向かった。午後一時を回っていた。

途中、サービスエリアで休息がてら、後上明生への手土産を買った。献金を包んでいくほうが喜ばれるだろうとタクミは言った。ではそちらはあなたに頼むと言えば、肩をすくめて黙った。

これから行くのは保育園だが、それは教会の付属施設と言ってもいい。主体は教会だろう。献金というのは、だからわからないでもないが、この訪問の趣旨にはそぐわないだろうと思った。もっとも、ぼくはキリスト教信者ではないので、そちらのしきたりや常識には疎い。タクミも同様だろう。よくわからないまま、思いつきで言っただけに違いない。

新潟らしい土産物で、それも菓子が無難だということになって、笹団子をぼくは思い浮かべたが、いまはその季節ではない。タクミは柿の種というが、先方は入れ歯かもしれずそれだと喜ばれないだろうと反対した。駄目なら保育園の職員にお裾分けするだろうから気にしなくていいとタクミは反論しつつ、別の、これがいいと取り上げたのが、万代鼓という焼き菓子だった。新潟銘菓と銘打っていて、ぼくも知っていた。

「子どものころ、この菓子屋の息子と水泳教室で一緒だった。いま思い出した」

そう言われてぼくも思い出した、新潟では名の通った菓子メーカーの息子が水泳教室に来ていた、ような。うっすらとした記憶だった。しかしなぜタクミがそんなことを知っているのか。まるでぼくの記憶を盗み取っているかのようだ。

これにしようとタクミが勧めるのをぼくは無言で受け取って、それを買った。なにか言えばますますこちらの立場が弱くなりそうな気がした。自分の存在をタクミに吸い取られるような怖さがあった。早く後上明生のところに行って、なにもかもはっきりさせたかった。

関越道から圏央道に入り、八王子から中央道だ。調布で渋滞していたがそれを抜けて首都高へ、高井戸で降りた。夕方のラッシュには引っかからずに目的地に着くことができた。

下道に降りたときにタクミにケータイを渡して保育園に電話を入れさせていた。そのおかげだろう、保育園に着いたはいいがどこに駐車すればいいのか迷うまえに、後上牧師だとすぐにわかる背筋の伸びた威厳ある雰囲気の老人の出迎えを受けた。園児の送迎バスの隣にロードスターを駐める。園児たちはもうお帰りしているようだった。

ロードスターから降りて、挨拶する。タクミも窮屈そうに助手席から降りてくる。シートが低いので慣れないと出るのに苦労するのはわかる。だがそれだけでなく、タクミは緊張しているようだった。ぼくもだが。

「伊郷工です、わざわざ表までお迎えいただいて恐縮です。このクルマだとよくおわかりでしたね」

「二人乗りということで、すぐにわかりましたよ」

後上明生という老人は笑顔で応えた。ぼくの緊張はそれでほぐれた。こちらが、と紹介しようとすると、タクミが口を開いた。

「ムライと申します。お世話になります。お役に立てればいいのですが。こちらへどうぞ」

「どうぞ、お気を楽にしてください。名前は、いちおう、仮名です」

理事長室だった。壁がみな本棚になっていて、狭苦しいほどではないが、応接セットが占有している感じで、広くはない。いまお茶を、と言って牧師が出ていくと、二人だけになる。さっそくタクミに探りを入れる。

「あの人ではないな？」

「そう、違う」

「あちらも、あなたを初めて見るという態度だった」

「そうだな」

「ムライとはまた、どうして」

「新潟人は〈い〉と〈え〉の区別がつけられない」

「そういう話じゃないだろう」

「ちょっと怖かったんだ。邨江清司だと言って、知らないと言われるのが」

「わからないな。知らないのは当然だろう、初めて会ったとあなたも認めたじゃないか」

「たぶん、息子だという、そちらの教誨師のほうだ。いまのおれを見たら、ゾンビだと思うんじゃないか。死んでいるってことだ。『おまえは死んでいる』と言われるのが怖い」

そういうことか。わかるような気がする。ぼくから言われても平気だろうが、死刑に立ち会った人間から言われるのは、言ってみれば、とどめを刺されるようなものだろうから。しかし、そんなのは、幻想だ。いま生きているのだから。

「妄想だよ」と言ってやる。「心配ない。ショックだろうが、現実を認めるんだ。あなたは邨江なんかじゃない――」

後上牧師が入ってきて、盆から茶をぼくらの前におき、自らもぼくの隣に腰を下ろし、よくいらっしゃいました、と言う。

「ちょうどいま息子が帰ってきました。教会のほうにいます。雑用を終え次第くるように言っておりますので、しばしお待ちを」

後上明生老人は、ことさらぼくらの身の上を訊こうとはしなかった。自分の生い立ちをゆったりとした口調で話す。とても安心感があった。

「わたしがキリスト教に関心をもったのは」と老人は言った。「子どものころ、死ぬのが怖かったからです。どうしたら地獄に堕ちずに生きられるか。そもそも、死んだらどうなるのかが、わからない。それが怖い。幼稚な恐れではありますが、人が生きる苦しみの本質は突いているでしょう」

友だちに誘われて教会に行き、そこで目覚めたという。キリスト教を本格的に学んだ後、苦労して伝道所を開設、信者を増やして教会に格上げし、保育園も作った。

「教誨師を始めたのは、学生時代に友人が冤罪で捕まったことがきっかけになりました。刑務所内の様子を彼の口から直接聞くことができた。救いのない環境をなんとかしたいと思いましてね」

なるほど、と相づちを打ちながら聞いていると、ノックの音がした。牧師は話をやめ、どうぞ、と言った。

理事長室のドアが、ぎいときしんで開くと、牧師の息子だろう、四十ほどの男が顔をのぞかせた。入ってくるものと思ったが、男は動かなかった。

その表情をぼくは見逃さなかった。なんだろう、一瞬恐怖に打たれたに違いなく、目が見開かれた。が、ほんの一瞬だった。でも、ぼくの勘違いではないだろう、その男は、たしかに、タクミを見て、恐怖したのだ。

スタンドカラーの白いシャツに、黒いボトム。牧師の息子の服装は簡素で清潔な聖職者らしいものだった。だがよく見れば安物ではなさそうで、けっこうお洒落《しゃれ》なのだなとわかる。質素倹約を旨とする堅物ではないだろう。父親の後上明生牧師のほうは清貧を重んずるタイプに見えたから、少し意外だった。

そんな観察ができたのは、彼が凍り付いたように入口で動きを止めたからに違いない。こちらの視線を衣服からその顔に戻したとき、もう恐怖や驚きの表情は消えていた。そのかわりいかにも不自然な強《こわ》ばった笑顔が浮かんでいて、作り笑いというのはこういうものかと思った。作ることに失敗する笑顔が作り笑いなら、成功すれば本物の笑いになるのだろうかなどという妙な考えがわき起こったが、その顔が急にぬっと動いたのでこちらは驚き、馬鹿な考えは身体的な防衛反射で消し去られる。

ぼくは思わず腰を浮かせていた。牧師の息子はただ室内に普通に入ってきただけなのだが、それはあの一瞬の間がなければの話であって、あのとき彼が覚えたであろう恐怖はこちらにも感染したに違いない。じっとしていられないのは逃げ出そうという肉体的な欲求だろうと思う。ソファから立ち上がって自分はいったいなにをするつもりだと意識してはじめて、怖がっているのは自分のほうであって彼はそうではないのかもしれない、この笑みは作り物ではなく常識的ないわば挨拶としての表情にすぎないのではないかと思いついた。

腰を伸ばし立ち上がりきるまえにぼくは我を取り戻し、ちゃんと男と正対する姿勢を取って、言った。「初めまして」と。

すると男のほうも「初めまして」と応答し、それから、「どうぞそのままで」と言った。立ったぼくではなく、タクミに対しての言葉だ。そのタクミはソファに沈み込んだまま固まっていた。牧師の息子の顔を見上げて唇を結んでいる。怒っているように見えた。ぼくのような不安や恐怖といった受身な感情ではなく、能動的な意識の働きが感じられるとでもいうか。挨拶する気はないらしい。そんなことは必要ないという態度だった。

ようするにタクミは、この男を知っているということだ。つまり、この男が拘置所に出入りしていた教誨師であり、邨江清司の死刑執行に立ち会った後上牧師であると、タクミはその全身でぼくに示しているのだ。

「伊郷工と申します」

ぼくはタクミから目をそらして男に改めて向き合って名乗った。この男は後上明生の息子だとわかるが名前は聞いていない。

「後上メイセイでございます」と男はこちらの想いを汲み取ったかのように、名乗るのが遅くなって失礼したという気持ちであろうと察せられる口調で言った。「メイセイは、明るく正しいと書きます。父の後を継いで教誨師をやっております」

「きょうは突然うかがってすみません」ぼくは明正という牧師の表情を見逃すまいと注視しながら、言う。「お話をいろいろ聞かせて頂きたく押しかけて参りました。よろしくお願いいたします」

「こちらこそ」

後上明正教誨師は笑顔を崩さず軽く会釈し、ぼくらの向かいのソファに腰を下ろしつつ、「どうぞお楽に」と言ってぼくにも着座を促した。

ぼくは浅く腰を下ろして、さっそく訊いた。いちばん訊きたいことだ。

「あなたが昨日の死刑に立ち会われた教誨師さんですか」

ぼくの隣のタクミが無言でぼくの足を踏みつけてきた。ぶしつけすぎると批難しているのか。怖いからそんなことは訊くなというのではなさそうだ。ちらりと表情を見やると、先ほどのままの憤懣《ふんまん》を堪えているような表情だったから、おびえてのことではない。

もしかしたら、とぼくは思いついた。タクミは彼自身の正体に気づいたのではなかろうか。自分が伊郷工であると信じ込んでいたのは実はまったくの勘違いだったと、いま明正という教誨師と向かい合ってはっきりと悟ったのではないか。そんな気がした。

「あれは、そうですね、なかなかきつい経験でした」

ぼくの問いを受けて、後上明正という教誨師はうなずいた。

「伊郷さんがわたしに会いにいらしたお気持ちはわかります。心の平安を取り戻すためなら、微力ながらわたくしもお力になれるかと思います。どうぞ、心の内の澱《おり》をここで吐きだしていってください。外部には決して漏らしませんので」

「神のみぞ知る、だ」

教誨師に向かってタクミが放った、それが第一声だった。吐き捨てるような攻撃的なその口調に後上明正は笑みを消してタクミを正視した。

「死んだらどうなるのかと訊いたら」とタクミは言った。「あんたはそう言った。おれは神など信じない。それを承知で、あんたはそう言ったんだ。ようするにあんたは、おまえのことなど知ったことか、と言ったんだよ」

後上明正は一瞬息を止めたが、すぐに口を開き、こう言った。

「あなたはいまの自分をだれだと思っていらっしゃるんでしょう」

「この人は伊郷タクミだと思っている」とぼくは思わず口を挟まずにはいられなかった。

「伊郷工はぼくなんですが、彼は自分こそタクミだと思い込んでしまっているようなんです。しかも、昨日死刑を執行されたと思い込んでいる」

「ああ、なるほど、そうでしたか」と言って、教誨師はなんどもうなずいた。「混乱されているわけですね。こちらの配慮が足りず、申し訳ありません。理事長からは服役中の記憶が曖昧な人が会いにきたがっていると聞いてはいたのですが。実は死刑の現場に立ち会うというのは久方ぶりのことでしたので、恥ずかしながらいまだ気持ちの整理がついておらず、わたしのほうも混乱しているのでしょう。一人でいるのが辛くて自分が育ったこの教会《いえ》に帰ってきたようなわけです」

混乱するのはぼくのほうだ。この後上明正という教誨師はタクミと面識があるような態度ではないか。いやまったく、ぼくの頭は混乱し始める。いったいどういうことなのだ。

「おれが訊きたいのは」とタクミは言った。「獄中の邨江清司があなたになにを話していたか、だ」

「獄中、ですか」と、また後上明正はうなずきながらタクミに応えている。「正確には拘置所ですし、邨江は刑を執行されるまでそこで待機していたわけで、服役していたわけではありません」

「そんなことはわかっている。まったく、ほんとうに気に入らない人だ」とタクミは苛立ちを隠さずに言った。「あんたはぜんぜん変わっていない。同じことを言うんだな。おれはいつもあんたに、獄中の自分は、と言っていただろう。するとあんたは、いまのように『ここは正確には獄ではない、待機室だ』と言った。いつもいつも、いつも、だ。それがおれの癇《かん》に障《さわ》ったんだが、あんたは絶対に改めようとはしなかった」

「刑の執行までは平穏に生きてほしいとの願いからです」と後上明正は明らかに動揺を抑えた様子で応えた。「邨江がそんなことで苛立っていたとは知りませんでした」

「おれは不当な目に遭っていた。死刑なんてとんでもない。拘置所だろうが刑務所だろうが、呼び方などどうでもいい、自由を奪われて閉じ込められていたんだ。自由刑を執行されていたも同然だろう」

「ちょっと待て」とぼくは会話に割り込んだ。「あなたたちはなんの話をしているんだ？そもそも、後上さん、あなたには守秘義務があるのではないのか——」

「あんたは黙っていろ」とタクミが顔をこちらに向け、面と向かって、邪魔だと言った。

「あんたは関係ない。邪魔だ。部外者は引っ込んでいてもらいたい」

部外者はないだろうと抗議するより早く、これまで黙ってソファの端に腰を下ろしていた後上牧師が立ち上がって、ぼくに「出ましょうか」と声をかけた。「ここは息子に任せたほうがいいでしょう。あなたがおっしゃったように、息子には守秘義務がある。わたしたちは席を外しましょう」

畳みかけるように牧師の息子である明正教誨師も言った。

「お願いします。ここは二人にして頂けませんか。この方が落ち着かれるまで、わたしが話を聞きます。立ち入った話になると思いますので遠慮して頂きたいのです。わたしは教誨師です。牧師でもありますが、宗派を問わず、ここは宗教家としてのわたしを信じて頂ければと思います」

ぼくだけ蚊帳《かや》の外というのは承服しがたい。だが、ここまで言われては、逆らえない。ぼくが居座れば上手くいく話も駄目になると、そう言われているのだ。タクミからも、後上明正教誨師からも、そしてその父親からも。

「わかりました」そう言うしかなかった。

ぼくは後上牧師の後について理事長室を出る。が、入口から振り返って、タクミに言った。

「あとで教えてくれ。ぼくには知る権利がある」

タクミはぼくを見て、曖昧にうなずいてみせた。教えないというのではないだろう。自信がない、という返事に違いない。真実を知りたいというのはタクミのほうも同じなのだ。そうぼくは自分に言い聞かせて、理事長室のドアを自分の手で閉めた。

バタンという音が響くと、全世界から締め出された気がした。自分が消えていくような脱力感を覚える。これは駄目だろう、自らタクミとの闘いを放棄してどうする、そう思い直す。

「いや、やはりぼくも同席する」

そう声に出して言い、一度は手を離したドアノブにさっと手を伸ばした。が、届かなかった。思いもかけない結構な力で、手首をつかまれたのだ。

「告解の場に立ち入ることは何人《なんぴと》も許されません」

後上牧師の力は老人とは思えない強さだった。いきなりのことで驚き、反射的に振り払おうとしたが、牧師の表情に悪意や批難の色がないのを見て取り、ぼくは力を抜いた。後上明生は表情だけでなく、ぼくを制止したその声の調子も、柔らかだった。

「告解というのは……」とぼくは言う。「違うのではないかと思いますが」

「そうですね、申し訳ない。失礼しました。お許しください」

そう言うと後上明生牧師は、まるでぼくが子どもであるかのように、ぼくの手首を彼のほうに引き寄せ、それから左手も添えてぼくの手を包み込むようにポンポンと軽く叩いてから、手を離した。許せ、ということだろう。

「こちらへどうぞ。拙宅へご案内します。おいしい紅茶をいれましょう。わたしの唯一の趣味でして。お付き合いください」

ぼくはそっとわからないようにため息をついたが、ため息を漏らしたことは知られただろうと思いつつ、意を決してドアから離れる。足を一歩動かす、その最初が大変だった。自分の足なのにまるで根を生やしたかのように重かった。後上牧師のほうも、ぼくがこの場を離れるまで動くまいとしていたようだった。二歩、三歩と歩を進め始めるぼくを警護するように寄り添う。牧師のほうもまだ緊張を解いていない足の運びだと感じられた。背後の理事長室でなにが明かされるのか、ぼくだけでなく牧師も関心を持っているのだろう。

「あなたは」とぼくは歩きながら訊く。「ぼくの連れが、告解をしなければならないような罪を犯していることを知っていたんですか」

「いいえ」と言下に否定する。それから、でも、と続けた。「人はみな生まれながら罪人ということからすれば、はい、ですが」

「タクミという彼が、邨江死刑囚と関係があるということも事前には知らなかったわけですか」

「知りません」

「息子さんが昨日死刑執行現場に立ち会ったということも？」

「先ほど帰ってきて、重荷を背負ったなということはわかりましたが、詳しくはなにも知りません」

「守秘義務というやつですか」

「人の世の法律とは関係ないでしょう、明正が黙っていたのはそれとは関係ないと思いますよ」

「わたしたちは神の御心のままに生きている、か」

「アーメン」と、実に自然に牧師は応じた。「おっしゃるとおりです」

アーメンという言葉は、しかり、そのとおり、という意味だとなにかで読んだ覚えがある。ぼくのキリスト教との関係はその程度だ。聞きかじりの知識があるだけで、それが血肉になっているわけではない。

「タクミは自分を邨江死刑囚だと思い込んでいる」とぼくは言う。「それをなんとか解消したいのだと思いますが、いきなりやってきておかしなことを言うタクミを、息子さんが真っ正面から受け止めたのは不思議です。そうは思いませんか」

ぼくは立ち止まって牧師の返答を促した。だが、柔和な表情を崩さず黙っている。どう返答すべきか迷っているようでもないし、これは、やんわりとした否定なのだろうと思い、ぼくは続けた。

「なにか、死刑囚の邨江と教誨師の息子さんだけしか知らない秘密をタクミは暴露したようです。なぜそんなことを知っているのか不思議だし、それをネタにタクミは教誨師であるあなたの息子さんに難癖をつけにきたようなものです。心配じゃないんですか。これは告解などというものではないですよ」

「そうですね」

ぼくの目をまっすぐに見つめて、牧師は応えた。

「心配していないと言えば嘘になりますが、息子がはっきりと、これは宗教家としての話し合いだと言った以上は、わたしにできるのは席を外すことだけです。告解などではないだろうというお咎《とが》めも、そのとおりですが、神聖な場だということをあなたにわかって頂きたくて、そう申し上げたようなわけです。お許しください」

「ぼくらにできることはなにもない、そういうことですか」

「これは両人にとって試練でしょう。お連れさんと息子との間になにがあったのかは、わたしにはわかりません。神の御心のままに。あなたがいまおっしゃったとおりです。神は苦しみを苦しみによって救い、頑なな心を逆境によって開かせる――ヨブ記です。聖書に親しまれておられるようですね。御心のままにとは、まさに聖書の神髄です」

「たまたま知っていただけです。レットイットビーという洋楽もあったし、雑学にすぎません」

「ビートルズですね。バンド名より、ポール・マッカートニーというほうがいいかもしれない。あの歌詞は彼がルカの福音書を引用したものとされています。受胎告知されたマリアさまが、未婚なのにそれは困ると言うのですが、ついには受け入れて言う言葉です。御心のままに、と。英訳がレットイットビーです。ビートルズは当時解散の危機にあり、マッカートニーは傷つき悩んでいた。亡くなった彼の母親が夢枕に立って、神の御心のままにと、その言葉を告げたとも」

「詳しいんですね」

「レコードも持っていました」

「ご趣味は紅茶だけではなさそうですね」

柔らかな声で牧師は笑った。

「ポップスや歌謡曲、演歌も聴きます。世俗に染まっていると牧師仲間から批判されたこともありますが、世間や世俗を知らずして説教はできないというのがわたしの信念です。もとより嫌いではなかったですし」

後上明生はそう言って、「さ、どうぞ」とぼくを促した。「心配事は息子に任せて、わたしたちは楽しい話をしようではありませんか」

ぼくはもうなにも言わず、牧師の趣味に付き合うことにした。

9

理事長室はわたしの実父の聖域だ。そこに邨江清司がいた。昨日死刑を執行された人間が。

わたしの驚きは神にも届いただろうか。思わずポケットの中のロザリオを取り出しそうになった。かろうじて堪えたが。

だれにも自分の動揺を悟られたくなかった。恐怖のあまり取り乱すという醜態をさらしたくない。

わたしが驚愕していることをもっとも悟られたくない相手といえば、それはまさしく天なる父だ。死者をよみがえらすことができるのは神のみであり、その神は邨江清司を決して生き返らせはしないだろう。神はこのような現実をお許しになるはずがない。それはわかっている。ならば、驚いてはならない。この現実を信じるのは悪魔に魂を売ることに等しい。これは神による試練というよりも悪魔による罠だろうと、とっさに感じた。驚いてはならないのだ。驚けば、神に背くことになると同時に悪魔に取り込まれてしまうだろう。邪悪な存在に魂を渡してしまったならば、もはや神の救いの手はこちらに届かず、見捨てられる。

わたしは神に見放されたくなかった。それこそがわたしが最も恐れることだ。その形而上の畏怖が現実の自分の恐怖心を抑え込んだに違いなかった。

二人きりになると怖さは消えて、不思議さだけが残った。この現象に神秘的なものは感じられなくなったのだ。つい先ほどまでこれは奇蹟ではないかと恐れおののいていたというのに。

向かい側に腰掛けているその人の体温といったものが感じられるからに違いない。生きている雰囲気というか。態度や表情や声の調子や微かな体臭といったおよそ感じ取れるあらゆる有り様が、この者はわたしとなんら変わらぬ、か弱き人間なのだと言っていた。

「あなたはだれなんですか」

動揺がおさまり、落ち着いたところでわたしは尋ねた。

「だれに見える」

その人は聞き返してきた。高飛車な言い方ではなかった。かといって、自分でも自分がだれなのかわからないといった風でもない。こちらに確認を求めているというのか、同意を求めているというのがいいだろう、この人は確信を持って、自分は邨江清司だと言っているのだ。まだ口に出してはいないが。

わたしは答えを保留して、尋ねることにした。

「なぜ、ここに来たのですか」

「あんたに言いたいことがあって化けて出てきたんだ。あんたはおれを見殺しにした。それへの復讐だよ」

「それは」とわたしは、できるだけさりげなく自分を抑えて、言った。「邨江死刑囚のことですか」

「あんたにはおれが邨江清司に見えるわけだな」

「どうでしょう」

わたしは首を傾げてみせながら応える。はぐらかすつもりではなかった。

「邨江死刑囚によく似ているので驚きました。ですが、よく見れば、別人だとわかる」

それはわたしの本音だった。先ほどの奇蹟の感覚がすっかり薄れているのが自覚できた。

なぜあんなにも驚いたのだろう、そのほうが不思議だ、というように。

「おれは邨江清司だ」とその人は言った。「よく見ろ」

「わたしは昨日邨江死刑囚の最期を見届けたのですが、それがいまだ頭にこびりついていて離れません。邨江さんがわたしに復讐したいというのならそれで十分だと思います。わざわざあなたがやられるまでもない」

これもわたしの本音だ。

「死刑には何度か立ち会っていますが、いつも初めて経験するかのような重い試練です。打ち明けますと、実はいまのわたしには、彼の顔がよく思い出せません。あなたが現れたことでそれがわかったといいますか。心理学には疎いのですが、恐怖の経験を無意識のうちに忘れようとしているのかもしれません。たしかにあなたは邨江清司によく似ているとは思います。ですが、邨江本人とは違う。違うことはわかるのですが、では邨江の顔とどこが違うのかと問われれば、よくわからない」

「こちらはあんたの顔はよく覚えている。忘れるはずもない。おれはあんたが嫌いだった」

「あなたの目的が復讐なら、言ったように、もう十分です。なにかの嫌がらせでしょうか。死者の代わりになってわたしへの嫌がらせを考えるのは間違っていると思います。それは死者の尊厳を傷つけることになります。死者のためにというのなら、名誉を守るため、でしょう。本来それは神にゆだねるべきことです。無神論者は最後の審判まで待てない。もとよりそうした方たちには審判は下らない。死ねば死んだままだから、焦らなくてはならない」

「そのとおりだ。自分でやらねばケリがつかないと知っている。だからこうして出向いてきた」

「わたしに会ってどうしようと？」

わたしは粘り強く重ねて尋ねた。

「なぜいらしたのですか。わたしに会うことでなにが得られると思っていらっしゃるのか、と言うべきでしょうか。なにがどうケリがつくと考えておられるのか、それをうかがいたいです」

その人は邨江清司死刑囚に見えた。いや、見た目は、よく似た別人だろうと思える。曰く言いがたいのだが、邨江であり、別人でもあるという、奇妙な感覚なのだ。むろん死刑を執行された邨江であるはずがないというのは理屈ではわかっている。だが邨江清司と向かい合っているという感覚もあるのだ。

「ロザリオを出さなくていいのか？」

わたしは、そう言われて、わかった。この人が邨江清司だと感じられるのは外見からというよりも、わたしとの関係性の中から生じているのだ、ということが。それもたんに会話によるやり取りというのではない。この人の話を聞いていればなぜわたしのことを知っているのか不思議なはずなのだが、不思議だとは感じられない。この人とは初めてではない、何度も会ったことがあるという感覚があるのだ。過去の、あの拘置所での体験を共有しているという感覚。理事長室の入口に立ったときの、あの衝撃的な驚きも、いま思えば、そうだ。この人はあの死刑執行の現場を知っている、わたしとともに体験している、という感覚だったのだ、たぶん。死刑を執行されたあの時間と場所で起きたこと。踏み板が落ち、激しい音がして――

「教えてほしいんだ」

　初めて弱みを見せて、その人はそう言った。邨江が。この場はその名でいいだろうとわたしは思った。

「獄中でのおれは、投獄されることになった自分の行為やそこに至る経緯をあんたに繰り返し語っていたはずだ。畑上ユニットの研究内容とか、畑上絢萌が考えていたことなどだ。おれはそれが知りたい。それであなたに会いにきた」

　邨江清司は拘置所のことを獄と言っていた。いま向かい合っている人が言う獄中という言葉はまったく自然にわたしの心に入ってきて、なんの違和も感じなかった。畑上絢萌という名も邨江からなんども聞いている。

「ひとつ、わたしにも教えてください」

「なんだ」

「わたしがロザリオを持っていると、どうして、そう思うのか。ロザリオというのはカトリック信者の聖母マリアへの祈りであり、同時にそのときに使われる十字架がついた数珠《じゅず》のことをいいます。プロテスタントは聖母への祈禱はしません。なのでロザリオは持たないのが普通です」

「それもあんたから聞いた。自分の教派はロザリオは使わないが、個人的に父親から譲り受けたロザリオを持っていると。教誨師をやるなら心を落ち着かせるにもそれがあるとよい、そう父から教わったとあんたは言っていた。あんたはいつもロザリオを手にしておれに説教した。おれを地獄送りにしたあとだから、お守りのようにいまも持っているだろう、そう思った」

「十字を切りたいところですが、それもカトリック信者がやることとです」

「なぜそんなお祓《はら》いの真似をしなくてはならないんだ？　おれが地獄から甦ったとでも言うのか？　おれは地獄には行っていない。行くのは愚者の楽園だ。あんたがそう言ったんだ」

「そんなことを」とわたしは本気になって、聞き返す。「ほんとうに言いましたか？」

「覚えていないのか。勝手なものだな。都合の悪いことは忘れる、それが人間だ。聖職者だろうが極悪人だろうが、みな同じだ」

ああ、この言い方は邨江だ。地獄へ堕ちてしまえと思ったことが、たしかに何度かあった。しかし本気ではない。つい、頭にきてのことだ。ようするに、感情的になっての罵倒語のようなもので、宗教的な意味とは関係ない。そうした〈地獄〉の代わりに口に出してしまったのが、〈愚者の楽園〉だろう。

「獄中最後の教誨面接の時と昨日の執行直前の、二回だ」と邨江は言った。「おれは愚者の楽園で永遠に遊んでいればいいとあんたは言った。結局、おれへの教誨は無駄だ、救いようがないとして、あんたはおれを見捨てたんだ」

「神は苦しむ者をその苦しみによって救い、また耳を開かせる」

「あんたは何度もそう言って、おれを諭そうとしていた。なんだったかな。詩編か」

「ヨブ記です。父が愛した聖書の一節です。わたしは邨江清司に出逢わなければ、というより、いまのあなたに出逢っていなければ、永遠に救われなかった気がします。わたしは、あなたには信じてもらえないかもしれませんが、邨江清司が昨日刑を執行されたと同時にわたしの一部も死んだような気がしています。この苦しみなくして、いまあなたの話すことに耳を貸すことはなかったでしょう。わたしはあなたの出現によって救われた気分です」

これは神の試練であり救済だろう、そんな気がした。

「あんただけ救われるなんて、そんな勝手なことはしないでほしいな」

「申し訳ありません」

「おれは愚者だから救われない、か」

「思い出しました。たしかに愚者の楽園云云は邨江さんとの話し合いの中で出しました。教誨面接の説法中でのそれは、深い意味はなかったのです。あまりにも邨江さんが頑ななので、つい業を煮やしてしまった。執行時にも言ったというのはどうしても思い出せないのですが、口にしたかもしれない。そちらのほうは、おっしゃるとおり、地獄へ堕ちろ、という気持ちがどこかにあったような気がします。認めたくはないのですが。認めることができれば救われるのでしょうが、まだできない。自分の未熟さを神から突きつけられている、そうとしか思えません」

「十字を切りたいというのは、そういうことなのか。カトリックでもないのにそうしたいというのは、悪魔祓いをしたい気分なんだろうと思うが、どうなんだ?」

「あなたの口から、地獄に堕ちろという言葉が出たからです。まるで悪魔からそう言われたような気がした。そもそも、なぜあなたが拘置所内でのわたしのことを知っているのか。それは悪魔の力によるものに違いない、そう感じました。十字を切りたいというのは、そういうことです、悪魔を祓いたいという。しかしそんなことをする必要はなかったし、もうない」

「おれが邨江清司であることを認めるというわけだな」

「あなたを追い払うことはない、あなたの言葉を受け入れる、ということです」

「あんたらしい言い方だ」

わたしはポケットからロザリオを取り出して左手首にかけた。とても気分が落ち着いた。わたしは決して一人ではない。天と地、二人の父に護られている。

「わたしらしいとは、どんなところがでしょう。自分のことは自分ではなかなかわからないものです」

「あんたは、こちらの言うことに決して妥協しない」

「だから嫌ったのですか。わたしがあなたの言うことを受け入れなかった、と」

「いや」と邨江は軽く首を左右に振って、目をそらした。「それはいいんだ。あんたは自分の信仰を護っただけなんだろうから」

「では、どういうところが、あなたの気に障ると？」

「おれの言うことを、あんたの解釈によってねじ曲げてしまう、その回りくどい言い回しが嫌いだった。結局のところそれは、あんたにはおれが言うことなど受け入れるつもりはない、ということだ。おれにすれば、あんたの言葉は欺瞞《ぎまん》だらけだった」

わたしにとってはまったく意外な指摘だったので、返す言葉がすぐには出てこない。

黙っていると、邨江は足下から黒いバッグを取り上げて、口を開き、綺麗に包装された箱を出した。

「新潟土産の菓子だ。理事長さんとは別に、あんたにもと思って買ってきた。一緒に食べよう。甘いものが食べたい」

「ありがたく頂戴します」

ほっとする。邨江はわたしが嫌いだと、ただ自分の気持ちを言っているだけだ。わたしを攻撃しているわけではない。邨江はそのように、態度でも示しているのだ。それはこの人の優しさだろうと思う。拘置所では気がつかなかったが、気がつくべきだったとわたしは反省する。頑なだったのはわたしも同じだったのだろう。

邨江は自ら包装紙を破いて紙箱の蓋を開け、テーブルの上に置いた。個別包装された菓子が並んでいる。これは小判型の、栗饅頭だろうか。万代鼓という菓子だ。

普段わたしは甘い菓子は食べないのだが、教誨師の仕事をして帰ってくると無性に甘いものがほしくなる。緊張をほぐすためか、疲れた頭が栄養を欲するのか、もとより甘いものはあまり好きではないのに嗜好が変わるのだ。

「あんたは」と邨江は言った。「洋菓子をよく差し入れてくれたな。教誨面接のとき」

「あなたが好きだったので。せめて、それで気に入られようと思ってのことです」

「気に入られようと思っていたって、そうだったのか。おもねるような態度はこれっぽっちも見せなかったのに、それは知らなかったな」

「おもねるなんて、それは、しません。しかし、嫌われるのでは説教の言葉が伝わらないでしょう」

「そういうことか」

「差し入れより、言い方に気をつけたほうが、あなたに嫌われずにすんだようですね」

「手土産で懐柔できる人間もいるだろうが、おれはそうではなかった。人それぞれだろう。馬鹿のひとつ覚えでは教誨なんかできるものか」

「おおせのとおりです。面目ありません」

これでは父親から説教されている子どもだ。情けない。だが、不愉快な気分にはならなかった。それが意外でもあり不思議でもある。邨江はわたしと同年配なのだが、年上の落ち着きのような、なんというのか、余裕のようなものが感じられる。

邨江は二つ手に取り、一つをわたしにくれた。個包装の包みを開くと、饅頭ではなく小さな筒状のミニロールケーキだった。邨江は自分の好みの菓子を買ってきたのだとわかった。

「ブルーベリーとか抹茶とかチョコとか」と邨江は言った。「いろんな種類があるんだが、オーソドックスなのがいいので、これにした」

「好物だったのなら、言ってもらえれば面会時に持参したのに、どうして注文しなかったんです。わたしに頼んでも無駄だとでも？　それとも、嫌いな人間に頼むのはプライドが許さなかったんですか」

「新潟に裏切られた気分だったし、思い出したくなかったんだ」

「しかし邨江清司は」とわたしは昨日刑を執行された死刑囚の名をフルネームで出して、言った。「育った故郷の話をしていましたよ。懐かしそうに。よく行った浜の様子とか、冬の日本海の荒れ具合とか、凪《な》いだ水平線に沈んでいく夕陽とか」

「浜というのは五十嵐浜だ。そこでは子どものころ同級生が水死しているし、水平線に沈み切る太陽が一瞬緑の光を放つというので何日も通ったが結局見ることはできなかったし、冬の鉛色の荒波はそのまま荒れる自分の心象風景だし、おれは故郷を懐かしんでそんな話をしたわけではないよ」

「そうだったんですか」

わたしはそう言いつつ、この人はやはり邨江そのもののようだと思う。ちょっと鎌をかけてみたのだ。拘置所の邨江清司はたしかに冬の日本海や行き慣れた浜の話はしたが、恋しがってのことではなく、いまこの人が話したとおりだった。自分が捕まることになった故郷にはろくな思い出がないという流れでそういう例を出してきたにすぎない。

「でも」と目の前の邨江は続けた。「この万代鼓は、おれは知らなかったな。銘菓には縁がなかったというか、大手パンメーカーが作る洋菓子で満足していた」

邨江は一口味わって、「こいつはうまい」と言い、惜しむように少しずつ食べ始めた。

「どういうことなのかな」とわたしはちょっとした引っかかりを感じて、なんだろうと思いつつ、とにかく続けた。「万代鼓にはいろんな種類があるんでしょう。このプレーンなのがいいというのは、食べ慣れていればこそのチョイスなのでは」

「高速道のサービスエリアで買ったんだが、見本が出ていた。いろんな種類を混ぜた詰め合わせと、プレーンだけのやつ。理事長には詰め合わせのを選んだ。見た目も華やかだし、もらった側では好みのを箱から選べるし」

「さきほどのあなたは、さもこの銘菓を知っているかのように話していましたが、いまは知らなかったと言いました。話の前後で齟齬《そご》がある。あなたは邨江のようでいて、邨江ではない。それは、現実はそのとおりなんでしょうが、なんだかそれでは納得がいかない。奇妙な感覚です」

邨江は食べ終えて、周囲を見回した。手を拭きたいのだろうと、わたしは自分のポケットティッシュを出して渡す。邨江は感謝の言葉とともにそれを使ったあと、こちらの茶はだれも手をつけていないからと、わたしの前にそれを置き、自分の茶を飲んだ。それからわたしの疑問に応じた。

「奇妙な感じというのは、邨江ではないほうのおれ、邨江であるはずがない、いまのおれがだれなのかわからない、ということだろう」

「あなたは、邨江ではない、だれかでもあるという自覚があるんですか？」

邨江はうなずいた。

「万代鼓を知っているのは、そちらのほうのおれだ。伊郷工だろう。それ以外に考えられない」

「あなたのお連れさんがたしかその名を名乗っておられましたが」

「あいつが工であるはずがない。それははっきりしている。あいつが工を名乗る以上は、それを打ち消すためにこのおれが工であらねばならない」

「あの人が工ではないとはっきりわかるのに、あなた自身のことはわからない？」

「わかるのは、おれは邨江清司だということ、それだけだ。自信を持って言える。間違いない。おれは昨日死刑を執行された邨江清司だ」

「獄中の自分のことが知りたいのでわたしに会いにきたというのと、それは、矛盾するのではありませんか？」

「しないだろう。記憶の一部を喪失している人間が、自分がだれなのかを知っているのはおかしいことではない。それをあんたは矛盾しているというのか？」

「それは……」

言われてみればそのとおりだ。だがわたしは邨江の反論に素直に同意することができなかった。どこかしら、つじつまが合っていない感じなのだ。

この人は、邨江清司のことよりも、邨江だと信じ切っている自分がだれなのか、それがわからない、と言っているわけだが、そんなことがほんとうにあるのか、という疑問。そんな疑問は本来生じるはずがないということを、ほかならぬわたしが知っているはずなのに、自分でもそれがわからない、見落としているなにかがあるはずなのに、思いつかない。なにか大きな矛盾点を、わたしだけでなくこの人自身も、すっかり忘れているのではないか。

「そうなんですが」

曖昧にそう応じるしかない。

「なんとなくだが」と邨江は言った。「あんたの、その不満というか、不安というか、居心地の悪さはおれにもわかるよ。おれはもともと死んでいなければならないところなんだからな」

「そういうことではないと思いますが――」

「いや、そういうことだろう。他にあんたになにが言える？」

ずばりと言い返せないのがもどかしい。

「おれが工かどうかは、後回しでいい。邨江の疑問に答えてくれ。おれはなにをやったんだ？　いや、職場の人間を殺したのはわかっている。おれはなにをされようとしていたんだろう、と聞くべきだな。畑上ユニットではクローンを研究していたようだ。昨夜、ネットで調べてわかった。が、その詳しい中味はよく思い出せないんだ。獄中で何度もあんたに話して説明していた、その記憶はあるんだが、問題はその中味だ」

「それを思い出すと、どうなるんですか？」

「おそらく」

邨江は、わたしの目をまっすぐに見据えて、きっぱりと言った。

「おれは愚者の楽園から出ることができる。あんたに閉じ込められた、その永遠の牢獄から、だ」

わたしは目をそらすことができなかった。鋭いこの視線を跳ね返さないと悪魔に負けてしまう、そう思った。そう思ったら、邨江が言っていること、邨江がわたしになにを望んでいるのかが、わかった気がした。

ロザリオを握りしめてわたしは応じた。

「わたしに、エクソシストになれというんですか」

この人の中に邨江清司という悪魔がいる。それを祓ってくれ、そうこの邨江は言っているのだ。

「邨江清司を完全に神の手に委ねるべくわたしに力を貸してくれというわけですか」

すると邨江はいかにも小馬鹿にしたように鼻で笑って、言った。

「エクソシストだなんて、それこそカトリックの専売じゃないのか。あんた、自分がなにを言っているのかわかっているのか？」

「あなたにもわかるようにと思ってのことです」

「はっきり言えばいい。このおれに完全に死んでくれと。あんたはそうしたいわけだろう」

「あなたの願いだ。あなたが、わたしにそうしてくれと言っている。違うのですか？」

「違う」

茶碗の茶をもう一口飲んで、邨江は言った。

「それは要するにおれに成仏しろということだろう。このおれに、あの世に行けというわけだ。完全に死んでくれ、と。そうじゃない。反対だ。おれは愚者の楽園から出て、まさしく邨江清司を取り戻したいんだよ」

ほんとうに悪霊祓いをやりたくなった。

エクソシストというのはカトリックの階級として設定されていた名称だが、悪魔祓いや悪霊を祓うという行為や概念自体は宗派を問わずキリスト教に共通している。プロテスタントは偶像崇拝を強く戒《いまし》めていることもあって、なにをやるにもあまり道具や衣装に凝るということがない。十字架にキリスト像がついているのはカトリックだ。わたしが持っているロザリオについているクルスはシンプルな十字形にすぎない。それでもないよりましだと思うのは、異端だろうか。

いいや、ロザリオに頼りたいというこの気持ち、これは形而上的なものではなく素手で戦うことの不利を身体的に感じているからではなかろうかとわたしは心で言い訳をしている。素手で悪魔に対抗できるほどの経験をわたしは積んでいないということだが、それはようするに信仰心の弱さでもあるだろう。

わたしは自分の弱さに負けたくない。信仰を持つ者の言葉に翻訳するならば、わたしは人の弱みにつけ込む悪霊に負けたくはない。この人に憑いている悪霊を祓ってやりたいとわたしは強く願う。

ロザリオを握りしめる手に力が入っていた。意識してその緊張を緩めて、わたしは言った。

「人の手によって人の世から抹殺された邨江清司が甦ることは、たとえ神が許されてもわれわれ人が認めることは絶対にない。それはわかりますね？」

すると邨江は、すこし考えてから小さくうなずき、いきなり自信を失ったかのような小さな声になった。

「邨江清司であるおれは、人の気持ちというものがよくわからなかった。高機能自閉症の一種だろうと思われる。そのような自覚はあった。おれはそのせいで仲間はずれにされてきたんだ」

わたしはその独白に近い邨江の告白を黙って聞くことにした。

「人というのは」と邨江は言う。「互いの気持ちに共感することで社会集団を運営し、他の生物種や自然というものの脅威に対抗してきたし、共感能力のおかげで社会内部に生じるいろんな摩擦や軋轢《あつれき》を軽減できた。つまり人にとって共感能力というのは、内外の問題に対処するために必須の能力だ。それが弱い人間というのは、なかなかに、生きにくい。おれも、そうだったんだ」

邨江はそう言ってこちらに視線をよこすので、これは同意しろということだろうから、わたしはうなずいてみせる。安心したように邨江は続ける。

「おれはそういうハンデを負っていたわけだが、いいこともあった。プラス面があるからこそ、おれのようなタイプの個体も淘汰されずに生まれてくるんだろう。それが大自然の知恵というやつに違いない」

すべては神が創られたのだから、自然の知恵というのも神から与えられたものだ。そういう突っ込みを入れたいところだが、邨江はその間を与えずに続ける。

「他人の気持ちに鈍感になれるというのは、そうしたノイズに邪魔されることなくありのままの自然というのが見やすくなる、ということでもあるんだ。ありのままの自然というのは、ようするに、人以外の生物たちが認識している世界と共通する場のことだ。そこには、神はいない。神とは、人が生んだ概念であって実体は持たない。つまり妄想にすぎない。いや、あんたが反論したいのはわかる。神を認識できずに生きている子雀たちにも恩寵が与えられる、それが神の愛だ、と。だがそれは、人が子雀に対して感じる愛おしさであって、人はその愛おしさを神の愛だと感じるわけだ。でも、神などいないのだ。神の愛とはようするに人の感情が生んでいるものにすぎない。神が実在するならば人のそうした思いとは独立して屹立《きつりつ》しているに違いないのであって、それがもし愛を持っているとしてもそれは人が感じる子雀への愛情とは異質だろう。異質なそれこそが、おれが言う大自然のことだ。自然は、人を特別視も、特別扱いも、しない。あんたの神とは違う。あんたが信じる神は、人が人との関係に共感し合うことから生まれてくる、妄想だよ。大自然がそれを生んだのだと言い換えてもいい。大自然がヒトにそのような能力を与えたのだ、と」

ここで、邨江はわたしを制止するかのように手をちょっと挙げて、続けた。

「神と自然の順位、順序が逆だと批難したいであろうあんたの気持ちは理解できる。憤りも。共感するまでもなく、それは、わかる。信じているものを否定されれば生じる感情だから、おれも持ってる。でも、あんたが神に共感している、その状態は、おれにはわからない。わからないからこそ、わかることもあるんだ。どういうことかと言えば、そのような一種のトランス状態は世界を認識しようとするときにはノイズになるだろうが、おれの頭にはそうしたノイズが最初から入り込まない。あんたたちのようにノイズには邪魔されずに世界を見ることができる、ということなんだ。わかるか？」

「それは――」

否定したいところだが、反論してもここは無駄だろう。気の毒な人だと思いつつ、相手がなにを言いたいのかを理解することを優先しなくてはならない。

「かなりのストレスになるのではありませんか？　結局、あなたは神の庇護を受けることができないということを自ら認めているわけですから」

「それはそのとおりだ」と邨江は言う。「おれはあんたらと違って、だれかと共感しあうことによって厳しいリアルを忘れる、という逃避手段が取れないわけだからな。でもおれにすれば、そのような逃避は、心頭滅却すれば火もまた涼しと言いつつ焼け死んでいくことにしか見えない。信じつつ焼け死ぬ者はそれで満足だろうが、こちらは、その焼け死ぬさまがリアルに見えるわけだよ。むき出しのリアルを見せつけられるわけだからあんたが言うとおり、すごいストレスになる。それはあんたにもわかるわけだ」

わたしはうなずく。そういう人間にこそ、だから神の救済が必要なのだ。わたしが思っているそれを邨江は見透かしていた。

「おれのような共感能力が薄い人間にこそ神の助けが必要だとあんたは考えるのだろうが、必要なのは神の助けではなく、人の理解だ。あんたにもおれの世界認識を理解してほしい。ノイズのない世界には、神はいない。これについては共感する必要はない、理解できるか否か、だ。おれには神などいないということがわかる。それを理解してほしい。神とは、人の共感能力が生じさせたノイズだ。しかもノイズはクリアにすることが可能だ。神とは、ノイズは原理的に除去できる。神とは、そういうものにすぎない。それが理解できないというのは、まさしくあんたが妄想にとらわれているということの証だよ」

わたしはここまで言われて黙っていることができず口を挟んだ。

「神の助けはいらない、というあなたが言いたいことの趣旨はわかりました。では、あなたは、いったいどういう方法で甦るつもりなんですか」

「もしおれが」と邨江は平然と答える。「神の力で甦ることができれば人間社会も納得し、おれを奇蹟の甦りびととして受け入れるだろう。あんたはそう言いたいわけだ。でも神がおれごときを甦らせることなど絶対にないから、そんなことは起きるはずがない、とも思っている。もしできるとすれば悪魔だろうから、あんたは神に代わって悪魔を祓う、と言いたいんだ――」

「そのとおりです。あなたには悪霊が憑いているとしか思えない」

「死者を甦らせることができるのは神だけだという認識が、おれとは異なる。違いはそこだけだ。神でなければ悪魔だというのも、おれにすれば同じことで、そういう宗教的見地以外にも甦らせる方法はある、ということをおれは言いたいわけだよ」

「……たとえば？」

「科学的手法によってだ、もちろん」

邨江の声はだんだん熱を帯びてきて、さきほどの自信なさげな小声が嘘だったかのようだ。わたしは拘置所内で会っていた邨江清司がまさにこういう態度だったのを思い出す。

邨江というこの人はここまで邨江清司を再現しているというのに、これ以上なにを望むというのだとも思う。生き返りたい、甦りたい、などということを本気で望んでいるわけもなかろうに、と、そうわたしは思い込みたいのだ。が、この人の態度からして、本気だろう。

「畑上絢萌が研究していたのが、まさしくそういうことだったんだ」と邨江は言った。「クローンを実現したあかつきには、ゾンビを生み出そうとしていた。おれにはそう思える。だが――」とここでまた声が小さくなる。「そのへんが、曖昧なんだ」

「曖昧な点を、わたしに教えてほしいというのですね」

「そういうことだ」

わたしはお茶を一口飲むつもりで茶碗を傾けたが結局グビグビと一息で飲み干してしまった。茶碗をおき、ふうと息をつき、間をおいてからわたしは言う。

「神を冒瀆するあなたの助けになるようなことを、わたしが本気で言うと思うのですか？」

この人、いや、邨江清司は、他人の感情や気持ちを読む能力に欠けていたというのがよくわかる。わたしは聖職者だがそれ以前に一人の感情的な弱い生き物にすぎない。迷える子羊だ。邨江清司を相手にしていて何度もわたしはこのような気持ちになったものだ。死してなお、邨江清司はわたしを怒らせるのか。

これは神罰かと思える。まさに修行だ。怒っては終わりだ、地獄に堕ちるに違いない。

「人を救うのがあんたの役目であり仕事だ。おれは、そう思っている」冷ややかに邨江はそう言った。「ここでは、あんたの気持ちは関係ない」

「そうですね」

わたしはうなずく。ロザリオを握りしめて心を鎮める。しばし時間が必要だった。

「あなたが畑上ユニットで行われていることを思い出せば、確実に甦ることができると、そう思っているわけですね」

「おれが邨江清司として生きていくにはそういう情報が絶対に必要だ、ということだ。あんたは、酔っ払って記憶をなくしたりしたことはないようだな」

「ありません」

「記憶がない間、自分がなにを話し、なにをしていたかわからないという不安は、経験した者でないとわからないだろう。思い出せないのではなく、記憶情報が入力されていないんだ。催眠術をかけて思い出させようとしても無駄だ。もとより頭の中に入っていないのだからな。その間の記憶がないというのは、その間の自己が消失しているということだよ。自分ではどう頑張ったところで取り戻すことができないのだから、他人から教えてもらい、欠けた自己の一部を埋めるしかない」

「埋めなくても」と言ってやる。「神の御心に任せればよいのです。神は、あなたがあなたであることを保証している唯一絶対の存在なのですから」

「おれがおれであることを保証している存在とは――」邨江というその人はそう言って、考え込んだ。それから「神の御心のままに、か」と、つぶやいた。その言葉を逃さず、わたしは話す。

「わたしの父は、その言葉こそ聖書の神髄だとよく言っていました。子どものころのわたしにはよくわからなかったし、厳格な父親を嫌って家出をしたこともあります。でも父の遺志を継いで教誨師になったいまは、わかります。神の御心のままに、いまのわたしも、ある。神なくしていまのわたしはない、ということです。いまのわたしのあり方は、亡き父も納得しているでしょう」

そう言い終えると、邨江は思ってもみない反応を見せた。

「いま、なんて言った？」

その表情は懐疑ではない。驚愕だ。

わたしは戸惑う。なにを言ったろう、わたしは？　わたしの言葉のどこに邨江は引っかかったのか。わたしにはわからない。

どういうことかと聞き返すより早く、邨江というその人は言った。

「あんたの父親は死んでいるのか？」

「はい」と答える。「それが、なにか――」

「では、さっき出ていったあの理事長はだれだ」

「あんたのことを息子だと言って、このお茶を運んできて、工と一緒に出ていった、あの老人だよ」

わたしにはわけがわからない。この人はいったいだれのことを言っているのだろう。さきほど出ていったのは伊郷工というこの人の連れだけではないか。

わたしは目を落としたそこにある茶の入った湯飲み茶碗を見て、ではこれはだれが持ってきたのだろうと思う。邨江というこの人が抱いた疑問と同じだ。いまわたしは、このお茶を運んできた『あの老人』はだれなのかと訊かれたわけだが、そんな人物をわたしは知らない。

わたしの父親は亡くなっている。幽霊に茶が運べるはずもない。理事長か。この人はそう言ったが、現理事長はわたしの父親ではないのだ。つまり、『あんたのことを息子だと言って』というのはおかしい。現理事長がわたしを『息子』と言うはずがない。『工と一緒に出ていった、あの老人だよ』という、老人とはいったいだれなのだ。というより、この邨江という人は、いったいなにを見たのか。

この人もわたしも知らないとなると、そのだれなのかわからない人物は実在しないのだ。理屈としてはそうなるだろう。

「そもそも」と、わたしは考えを口に出して言う。「わたしがこの部屋に入ってきたとき、ここにいたのはあなたと工というお連れさんの、二人だけでした。さきほど工さんと一緒にだれかが出ていったというのなら、それは工さんの影でしょう。一人しか出ていかなかったのだから。わたしにはそうとしか答えようがない」

邨江というその人はわたしを見つめたまま口を開かなかった。

「顔色がよくありませんが、だいじょうぶですか」

沈黙に耐えられなくなって、わたしから声をかけた。

「あなたはほんとうに混乱されている。死刑を執行された邨江清司のことより、いまのあなたを心配されたほうがいいでしょう。自分がだれなのか、わかりますか？」

そう言うと、邨江を名乗るその人はすぐに応えた。重い口を開いたというふうではなく、わたしのその問いかけに元気をもらったという感じの快活な口調だ。

「おれはだいじょうぶだ」と言う。「自分がだれなのかは心配されるまでもなく、よく知っている。おれは邨江清司だ」

「あなたは邨江ではない、邨江清司であるはずが——」

「あんたが言いたいことはわかる。だがおれは、何度も言ったが、おれの目的は邨江清司として生きることだ。いまのこの自分がだれなのか、この身体の自分はだれなのかなどというのは、はっきり言ってどうでもいい。つまりだ、おれはこの身体の自分がだれであろうと、本音を言えば、関心がない。伊郷由史の息子だろうと思うが、工という名なのかどうなのか、はたまた本当に由史の息子なのかどうかといったことも究極的にはどうでもいい、おれにとっては些末なことなんだ。おれは、邨江清司だ。おれは自分が邨江清司であればそれでいい。おれはそれを確固たるものにするために、ここにきた。獄中で会った教誨師におれは間違いなく邨江だと認めさせるために、会いにきたんだ」

こんどはわたしが長考する番だった。この人はほんとうに悪霊に取り憑かれているとしか思えない。

「あんたはいったい」と邨江はわたしの沈黙を許さないという厳しい口調で言う。まるで詰問のようだ。「何者なんだ？」

これは予想外の質問だった。

わたしがだれかに成り代わっているとでもいうのか。この人を欺《あざむ》こうとしているとでも？

どうやらこの人は本気だ。本気でわたしの正体を疑っている。しかし正体もなにもわたしはわたしだ。教誨師をやっている、わたし。他にだれがいるというのだ。

「わたしは邨江清司に教誨した人間です」と答える。

「名前は」とまた訊く。

「後上です。後上明正」

「メイセイは仕事上の名なのではないのか。本名はアキマサとでもいうのだろう」

「そのとおりです。それも拘置所での教誨時に言ったのかもしれないですね」

「いや、あんたはそんなことは一切言ってない。おれの想像だ。いや、推測というべきだろう。あんたの父親もまた、メイセイという職業名を使っていたんじゃないかと考えられる。教誨師のときは、明生《アキオ》をメイセイということにした。違うか？」

「そのとおりです」とわたしはうなずく。「わたしは教誨師を受け継ぐとき、名もまた父から引き継いだ形になります」

「用意周到だな。子どもに自分の仕事を継がせるべく、名付けもそれがしやすいようにしたのか」

「それは」とわたしは首を横に振る。「違うと思います。偶然、わたしの名もメイセイと読める名だったにすぎない。わたしは父親のようにはなりたくない、教誨師なんてとんでもない、牧師にも絶対にならないと子どものころから思っていましたので」

「それはあんたの、気持ちだろう。父親の名付けの思惑とは関係ない」

「それはそうですが」

「おれに言われて初めて父親の思惑に気がついた、そうだろう。いままで自分の名の裏にこんな名付けの意味があったなんて、考えたこともなかった、違うか」

言われてみれば、そうかもしれない。そう、メイセイという読みが同じになるように父がわたしの名を付けたなどということは父は言わなかったし、わたしも考えたことはなかった。本当のところどうだったのかは父が亡くなっている以上、確かめようがない。父はたんに自分の名から一字とり、我が子が正しく生きるようにと願って明正とした、ただそれだけかもしれない。わたしはそうだろうと思う。父はわたしに牧師になることは望んでも教誨師になることまでは期待してはいなかった。むしろ過酷な仕事なので息子にはやらせたくないと親心で思っていた節がある。わたしはそういう親心に反発して、この道に飛び込んだのだ。

「ま、それはどうでもいい」と邨江は言った。「おれがここにくるとき、後上明生牧師のウェブを見た」

「ああ、あれは」とわたしは言う。「わたしが父に代わって作ったものです。父の一代記を聞き書きしたものですよ」

「あんたという息子のことが出てこなかったのは、あんたは自分のことはあえて載せなかったということなのかな」

「そうですね、あまり意識はしませんでしたが」

「おれがその後上明生牧師のウェブを見つけたのは、明生をアキオと読むことを知っていたからだ。あんたがつくったあのウェブにも、アキオと名にルビが振ってあって、メイセイの読みはどこにも出ていない」

「はい、そうです。教誨師の父はメイセイと名乗っていましたが、その読みはたしかにあのウェブには載せてないと思います」

「そうなると、おかしなことになる」

「なにがですか」

「おれが教誨を受けていた後上牧師はアキオであってメイセイではない、ということだからだ。あんたの父親はメイセイと名乗っていたかもしれないが、本名は明生《アキオ》だった、それをおれは知っていたんだ。これはおかしいだろう」

「なにをおっしゃりたいのか、よくわかりません」

「おれが獄中で教誨を受けることを思いつき、キリスト教の、それもカトリックではない教誨師を選ぶときに見せてもらった名簿には、後上明生と記載されていた。明るく生きる、だ。名簿上のこれはメイセイと読むのかもしれないが、ルビはふられていなかったのでそれはわからない。だが実際に現れた教誨師は、自分は後上明生《アキオ》だと言った」

「そんな自己紹介をした覚えはありません」

「だろうな」と邨江というその人はうなずいた。「だからおかしいと言っている」

「あなたはなにが言いたいのですか？」とわたし。

するとと邨江はまた驚くべきことを言う。

「つまり、おれのところに来ていたのは後上アキオ、あんたの父親であって、明るく正しいアキマサのあんたじゃない。回りくどい話をしたが、そういうことだ。いまおれが言っている最中、あんたはなにも疑問に思わず、口を挟まなかったろう」

疑問などなにもないのは当然だろう。

「わたしは邨江清司の教誨をしていました。間違いなく、わたしです。父であるはずがない。あなたは邨江ではないので、そんな根拠のないことが言えるのでしょう」

「おれの記憶違いだというのか」

「ある意味では、そういうことになるでしょう」

「しかし、後上明生を検索したことで、おれはここに来ている。あんたは父親のそれとは別に自分の名でもウェブを作っているのか？」

「いえ、父のそれだけです。いまの自分について書き出すと守秘義務に抵触しそうなので、ネットとはあえて距離をおいています」

「あんたの名を検索してもヒットせず、したがってここにはこれなかっただろう。これは事実だ。記憶違いではない。あんたの父親が邨江清司の教誨をしたんだ。あんたではない。ならば、いまのあんたは、いったい何者だ？」

「だれでもいいでしょう」とわたしは言い返した。こういう反論しかできないだろう。

「わたしは後上明正ですが、あなたがわたしの助けはもう必要ないというのなら、わたしがだれでもかまわないわけですから」

「いや、おれが言いたいのは、いまここに、あんたの親父さんを出してくれ、ということなんだ。獄中でおれと話をした教誨師だ。おれはあんたに、後上明生になってくれ、と言っているんだよ」

「なぜそんなこと言われなくてはならないのか、理解に苦しむのですが――」

「さきほど出ていったのはあんたの父親だ。工の影などではない」

「出ていったのは老人なのでしょう。邨江の教誨を担当したのは老人なんですか」

「いや、あんただ。名だけが記憶と違う、あんただよ」

なにがなんだかわけがわからない。わたしを混乱させ煙に巻こうとしているかのようだが、この人がそうすることになんの利益があるのか。そう考えて、わたしは落ち着きを取り戻すべく深呼吸をして黙考する。

この人は、わたしを攻撃したりしているわけではない。わたしを詐欺師呼ばわりしているわけでもないだろう。ようするにこの邨江は、彼自身が言っていることをわたしに信じてほしいのだ。なにをかといえば、この茶を持ってきたのはわたしの父である後上明生であると。それから、獄中で教誨していたのは老人ではなく、このわたしだと。それが真実かどうか、矛盾しているではないかというのは別問題にして、いまはともかくもそういうことにしろと言っているのだ。

そう理解するならばなんら混乱はない。論理的になにが正しいのかではなく、感覚的にもっとも納得のいく解釈をしようということだ。

獄中でわたしは、わたしの父親の名は明生《アキオ》だと言ったことがあったのかもしれず、それを邨江のほうはわたしの名だと勘違いしたと、ただたんに、そういうことなのかもしれない。そういう解釈にはなんら謎は存在しないだろう。この人が邨江清司の分身のような態度をとっているという謎を別にすればだが。そもそも謎を生むのがこの人の目的ではないのだと信じるならば、いまのこの人の言葉にはなんら矛盾は存在しない。

「そうですね」と、わたしは応える。「わたしはあなたの教誨師だ。名前の齟齬は、わたしの対応の仕方の問題であり、わたしの責任です。拘置所側に正しい名が伝わっていなかったのでしょう」

「あんたの父親はほんとうに死んでいるのか」

「二年前に神の御許へ、はい」

「ならば」と邨江は言った。「先ほど出ていったと思ったが、あれは二年以上前の出来事だったのだろうな」

「どういうことです」

「言ったとおりだ。おれがあんたの父親とここで話をしたのは二年以上前の出来事だろう、そう言っている。いまのおれはどのみち実体はないわけだし、時間などどうにでもなる。時間に意味はないんだ」

「ちょっと理解しかねます」

「生前のあんたの父親がいま甦っておれの前に現れたのではなく、おれが、生きているあんたの父親に会って話をしたんだ。生きているあんたと愚者の楽園にいるおれとは、感覚が違う。それだけのことだ。そういうことだ。これならわかるだろう」

「まあ、そういうことなら。なるほど、そうかもしれない」

わたしは曖昧に同意する。でないと先に進めない。わたしはこの人を見捨てて、わけのわからないことを言う者の相手はできないから帰れとは言えなかった。この人はこういう態度をとってはいるが、これで苦しんでいるのは間違いない。助けを必要としている。そういう人に対して怒りや憤りを感じて追い出すのは聖職者として失格だろう。聖職者以前にそもそもわたしはそんな薄情な人間にはなりたくない。

「あの老人はあんたの父親に間違いない」もう一度、邨江は確信を持った調子で言った。「後上明生氏だ。あの老人は昔の自分の話をしたあと、息子であるあんたにこの場を任せて出ていったんだ」

「この茶はだれが持ってきたんですか」

「理事長だよ」

「たしかにね」わたしはうなずく。「現理事長は母方の叔父ですが、きょうの午後、あなた方が来ることをわたしに知らせてきました。わたしが先ほどこの理事長室に来る途中で、この場は任せると言って帰宅しました」

「理事長がだれなのかはどうでもいい。電話を受けることができて、茶を運べる人間が、理事長だ。それで問題ない」

「はい。そのとおりです」

わたしは同意し、この邨江という人から邨江清司の悪霊をどうすれば祓えるだろうと考え始める。

10

これはどういう現象なのだ、いったいなにが起きているのだろうとおれは悩んだが、考えてみれば死んでいる自分がこうしてものを考えられることからして異常なのであって、死んだはずのこの教誨師の父親と先ほど話をしたり茶を飲んだりしたといったことは些末な出来事にすぎないだろう。

人間というのは記憶の中で生きているようなものだ。互いの記憶が違えば異なる世界に生きていると言ってもいいだろう。いま見ている夢を他人と共有することはできないという事実に似ている。そう思えば人生というのは独り見ている醒めない夢に違いない。

ただ死だけがわれらの夢を終わらせてくれるのだ——と言ったのはだれだったろう。高名な作家だったか便所の落書きだったか忘れたが、郵江清司のおれはそんな箴言《しんげん》のようなものを読んだ覚えがある。おれはまだ死にたくない。それはつまりその文言を敷衍《ふえん》するならば、まだ夢を見ていたいのだ。この〈夢〉はもちろんレトリックであって、直截に言えばおれは生きていたいのであり、死んでいるならば実体を持って甦りたいということだ。

どのようにして？

「科学的手法によって、と先ほどあなたは言いました」

教誨師はまるでおれの心を読んだかのように、そう言った。

「具体的にはどのようなやり方なのか教えていただけませんか」

「知ってどうする」

とおれは言い返しながら、この教誨師はおれとは真逆の理由で〈どのようにして〉というのを知りたいのだろうと思った。

科学的手法に対して神の力で、科学的ではない方法で、おれを甦らすまいと考えているに違いないのだ。それにはまず、おれがどういう手法を考えているのかを知り、それを否定するやり方をすればいい。そういうことなのだろう。その点を確かめてやろうと、おれは続けて言った。

「あんたは科学的手法によっておれを封じ込めることができると思うか？」

「わたしがやりたいのは」と教誨師は言った。「封じ込めではなく、あなたをいまの状態から救い上げることです。カトリックなら煉獄と言うべき、いま邨江清司がいる、そこからあなたを解放することです」

「愚者の楽園から、ということだな」

「そこへ行けなどと口走った自分の未熟さには恥じ入るばかりです。あなたのいまの状態はわたしのせいでもあるでしょう。あなたを救うことは同時にわたし自身の救済を神に祈ることでもある」

「救われると思うか？　おれではなく、あんたのことだ」

「神の御業《みわざ》を信じます」

「まさしく信ずるものは救われん、だ。見事と言うしかない」

「あなたは神を信じていないので救済するのもされるのも難しいでしょうが、わたしはこのままあなたを見捨てることはできない。それはつまり自分の役割を忘れてあなたから逃げ出すということなので、信仰の放棄に等しい。それはできません」

「おれが神を信じているのなら悪霊祓いの手法が通じるだろうに、あんたにすればさぞかし残念だろうな。そんなあんたの気持ちはよくわかるよ。しかしだからといって科学的手法に頼るわけにはいかないだろう。あんたの立場では、それこそ、そうするのは信仰の放棄、神の否定になるのだろうから」

「原因を探ることと信仰の放棄や否定とは関係ないでしょう」

「原因を探れば解決できると思っているわけだ」

「もちろんです。あなたはそうは思わないと言うのですか?」

「おれは当然、そう思っている」

因果関係を究明しそれを理論的に構築することが科学の目的であり手法そのものなのだから、教誨師に言われるまでもない。おれこそが、原因を探りたいがためにこの教誨師に会いにきたのだ。

死刑を執行されたはずのおれ、邨江清司が、なぜいまこうしておれとして存在しているのか。

おれがこの教誨師に言いたいのは、この男が神を信じるならすべての出来事は神のせいであって原因はなにかなどと悩んだり探ったりすることはないのであり、ただただ神に頼ればいいのに、ということなのだが、この教誨師は自分が言っていることの矛盾に気がつかないのか、それともとぼけているのか。

「あなたが神を信じない以上、あなたを救えるのは科学しかないわけでしょう」

教誨師はおれが口にしなかった疑問に、そう答えた。

「あなたをそのようにしている科学的な要因、原因が必ずあるはずです」

「神の御業ではないということだな」

「御業によるものならばあなたは聖人です。ですがあなた自身、祝福されているとは感じていない。苦しんでいる。御業以外の力が働いているに違いないのです。神の御業ではないのだから、あなたが言うように悪魔とも関係がない。言うなれば人の世界とは関係のない、非常に無機的といいますか、機械的な出来事にすぎないのだと思われます」

なるほどそういうことか。

おれはもはや人扱いすらされないのだと悟る。虫けらと同じだ。いや、一寸の虫にも五分の魂というではないか。子雀にも神の愛が及ぶという。おれはすでに生き物の扱いすらされていないということだろう。

「機械的に動いているにすぎないおれを、なんとか人の世に戻してやろう、それがあんたの役割だと、そういうことか」

「不愉快に思われたとしたらすみません。ですが、言い方がどうであれ、あなたの願いと同じかと思います。そうです、それがわたしの願いであり、役目です」

「機械のように動いている人のようなものといえば」とおれは感情を殺して、言う。「それはゾンビだ」

「そうですね」教誨師はうなずいた。「獄中の邨江清司もよくゾンビという言葉を口にしていました」

教誨師はついに、自らそう言った。

獄中でおれが彼に話していたであろう内容について初めて口にしたのだ。これこそおれの願いであり、思惑どおりの展開だった。彼はおれの話に乗ってきたのだ。彼の側からすれば乗せられたということになるだろう。

おれが獄中で彼に語ったはずの、おれ自身がどうしても思い出せないその内容を教誨師が自らの意思でここに明らかにするというのには、大きな意味がある。その話の信憑性が高まるだろう。教誨師が虚偽を語る可能性はあるが、少なくともそれは、おれが彼の話を真実から離れる方向に誘導したものではないだろう。彼自身の意思で話しているのだから。

つまりおれは、教誨師の話はおれの思惑とは無関係な客観性を持っているという信憑を得たいのであって、内容そのものの信憑性とは関係がない。とにもかくにもおれは自分の意思とは切り離された第三者の話が聞きたかった。

獄中での邨江清司が語った、死刑になるほどの行為に至る、その背景について。具体的には畑上ユニットはなにを研究していたのかを知りたい。おれはこの教誨師に詳しく語ったはずなのだ。

「死刑囚の自分は執行されるまでただ機械的に生かされ続ける身の上だ、それはゾンビも同じだと、邨江はわたしによくそう言っていました」

「おれは」とその言葉を受け継いで、会話の内容を壊さないよう考えつつ言う。「生まれたときからゾンビだったような気がする。主体性を持って生まれてくる人間というのはいないわけだから、もとより人というのはみなゾンビとして生まれてくるようなものだろう」

「そう、そういうことも邨江清司はよく言っていました。人は親を選んで生まれてはこれない、それは生まれる土地や宗教を選ぶことができないということだと。人はゾンビとして生まれ、だんだんと人になる、人として作られていくのだと、そう言っていました。彼特有の、独特な人間観だとわたしは思いました。この人は、卑俗な言い方になりますが、いわゆる普通ではなさそうだと感じたものでした」

「普通ではない、というその言い方が、揶揄ではなくあんたの正直な気持ちだというのはおれにはよくわかるよ。何度も言ったように、おれは普通の人間とは違ってリアルにそれが見えるし、感じられるんだ。それ、というのは、むろんホラー映画のゾンビのような意味合いで見えるというのではなく、意識のない状態の人間、人の形をした人ではないもの、という意味だ」

「哲学的ゾンビですね。邨江清司は自慢そうにそうした概念があることも教えてくれました。しかし〈それが見える〉とは、具体的には、どういうことなんですか？　あなたには神の存在が見えないという、それと同じように、人の意識のあるなしもわかるということなんですか？」

「一言で言うならそういうことだろうな。言葉で説明するとなると難しいんだが、そう、それがおれには感じ取れるんだよ」

「意識のあるなしというのは、他人と共感ができるか否かでわかるのではないかと思うのですが、あなたは他人との関係における場の空気が読めない、共感能力が低いという。矛盾していると思いますが、わたしの考え違いでしょうか？」

「あんたはおれに意識があるかどうか、わかるか？　こうしておれはあんたと会話しているが、だからといっておれに意識があるとは、あんたには断定することができないだろう。たとえば人と会話できる人工知能は意識を持っていないが、会話上では人のように振る舞うことができる。不動産や生命保険などの商品勧誘を電話上で実行する人工知能は実用化されているが、それも年年かなり高度になってきていて、いずれ会話だけでは絶対に判別できなくなるだろう。チューリングテストをパスする機械知性は出現しているんだ。いずれ、おれおれ詐欺をうまくやる人工知能が闇世界で開発され犯罪に使われるようになるのは時間の問題だと思うね」

「あなたなら」と教誨師は言った。「その手の詐欺には引っかからないというわけですね。特殊詐欺と言われているやつです。あなたには電話先の相手に意識がないということがわかるのでしょうから」

「いや、そういう話ではなくて、おれが言っているのは機械知性には会話している人間に共感する能力は備わっていないだろう、ということなんだ。共感能力は知性とは関係ない。同様に意識のあるなしの判定は、共感能力とは別の能力によってなされるのだ、ということが言いたいわけだよ」

「ちょっとわかりにくいたとえなので煙に巻かれている気もしますが、そういうことにしましょう。ようするに、あなたには、わたしには意識があるということがわかる、ということなんですね。わたしはゾンビではない、と。哲学的ゾンビではないということが、あなたにはわかる」

「そう」おれはうなずく。「そのとおりだ。あんたには間違いなく〈意識〉がある。あんたが生まれてまもなく発生した意識、それがこれまでに培《つちか》われ、育ったやつだ。でもいまのおれには、なんというか、奇妙な感覚なんだが、あんたの意識が乗っているその身体のほうがリアルではないように感じられてならない」

「……どういうことです？」

理解できかねるという表情で教誨師はおれを見つめる。その目は真剣だった。

このまなざしはまさに肉体から発せられているに違いないというのに、なんというのだろう、いま自分で言ったように、どことなく相手の身体的な存在が嘘っぽく感じられる。いや、間違いなくこの教誨師は人間だし、たしかにここにいるのだが、存在しているのはその意識のみであって、その器であるはずの身体のほうはこの教誨師のものではない、そんな感じがするのだ。自分でそう言ったあとで、その感覚をおれは自覚した。

この教誨師に対してずっと感じていた存在感の薄さというか、この人間がほんとうにあのときの教誨師なのかどうかあやふやで、早い話、この目の前の相手がだれなのかはっきりしないという、これらの違和感は、そういうことなのだとここで初めておれは気づいた。

そのことをなんとか教誨師に説明すると、こう言われた。

「それはあなた自身のことではないですか」

「なに？」

「あなたこそ、その意識が邨江清司の身体から解離している状態ではありませんか。まさにあなたのことでしょう」

虚を突かれた思いだった。言われてみればそのとおりだろう、死刑を執行された身体はもう存在しないはずなのだから。ということは意識だけが宙を浮いているというのか、生首のように？　ばかな。身体がないということは首すらないということだ。自分で言っておきながら、そんなことがあるはずがないと思う。

「あなたは、あなたの身の上をわたしに投影しているのでしょう」

「自分のことを話していると？」

「あなた自身の奇妙な感覚を、です。あなたのその身体がリアルではない、リアルには感じられない、そうあなたは言っているのでしょう、そういうことじゃないかと。どうです？」

「そうだとして、だから、どうだというんだ？」

「原因を探る手がかりになる。まずはその準備段階として、あなた自身が自分の異常に気づかなくてはならないでしょう。その一歩を踏み出しているということになります」

「なるほどね」とおれはうなずく。「神とは関係ない次元の話だ、たしかに。あんたは本気なんだな」

「もちろんです」

そう言うと教誨師は手首からロザリオを外してテーブルの上に置き、いままで身を乗り出すようにしていた姿勢を正し、ソファの背もたれ側へと深く腰掛け直した。神の加護は必要ないということを態度で示しているようだ。この教誨師にとっておれの問題はもはや宗教上の救済とは関係ないということなのだろう。壊れた機械を修理するという感覚に近いのではなかろうかとおれは想像した。おそらくさほどかけ離れてはいないだろう。

「あなたはよく、畑上絢萌という上司の話をしていました。彼女はクローンからゾンビを作ろうとしていると獄中の邨江清司は、教誨を始めてまもなくのころ、何度もわたしに言った。ゾンビです。初めて聞いたときは驚きました。からかわれているのかと思いましたよ。でも邨江は終始真面目で、手法についても説明してくれた。よくわからなかったのですがわたしのほうからは質問はしなかった。なにしろ専門的すぎてわたしには理解できる内容ではなかった。なにを質問していいのかがわからないという、高度に学術的な内容だった。それでも、その手法のとおりにやれば実現できそうな感触はありました。邨江はわたしを騙そうとして架空の内容を話しているのだといった感じではなかった、真実を伝えていたに違いないということです」

「クローンに関する研究をやっていたユニットだったのは間違いなさそうだな」

「それも忘れているのですか?」

「自分の記憶のようでない、という感覚なんだ。昨夜、その研究について載っているサイトを見て思い出したんだが、思い出したというよりも、その当時の記憶が頭の中に注入されてくるという妙な感覚だった。過去に経験していることなのに初めてのような感じというのかな」

「デジャビュ、既視感の反対ですか。ジャメビュですね。未視感というやつでしょう」

「あんたは心理学をやるのか」

「教誨や説教をするさいに役に立つよう、ちょっとかじっただけです。俗流にすぎません」

「耳学問ということだろうが、その未視感というのはよくあることなのか?」

「まさに耳学問程度の知識なのでなんとも言えないのですが、病的なものではないと思います。既視感がそうであるように。体験上はジャメビュという感覚のほうがめずらしいと思われます。その言葉自体がデジャビュほど一般的になっていないことからしてもそう言えると思いますが、わたし自身はいままで意識したことはないです。既視感のほうはあるのですが」

「ゾンビに意識が芽生え始めたらこんな感覚を体験するのかもしれない。そんな気がする。まさに未視感という、それだろう。オリジナルの体験は日常的なものなのに、そのオリジナルの複製であるゾンビにとっては初めての体験なんだからな」

「死体の身体そのものと入れ替わるようにクローンを作るという手法ですね」

「邨江清司はかなり詳しく話したようだな。おれはそのように作られたゾンビだと思うか？」

「生きているオリジナルと入れ替わるようなクローン人間については実用段階だとのことでした。ゾンビのほうは実現はしなかった、まだしていない、とも邨江は言っていました。だから違うでしょう」

「邨江は我が身のことを、そういう意味でのゾンビだと言っていたわけではない、と」

「はい。ゾンビというのは、あくまで、獄中の自分がそれにたとえられるという、そこからでてきた言葉のようです。そこから連想したのでしょう、畑上ユニットのクローン技術を使えばゾンビも可能だ、畑上絢萌という研究者はそれを究極的な目的にしているのではないか、自分はその実験台にされようとしていたふしがあるというようなことを何度も言っていました」

「では、おれが畑上ユニットの連中を皆殺しにしなければならなかったその理由は、自分がゾンビにされそうだから、ではないんだな。だとするとなんなんだ。なんて言っていた？」

「自己防衛のためだと言っていました。邨江清司が人体実験の対象にされていた、というのはたしかな事実のようです」

「どういう人体実験だと？」

「あなたのクローン化です」

「そういうことか」とおれはうなずく。そこまでは記憶とあっているわけだろう。「いまのおれは、オリジナルの身体とそっくり入れ替わったクローンなんだな」

「いえ、ですから、そうならないために、ユニットごと潰す必要があったと、そういうことでしょう」

「……話がよくわからないのだが」

「どこがわからないのかがわたしにはわかりませんが、畑上ユニットがクローンの研究をしていたのは事実です。わたしなりに邨江清司が獄中で語ったその話の信憑性を確かめるために、ウェブなどをあたってみたのです。あなたの説明のとおり、そのユニットのクローン研究というのはオリジナルの複製であると同時に、オリジナルの身体と置き換える技術です。細胞置換型クローン技術という名称でした。それがなんの役に立つのか素人のわたしにはわかりにくかったのですが、一言で言ってしまえば、究極の不老技術でしょう。でも不死ではない。その手法で不死も実現できるとしたら、それはゾンビだろう、そう邨江清司はわたしに語っていた。そういうことです。どこがわからないのでしょう?」

「……その不老の実験台になることを阻止するために全員を皆殺しにした、そうおれはあんたに言ったのか」

「不老の実験台という言い方ではなかったですが、そういうことです。クローン化の実験対象者はあなただった。そのようにあなたは何度も主張していました。裁判の席でも、わたしに対してもです」

「おれは自分が実験台になることに同意していたはずだ」

「どうしてそう思うのですか?」

「いまのおれはクローンだと思うからだ。でなければその前の記憶がないといういまのおれの状態の説明ができない」

「その点については」と教誨師は冷ややかにおれを見つめて言った。「あなたの錯誤でしょう。思い違いです」

「どこが?　なにが間違っているというんだ?」

「いまのあなたはクローンなどではないのは明らかです。クローンだと思うこと自体が、間違いです」

「どうしてあんたにそんなことが言えるんだ」

「だれにでも言える事実を言っているまでです。邨江清司はクローンであろうがなかろうが昨日死刑を執行されて、遺骸は荼毘《だび》に付された。したがっていまのあなたがクローンであるはずがない。畑上ユニット方式のクローンではないのは明らかでしょう。荼毘に付された遺骸の、その灰から甦ったのだと言うのなら話はまた別の次元へと迷い込むことになるのでしょうが、どうなんでしょう。あなたはそのようなゾンビなんですか？」

おれには答えられない。

記憶では、おれは畑上絢萌らにゾンビにされそうになったからそれに対抗したのだ。つまり自分はすでにクローンだ。畑上絢萌の倫理観ではクローンはもはや人ではないのだからそれを殺してもかまわないのであり、クローンになったおれを殺して、その死体をもういちど細胞置換型なる名称のクローン技術により複製し、甦らせる実験を企図していた——それを潰すために行動したというのが、おれの、いわゆる犯行動機だ。そのように検察にも弁護士にも裁判でも主張したとおれは昨夜タクミに言ったのを自分でも覚えている。

しかし実際は、もっとシンプルかつ現実的なものらしい。教誨師の弁が正しいとするならばだが。おそらく正しいのだろうと思う。昨夜のタクミは、おれがゾンビにされそうになった云云よりクローンにされそうになったからだという犯行理由のほうが信憑性があるといった意味のことを言っていた。

複雑怪奇な仮説や解釈をオッカムの剃刀でもって刈り込めば、教誨師やタクミの言うことのほうがもっともらしい。どうやらおれの記憶にはおれ自身が創作した物語が紛れ込んでいるようだ。しかしなぜおれはクローン化ゾンビなどという、まだ実現していない架空の存在にこだわったのか。

教誨師の話によれば、獄中の自分は機械的に生きているだけの〈ゾンビ〉だと感じていたようだから、その感覚を引きずったのだろう。それからもう一つ、その獄中の自身の記憶すら曖昧であるという現在の状況を解釈するためだ。自分がゾンビという状態にあるのなら記憶が曖昧なのも当然だと納得がいくだろう。だが教誨師が言うには、おれはゾンビはおろかクローンでもなかったし、いまのこの身体は邨江清司とは別人のもの、つまりゾンビでもクローンでもないのだ。

つまりおれが死刑執行時以前の自分のことをよく思い出せないのは、畑上ユニット皆殺し事件とはまったく無関係だということになる。だが、ほんとうにそうだろうか？

「しかし」と教誨師は、黙ったままでいるおれに同情する様子ではなく、真剣な顔つきで、言った。「あなたのその懐疑は、わかる気がします」

「……どういうところが、わかると？」

「あなたがクローンの実験対象にされていたというのは事実であり、しかもあなた自身もそれに同意していたということ。それなのに公表された事実ではそのような同意はなかった、とされているのです。どうして公表されていないのかをいまのあなたが不自然に思うというのは、あなたが邨江清司であれば当然そう思うだろう、ということです」

教誨師のその説明は部外者にとってはなにがなにやら理解できない言い回しだろうが、おれにはよくわかった。だから、「どうしてあんたにそれがわかるんだ」と訊いた。

「獄中の邨江が、実はと、わたしに打ち明けるように『畑上ユニットが提示してきた同意書にサインしたんだ』と話したことがあったからですよ」

「その同意書は裁判で証拠採用されたのか？」

「裁判には弁護側からも検察からも、そのような文書の存在は明らかにされなかったと邨江清司は言っていた。おそらくそうなのでしょう。だから、そんなものはもとから存在せず邨江の創作であろうと思っていましたが、あるいは本当だったかもしれないと、わたしはいまあなたの話や態度から、そう感じたのです」

「それは——その同意書が公にされていないのは——司法取引で、ないことにしようとおれと国とが、互いに同意、合意したためかもしれない」

「裁判では、あなたは職場のみんなからネグレクトされ、パワハラも受けていて、ようするにいじめに耐えきれなくなってキレたことから凶行に及んだ、とされています」

「国は畑上ユニットの研究内容を公表されたくないとか、人体実験を同意書一枚でやるなんてとんでもなくて、それを国が監督できていないことを公表されたくないとか、ようするにそういう弱みがあったんだろう。だからおれに、それは黙っていろ、そうすれば悪いようにはしないと検察を通じて言ってきたんだ。司法取引があったこと、それは、覚えている」

「わたしも司法取引云云は覚えています。邨江清司が繰り返しそう言ってましたから。死刑は不当だ、話が違うと何度もそう言った」

「そう、そのとおりだ。だがだれも信じなかった。あんたもだ」

「邨江清司のその抗議は公にはならなかった。新聞やマスコミの記事にもならなかったし、ウェブに噂話として漏れ出すことすらなかった。わたしも当然ながら、獄中で初めてそれを聞かされたのです、本人の口から。それはつまり、同意書にサインした云云は、本人とわたしくらいしか知らない事実なんですよ。これがどういうことかと言えば、いまのあなたはやはり邨江清司なのだろうと思わざるを得ない、ということです」

「だから?」とおれはまた訊く。「どうだというんだ?」

「あなたは、つまり邨江清司は、同意書の存在についてはどうでもよくて、わたしにも語ることのなかった、真の動機があったのだろう、そういう懐疑です。むろんその懐疑はわたしが抱いた感触であり、わたしもまた、いまのあなたのように、獄中の邨江の話の筋がよく見えないと思ったのです。わけがわからない、そう感じたんですよ。ですので、いまあなたが、なにがなんだかわからないというのは、記憶が曖昧ならば当然そうだろう、肝心な点を思い出せないからだろう、そう思います」

「おれが邨江清司であればこそ、そう思うと？」

「そういうことになります」教誨師はうなずき、確信を持った口調で言う。「なにか機械的な理由によって、いまのあなたは邨江清司の人格をコピーされているのだと理解するしかない。あなたの意識は邨江清司のそれ、そのものなのだということです。しかも、その原因は邨江清司その人の、真の動機と関係しているように思われます。ようするに、あなたなら、それがわかるはずです」

「思い出せば、か」

「おそらく、はい」

「邨江清司は畑上ユニットの連中からいじめを受けていたというのは違うと思う」おれは過去を振り返る努力をしつつ、言う。「だが、ユニットから疎外されていたという記憶はある。おれはあのユニットの正式な一員ではなかったんだな」

「そこからすでに記憶が曖昧なんですね」

こんどは少し呆れた表情を浮かべて教誨師はそう言った。

「なにしろ」とおれは応える。「死んだ身だからな。死刑は執行された。絶対に殺されたくないと思っていたのに、殺されたんだ。あんたはおれが殺される様子を見ていただろう。殺される直前の、おれの様子もだ。遺書を書いて、立ち上がって、引き立てられたときにおれが大小便を失禁していたのもわかっただろう。臭ったはずだからな」

するとと教誨師は先ほどの表情が嘘だったかのように顔をこわばらせて、おれが言った内容を受け入れた。反論もせず無言で、そのとおりだと肯定している。

「畑上ユニットに出入りしていたおれはバイトかなにかだったのだろう。進化分子生物学研究所の正式な職員ではなかったような気がする」

「薹《とう》が立った大学院生だったとかで、週に三日、畑上ユニットの実験技師として働いていたそうです」

「金、土、日の三日だ。日曜日は主に保守点検と警備だった。うっすらと思い出してきた。おれはもとはといえば脳神経科学が専門だったんだ。いや、院生からそちらの先端脳科学研究所に研究員として入所できていた。なのに、そこで不始末をしでかして放り出された形になった。研究所のｆＭＲＩを無断で使ったとされたんだ。それはおれを嫌っていた技官のでっちあげだったんだが、所長でもある教授の裁定には逆らえなかった」

「その話も邨江清司はしていました。わたしにだけ話す、打ち明けたのは初めてだと言って。関係者ならばともかく、いまのあなたが知っているとは、脈がありそうですね。どうしていまのあなたがこうなってしまっているのか、その記憶をたどれば原因がわかるかもしれません」

おれもそうかもしれないと思い始めている。

「もう少し思い出せませんか」と教誨師が言う。「続きを聞かせてください」

「研究所での不始末は、だれが原因にせよ、外部には知られないよう厳重に隠蔽される」とおれは続けた。「おれは馘首《くび》とか除籍とかいう処分はされず、言ってみれば畑上ユニットというか、進化分子生物学というおれにとっては専門外のところへと一時的に追いやられたんだ。そこでしばらく手伝いをしていろ、悪いようにはしない、いやなら除籍処分にするしかないということだった」

「同じ大学付属の研究所とはいえ、そんなふうに簡単に所員を出向させることができるんですか」

「いや、言ってみればバイト先を斡旋《あっせん》してくれた感じだよ。ほとぼりが冷めるまでもとの研究所は出入り禁止、しかしそれではなにかと不自由だろうから通える先を見つけてやったぞ、という教授の親心だ。教授との関係は悪くはなかったんだ」

「週三日以外は、休みですか。自宅待機のような感じで？」

「どうだったかな……ずっと自分の研究はしていたと思うんだが。月曜と火曜は休みだった。畑上ユニットの研究室の隅におれ用のデスクを用意してもらって、そこに通ったんだ。当初実験技師の仕事はそこへ通う名目だった気がするが、手先が器用だったこともあって向こうも本気で使えるということで、週三日はその仕事に専念した。バイト代ももらっていたからしっかりやっていたんだな。本来そこに間借りすることになるんだからこちらが場所代を出すか、ただ働きで返すというのが妥当だと思うんだが、おれは実験作業の要員として受け入れられていたということだな」

「当然、畑上ユニットがなにをやろうとしていたかは理解していたわけですね」

「勉強はしたよ。専門外だったから」

「あなたの専門はなんだったんですか」

「数値神経学による意識発生メカニズムの研究だ。教授は数値計算モデルと実際の脳の活動をファンクショナルMRIやスパコンを使って比較検証し、モデルの精度を上げていくといったことをやっていた。国の脳解明プロジェクトの一環として予算を獲得してきたのだそうだ。中心的なのは理研だろうが、国がそのプロジェクトでやろうとしているのは数値空間で人の脳を再現することだろう。簡単に言えばコンピュータでヒトの脳を完璧にシミュレートするという、いわば人工頭脳を創り出すことだ。昔の人工頭脳の概念とは全く違う。人工実存の創造と言うべきだろう。それはあんたにすれば、神の意思に反することではないか？」

そう水を向けてみた。すると教誨師は、「人は頭だけで生きているわけではありませんから、頭脳だけ創ってもそれは人にはなれないでしょう」と、実に鋭く、しかもおそろしく簡単な言葉で人工実存の可能性を退けて、話を獄中の邨江清司の件に戻した。

「哲学的ゾンビというのは、もし意識を持たずして活動している人というのがいるとしたらという、思考実験で考え出された概念だと邨江はわたしに講義してくれましたが、彼の専門分野に関することだったのですね」

「そうだよ、もちろんそうだ」

「そういうあなたは、あなたというのは邨江清司のことですが、畑上ユニットの研究室に行ったことで、そこで自分の研究テーマに役立つなにかを見つけたのではありませんか?」

「それはそうだろうと思う。畑上ユニットのクローン技術というのはオリジナルの細胞を元にして別体を作るというのではなくて、オリジナルの臓器や身体をクローン化して入れ替えるというものだ。これは面白いとおれは思った。なにしろオリジナルの神経を配線パターンもそっくり同じままにクローン細胞に入れ替えることができるんだ。通常の神経細胞や心臓の細胞は分裂したりはしない、つまり新しくなることはないのだが、畑上方式を使うとそれらも一新されることになる。いわば別人になるわけだよ。別人ならば、オリジナルとは異なる意識を持つはずだ。あるいはそれも、つまりオリジナルの意識もそっくりコピーされるのか。これは興味深いだろう。だれだってそう思うはずだ、そうだろう?」

「専門的になるので、わたしには——」

「オリジナルの意識のままクローンの身体を持てるとなれば、当人は身体が新しくなったと意識するわけだから、不老不死の実現に近づける。だが意識がオリジナルのそれとは別に新しく発生するのなら、それは別人なわけだから、オリジナルの余命という制限を持った新生児のようなものだろう。オリジナルの記憶を継続せずにいま生まれたばかりだと意識するなら、オリジナルの意識はもはやなく、その人間はこの世から消え失せたということだ。わかるかな、この違いが？」

「まあ、そうですね、わかります。意識が継続されないのなら、クローンを作っても不老不死とはいかないということでしょう」

「そうそう、そういうことだ。実は畑上ユニットではそのへんは楽観的で、意識も当然オリジナルと変わるところはないと考えていた。というより、そこまで考えていなかったんだな。われわれからすれば、この畑上ユニットがやっていることは、意識とはなにか、どういうメカニズムで発生しているのかという問題を解き明かす上で素晴らしい実験モデルになるのであって、ユニットの連中がこんなすごいことに気づかないなんて、なんてもったいない、ということだよ。畑上ユニットがやっていることを知ったおれは、これこそ意識とはなにかという難問を解く手がかりになるだろうと、強い関心を抱いたのは当然だろう」

「なるほど」

教誨師はうなずきながら、考えをまとめているといった様子で言った。

「畑上ユニットでは本来、不老不死の実現という目論見《もくろみ》で研究していたのではないのですね。わたしがウェブで見たときも、そのような文言は出てこなくて、たんにこのようなクローン技術を開発しているという紹介にとどまっていた。この技術を使えば不老不死が実現するのではというのは、ちょっと考えればだれにでも思いつくのでしょうが、本当にその可能性があるのなら畑上ユニットは自分たちがやっていることを公表したりはしないでしょう、世の中を変え得る壮大な研究なのだから早計な公表は控えるはずです……不老不死云云は、邨江清司が言い出したことなのですね？」

「オリジナルの意識もそのまま移すことができるのなら、その意識は自分の身体は若返ったと認識するだろう、ということは言ったと思う。畑上ユニットでもそうしたことは当然考えていたようだが、彼らの関心はまずそうしたクローン技術の確立にあったから、深くは考えてはいなかった。全身をそっくりそうしたクローンで入れ替えることを提案したのは、あんたの想像どおり、おれなんだ。そういう意味では、あんたの指摘は正しいと思う。だが邨江の関心はもっぱら〈意識とはなにか〉であって、不老不死とは関係がなかった」

「その点では邨江清司も畑上ユニットも同様だったということですか」

「そうだ」

「話を聞いていると、まるであなたの教授が画策したことのようではありませんか。教授であり所長であるあなたの上司が、意識についての関心から畑上ユニットの研究を利用したという構図になるでしょう」

「その指摘、その疑念は、もっともだ。まさしくおれもそう思ったんだ。おれも、これは教授の深謀遠慮なのではないかと疑った。おれを送り込むために自分の研究所の不始末を演出したような気がした。でもそれはない、偶然だったと思う。教授が本気ならそんな回りくどいことはせずに共同研究を持ちかければいいだけのことだから」

「先端脳科学研究所ですか、そちらとの連携はなかったと」

「ない。教授におれの思惑を報告したりもしていない」

「つまり、あなた一人の犯行だった」

「犯行って、動機はわかっているという言い方だな」

「言い方がまずかったです。あなたの教授や所属していた研究所、それらはあなたの犯行とは無関係であると、そういうことです。それでいいでしょうか」

「それは、そのとおりだと思う」

教誨師はそこで深く深呼吸を一つして、目の前の湯飲み茶碗に目を落とし、茶を飲もうと手を動かしたがすでに空だった。

教誨師が口を閉ざしてしまったので、相手がなにを考えているのかわからなくなった。考えを整理しているのだろうが、下手な突っ込みを入れて混乱させせては話がややこしくなるばかりだろうから、おれも沈黙につき合った。

しばらくして教誨師はぽつりと言った。

「いまあなたが話したのは、獄中の邨江清司が何度も話していた内容と同じでした。話し方もそっくりだった」

それから落としていた視線をおれに向けて、はっきりした口調で言った。

「あなたはまさに邨江清司のクローンのようだ。意識をコピーされたクローンですね。あなたが先ほど自分はクローンだと思っていると言ったわけが、よくわかりました」

「意識をコピーされているかどうか、つまりいまのおれの意識が死刑を執行された邨江清司の意識と連続したものなのかどうかは、当人にしかわからないだろう。おれにしかわからない。他人に意識があるかどうか、それが同一人物のものかどうかというのは、あんたにはわからないわけだからな」

「そうですね。それは認めます。それで、どうなんです、あなたは邨江清司の意識なんですか。おかしな訊き方ですが、そういう問いにならざるを得ない」

「何度も言っているだろう、おれは邨江清司だ。邨江清司の意識で話している。信じるかどうかはあんたの問題だが、おれはあんたに信じてもらいたいし、そう願っている」

「隠された真の犯行動機というのは、どうです。あるんでしょうか。獄中の邨江の様子ではなにかそういう秘密を持っていて、それだけは決してだれにも話すまいとしていた、そのようにわたしには思えましたが」

「それが本当にそうだったとして、いまのおれなら喋ると思うか？」

「思います」と教誨師は力強くうなずいた。「それこそいまのあなたの状態の原因に関わることだと考えられるので」

「隠された動機があるかないかは別にして」とおれは言う。「おれはクローンになって意識がどうなるかを我が身で確かめようと思ったに違いないんだ。だから実験対象にされることに同意した。その人体実験は言ってみればおれが主導したようなものなのだから当然だろう。この手でサインもした」

「その手、ではないと思います」

「そうだな」とおれは認める。「この手で云云はレトリックだ。この意識で、と言うのが正しい」

「それなのに、なぜ畑上ユニットの人間の皆殺しを企んだのか、その動機が思い出せないのですか」

「殺さなくては殺される、そう感じた」

「なぜ、殺されると思ったんです」

「クローン化されればオリジナルの意識は消えてしまうと気づいたからかもしれない」

「それなら実験計画そのものを破棄し、実験を中止するだけでよかったわけでしょう。あなたが主導していたというのだから、やめるのもできたはずです。でもそういう穏便な方法はとらず、邨江清司は死刑になるかもしれない行動をとった。それなりの覚悟があったはずです。思い出せないというのはおかしいでしょう」

「真の動機をおれはひた隠しにしているというわけか」

　思い出せ、というように教誨師は黙ってうなずいて見せた。

「実験をさせてもらえなかったからだろうな」おれはそう言った。おそらくそうだと思う。

「おれは自分が実験を主導していたつもりが、まったく受け入れてもらえなかった、彼らはおれの計画などはなから相手にせず、おれを馬鹿にした、だからキレた」

「そう」と教誨師は、そのとおりだと同意する。「それが犯行動機です。警察、検察、弁護人もそうだと主張し、裁判で公式に認められた、あなたの犯行動機です。身勝手で反省の色もなかったので死刑判決は当然だったと思います」

「隠された動機というのは実はこの公式に裁判で認定されたやつだということか。裏の裏は表だ、みたいな？」

「違いますか」

「……そんな馬鹿な、と思うしかない」

　そんな動機でだれがやるものか、そんなのはおれのプライドが許さない。憤りを覚えるが、本気で怒っていいものかどうか、自信がない。おれはそんな馬鹿だったのか？

「その感覚が正しいとするなら」と教誨師は身を乗り出して言った。「やはり真の動機は別にあるのです」

「なんなんだ。なんだと思う」

「職場の同僚を計画的に殺害し、死刑になることも計算のうちで、いまのあなたの状態こそ、邨江清司が望んだことなのでしょう。殺さなくては殺される、ではなく、殺されるためにこそ、殺した」

そう言って、教誨師はおれを見つめた。射るような視線とはこういうのを言うのだろう。

「あなたが隠し続けた、それが、真の犯行動機です」

おれは無意識に身震いしていた。武者震いのような感覚もある。勝ち誇るときの喜びの感情も交じっている気がした。自分でもよく理解できない奇妙な感情だ。

黙っていると教誨師は続けて言った。

「獄中ではわかりませんでした。それはそうでしょう、説明されたとしても理解できなかったと思います。でも説明するわけにはいかなかったのだというのは、いまになってみれば理解できる。予断を抱かせずに死後わたしの前に現れてみせる、それが邨江清司の目的だったのではないでしょうか。いえ、この〈わたし〉というのは死後邨江清司が会いにいく相手のことであって、甦ったことが確認できるだれか、ということになるわけですが」

ああ、という声が聞こえた。おれの声だった。ああ、そのとおりだ。邨江清司の意識が、そう言った。それに気づいたおれは驚愕する。おれはここにきて初めて、邨江清司ではないおれを意識したのだ。

おれはいま自分の身体の存在をリアルに感じ取った。この身体は、間違いなく、邯江清司のそれではない。それをはっきりと自覚することができた。

では、このおれはいったいだれなんだ？

11

後上明生牧師が案内した住まいの一部屋というのは教会堂と壁を隔てた裏だった。細長い板の間の簡素な部屋で、ここは神の舞台裏だなという感想がぼくの心に浮かんだが、言葉には出さなかった。神聖な教会の裏に回れば世俗的な生活の場があるという事実を牧師も隠すつもりはなかろうが、舞台裏というぼくの印象には所詮神など虚構だという否定的な思いが混じっていたから、さすがにそれは口にはできなかった。自分が信じる対象に半生を捧げてきた生き方そのものは人として尊敬できたから、その人が愛するものを理解できないからといって悪《あ》し様《ざま》に言うほど、ぼくは子どもではない。

広さは六畳間を縦に二つならべたくらいか、壁は漆喰《しっくい》塗りで白いが下の方は腰板になっている。昔の木造校舎の教室か剣道場のような作りだった。長手方向の突き当たりに窓がある。夕闇が濃くなる頃合いで付近の家の明かりが見えてもよさそうだがそれはなく、よく見れば窓の外には板塀らしきものがすぐそばにあって、それが眺望を遮っている。窓はそれだけだ。採光はあまりよくないはずだが、それでも室内に装飾らしきものがなにもなく清潔なので、閉塞感はない。むしろ落ち着いた雰囲気だ。天井灯が電球色なこともあって心が和む。ぼくもここまでそうとう緊張していたのだろう、心身ともに疲労していることをこの部屋にきて自覚した。

家具らしき家具がないさっぱりとした部屋だが、なかほどにひとつ座卓がある。牧師はそれを目で示してどうぞといい、押し入れらしき引き戸をあけた。その奥には布団など夜具が積まれているのが見える。牧師は座布団を二枚取りだすと座卓を挟んだ両側に敷いて、どうぞと勧めるので、ぼくはありがたく受けて、腰を落ち着けた。

牧師は座ることなく、こんどは窓に近い側の、押し入れの続きの空間へ行く。引き戸はないが、どうやら押し入れを改造したもののようだ。洗面台が備えられた一角になっている。いや給湯コーナーかミニキッチンと言うべきだろう、洗面台ではなくコンパクトなシンクだ。その脇に薬缶が見えた。薬缶は卓上コンロに載せられていた。ガスコンロではなく電磁ヒーターのようだ。厚みがそれほどない。

牧師はその薬缶を持ち上げることもせずにヒーターのスイッチを入れた。やはりＩＨヒーターだ。薬缶にはすでに水が入っているということだろう。脇には紅茶ポットが見えていて、どうやら牧師はこれからそれを入れようとしていたところだったようだ。思ったよりも早くわれわれが到着したということか。

湯が沸くまでさほど時間はかからない。牧師が真剣に薬缶を見つめていたので、なんだか声をかける気にならなかった。

牧師はポットに湯を注ぎ、それからシンクの上の棚から紅茶カップを二客おろしてそこにも熱湯を注いで温めた。湯はそれで使い切ったようだ。あらたな水を入れた薬缶をヒーターにおいて、カップの湯切りをしたあと、薬缶の向こう側に立てかけてあったトレイを用意して茶器一式をそれに載せ、布巾かと思ったポットウォーマーをかぶせて、座卓へと運んできた。

「独り身になってからというもの」と牧師はぼくの向かいに落ち着いて、言った。「この部屋で寝起きしております」

独り身になって、と聞いたぼくは反射的に、「離婚されたんですか」と言っていた。

牧師の年齢からして、妻とは死別だろうと考えるのが普通だ。浅はかと言うしかないが、悔いるよりもまずは、「すみません」と謝る。

「牧師さんになんてことを」

「いいんですよ」と牧師は苦笑して、「お気遣いいただき、感謝します」と言った。

ぼくを気遣ってくれたのだろう。

「恐縮です。つい、自分の身の上を思ったものでして」と、謝ったあとは言い訳をするしかない。「ぼくは離婚しての独り身なものですから。いまだに、なにがいけなかったのだろうと悩んだりしています」

「原因がなんであれ、一つだったものが別れるときには必ず痛みを伴うものです。辛い経験をされたのですね」

「仕事に没頭すれば忘れられるのですが、一時は仕事する気にもなれなかったです」

相手が牧師という宗教者だから打ち明ける気になったのか、こんな私的なことを話している自分も意外な気がする。

「最近ようやく仕事ができるまでになりましたが。ぼくらの結婚は神に祝福されていなかった、ということなんでしょうね」

「結婚を秘蹟ととらえるのはカトリックです。神が二人を結びつけるということです。しかし最近はそうも言っておれないだろうと個人的には思っています」

「プロテスタントは離婚を認めているのでしたね。認めているというか、禁止されてはいないと言ったほうがいいのでしょう」

「そのとおりです。神は無謬ですから、その声に従えば間違った相手と結びつくことはありません。しかし人間は間違える」

「なるほど」とぼくは察した。「近ごろは神の声も聞こえにくくなっていますしね。カトリックも変わらざるをえないでしょう」

「そう思います。神は絶対ですが、法王や教皇らを選ぶのは神ではないですから」

「人が選ぶ、と。プロテスタントは結婚も人の考えでするのだと考えるわけですね。間違えることもあるから、だから離婚も禁止されない。――ということは」と、ぼくは独り言のように言う。「離婚で傷つくのも自業自得ということになるわけだな。それとも、これが原因で精神を病むのは天罰なのか」

「病の原因をどのように解釈するかは、あなたの信仰の問題です」と牧師は言った。「それはともかくとして、そうした病を癒やすのに必要なのは、まずは医療でしょう。鬱病は信仰に関係なく、だれもがかかる病ですから。病院にはいかれましたか」

「はい。いまも定期的に通院しています」

一時期気分がよくなり、これは治ったと思って服薬をやめたらぶりかえし、医者にえらく怒られた。治ったのではない、薬が効いていたのだ、素人判断で服薬を中止するのは命にかかわるからこちらの指示を守るようにと厳命されて、いまに至っている。

「ではだいじょうぶでしょう。いま以上に悪くなることはないはずです。治療を続けていればいずれ癒えます。そうしてから、その苦しみが天罰だったのかどうかを顧みるのがよろしいかと。我が身を振り返るのは人生を豊かにする一つの方法です」

ぼくは無言でうなずきながら、牧師が慣れた手つきで紅茶ポットを扱うのを見ている。

ぼくの精神的な病は信仰とは無関係で、言ってみれば信仰問題などという高級なものではないのだと、そういう意味に受け取れる牧師の言葉だった。世俗的な普遍的問題だということだが、だからといって侮蔑したりぼくの無信心に同情するでもなく、思いやってくれていると感じた。しかもさりげなく信仰の道を示している。

なんというのだろう、単なる牧師の言葉というより、なにか人生の先輩としての余裕と自信が感じられる。おそらく牧師のこの言葉と態度には教誨師をやってきた経験が反映されているのではないかとぼくは思った。そのように相手の言葉の裏を読もうとするのは素直ではないと自覚しつつ、作家である自分の、これも一種の職業病かとも。

「綺麗な色ですね」とぼくは話題を意識して変えて、言う。「いかにも紅茶らしい赤だ。銘柄はなんですか。ぼくはぜんぜん詳しくないのですが。オレンジペコとかダージリンくらいで」

「それがわかればたいしたものです」

そう言い、牧師はカップに注ぎ終えて、それから、はて、といった様子で首を傾げた。

「この茶葉はなんでしたかな。あまり香りが立たないが——」ポットの蓋を開けてのぞき込み、「安物のティーバッグでした。これは申し訳ない、入れなおしましょう」

先ほど湯を注ぐときに気づきそうなものだがとぼくは少し不思議に思ったが、牧師が本気で入れなおそうとしている気配を察して、「いえ、おかまいなく」と遠慮ではなく、そう言った。「お話をうかがえるだけで十分です」

紅茶云云よりも、この牧師の息子の教誨師、後上明正が、郵江だと思い込んでいる自称タクミといま、どんな話をしているのか、それに興味がある。拘置所内でその二人がどんな話をしていたのか、なにか聞いていないかといったことも知りたい。

牧師のほうも、あのとき湯が沸くまで無言だったし、なにか考え事をしていたのだろう、それはぼくと同じく、息子のことを思っていたに違いない。紅茶の種類どころではなかったのだろう。

「そうですな」と牧師は上げかけた腰をまた下ろして言う。「では、あとでラプサンスーチョンでもお入れしましょう。――どうぞ足を崩してください」

ぼくは正座していた。行儀よくかしこまってのことではなくて、少しでも目線を高くして部屋やミニキッチンの様子を観察したかったからだ。一般的な家庭の一部屋という感じではなかった。

「この部屋はちょっと変わっていますね」

あぐらに組み替えて、あらためて室内を見回して言う。他人の住居に対する視線としてはぶしつけだと意識しつつ。

「もしかして、信者の人たちに開放されていたのではありませんか？」

「よくおわかりですね」

「簡易宿泊施設のような感じがします」

「ここはもともと、恵まれない方たちに利用してもらう、シェルターとして造ったのです」

「シェルターですか」

「住むところを失った方たちのためのものですよ」

「ホームレスの人たちですか」

「単身者ならさまざまな公共の救援施設がありますが、家族づれをそのまままとめて受け入れてくれるところは少ないのです。たとえば子どもは児童相談所に入れても母親は別です。一緒にというわけにはいかないでしょう」

「ああ、なるほど。でも、あなたがここで寝泊まりしているということは、いまはそういう家族の受け入れはされていないのでしょうか」

「いま現在は母屋のほうを開放しています」

「そうでしたか。自分の家をね。それはすごいな」

「もとより献金で建てられたものです。あなたがすごいと感じるべきはわたしのことなぞではなく、信心の力に対してでしょう。わたし個人の働きなどたかがしれている」

謙遜なのか自慢なのかよくわからない。両方が混じっているのだろう、そう思うことにした。

冷めないうちにと勧められた紅茶をすする。香りが立たないと牧師は言ったが、ぼくには楽しめた。

「息子さんはいい教誨師のようですね」と切り出した。「あなたの後を立派に継がれたわけですが。さきほどの毅然とした態度には圧倒されました」

「教誨師の仕事はなかなか大変です。一般受刑者の集団教誨はやりがいがあるのですが、死刑囚との個人的なそれは辛いものがあります。この役割を引き受ける人間は必要だと思っていますが、正直なところ息子には、このような重い荷を背負わせたくはなかった。内心反対だったのですが、息子から言い出したことなので、それは嬉しくもあった」

「誇らしくもある、と」

「御心の導きでしょう」そう言って、牧師は微笑んだ。「ありがたいことです」

「そうですね」

と同意する。天職というものだろう。たとえ回り道をしてでもいずれ息子の明正氏は教誨師になっていたに違いない、そう思えた。

「普通の人間にはできない仕事でしょう。息子さんは選ばれた人なのだと、ぼくも思います。彼なら、邨江死刑囚だと思い込んでいる連れの正体を明らかにしてくれるに違いない。そう願ってます」

牧師は無言で話を聞いてくれる。カップには手を付けなかった。

「まったく、おかしな話です。実家に帰ったら、自分にそっくりな知らない人間が現れて、自分は昨日死刑を執行された死刑囚だという。わけがわからない」

「人というのは、いったんこうだと思い込んでしまったら、なかなかその思い込みから抜け出せないものです」

牧師は優しい口調でそう言った。

「信仰は不合理なそうした思い込みを解消してくれます」

「信念を強化するのではなく、ですか？」

「強い信念と、合理的でない思い込みとは、違います」そう生真面目に言って、また牧師は柔和な顔に戻った。「いや、これでは説教か教誨ですね。申し訳ない」

「いえ、ありがたいです。結局のところぼくは、ぼく自身を信じ切れていないのかもしれません」

「だれでもそうです。だから信仰が必要になる」

「生きるために、ですね」

「そうです。死ぬための宗教というのはない」

「宗教家としては、それで死刑囚に対するのは大変なわけですね」

「おっしゃるとおりです」

「教誨を希望する死刑囚というのはどんな人たちなんでしょう」

「それは」と、牧師はちょっと間をおいて、こちらを見つめながら、言った。鋭い視線だった。「人それぞれです」

「それは、まあ」とぼくは、どぎまぎして、「そうでしょうが」と言う。牧師の優しさに甘えて気安く質問してしまったようだ。単刀直入に訊くほうが相手に対して無礼にならないと思い直して、続けた。

「邨江清司という死刑囚は、ちょっと変わっていたようなのです。めずらしいのではないかと思ったものですから」

「どういうことですかな」

「邨江はどうも、教誨を受けて救われたいとは思っていなかったというか、言ってみれば、死んでいく自分の道づれにすべく教誨師を選んだというような感じがするんです。相手の信仰を徹底的に否定してそれを打ち砕いてやろうというような」

それは誇張だが、自分を邨江だと信じ切っている自称タクミが、明正氏と顔を合わせたときの表情をぼくは忘れてはいなかった。挑戦的というか、攻撃的な態度で、とても救いを求めていた相手に対するものではない。早い話、喧嘩腰だった。宗教家である教誨師相手の喧嘩というのは、ようするにどちらの信仰が強いかという信仰問題に違いない。決着はまだついていなくて、邨江はその落とし前を付けるために後上教誨師に会いに来たのではないかと、いま落ち着いたところで、そう思える。

「それはまさしく悪魔ですな」

牧師は冷ややかにそう言った。

「ほんとうに、そうですね」

ぼくもそう思う。悪魔の意味合いが敬虔《けいけん》なキリスト教徒である牧師と俗人であるぼくとでは異なるにしても。

「そもそも」とぼくは言う。「昨日死刑を執行されたはずの邨江清司が、どうして自称タクミとしていまいるのか、それがわからない。それに、ぼくの双子の兄弟は乳児の時に亡くなっているはずだから、あの男がタクミを名乗るのはおかしいんです」

「いずれもそのように思い込んでいるだけで、あの人は自分が何者なのかわからないのでしょうね」

「思い込んでいるだけ、ですか」

「どうしてそういう思い込みをするに至ったのかはわかりませんが、お連れさんは拘置所内の記憶も完全ではない、その収容されていたときの様子を息子から聞きたいという、あなたからの電話でしたね」

「はい」

「ならば、そういう人なのでしょう」

「そういう人って」と少し呆れて、訊いた。「あなたは、ぼくの連れのあの男が変だとは思わないというのでしょうか」

「異常ではないのかということでしたら、それはないでしょう。言動におかしなところはなにもありません。あなたも」

「ぼくも、とは？」

「話の内容におかしな点があるというのは、それはそうなのでしょうが、人として変だとは思わないです。あなたのほうにも思い込みがあるのでしょうが、それは人として変だとは言わないでしょう、そういうことです」

「悪魔ですな、とさきほどおっしゃいましたが」

「それは邨江という、息子が教誨をしていた死刑囚のことであって、あなたのお連れさんを指してのことではありません」

「では、あの男がぼくの双子の兄弟だと主張しているのはどうなんですか。一時は、邨江とぼくと彼が三つ子だという話にもなったんですよ」

「それこそ、思い込みではないでしょうか」

「どういうことか、よくわかりませんが」

「なんでしたか、兄弟鑑定をされたわけではないでしょう。そういう科学的手法があるらしいですが」

「DNA鑑定ですね、いや、まさか。会ったのは昨日が初めてですよ。でも、見ればわかるでしょう。そっくりだ」

「ですから、それが、思い込みです」

牧師はそう言って、まさに驚くべきことをぼくに告げた。

「あなたとお連れさんは、双子と言うには無理がある。どうしてそういう思い込みをされたのか、わたしにはそのほうが変だと思えるのです」

どう応答していいか、ぼくにはわからなかった。いますぐ座を立ってあの理事長室に行きたかったが、身体が動かない。おそらく無意識では行きたくない、行く気にはなれないということのようだ。

あのタクミの顔はぼくと同じだ。同じだろう、だれが見ても。しかし牧師は違うという。あの顔ははっきりと脳裏に浮かぶ。それがぼくと似ていないとなれば、ぼくの顔が違うということだろう。端的に言って、確かめるのが怖い。

ぼくは自分の顔を失った気がして、思わず紅茶カップをのぞき込んでいた。紅い水面を鏡にして見ようと思ったのだと、行動してからその意味に気がついたが、飲み干していて空だった。

ぼくは自分の頬をなでて牧師に訊いた。

「似ていないのなら、どうしてあのタクミは、ぼくの双子の兄弟だなんて言ったんですか」

どういう訊き方にせよ、似ていない者同士が互いに自分と同じ顔だと思うのはあり得ないだろう、ということを牧師に確認させたかったのだが、返ってきた答えは同じだった。曰く。

「ですから、思い込みということでしょう。双子だと思い込まないといけない、なんらかの事情があったのだと思いますよ。あなたにも、お連れさんにも。とくにお連れさんのほうはある種の記憶喪失に悩んでおられるようだから、あなたの双子の兄弟だと思い込むことで安心を得ているのではないでしょうか」

「しかし」と食い下がる。「互いに事情を共有しているならともかく初対面の人間同士が相手の顔を自分と同じだと思い込むというのは、いくらなんでも不自然です」

「わたしの立場で答えるならば、不自然なことが起きるのは悪魔の所行である、となります。おそらくは、邨江という死刑囚の生前の思惑がこのような事態を引き起こしているのでしょう」

「邨江は悪魔だと？」

「神が示される超自然現象は奇蹟と呼ばれます。似た現象でも、なかには悪魔が行うものもあります。あなたには信じがたいことでしょうが。悪魔に好かれたり魂を売る人間はいるのです。邨江という死刑囚もそうだったのだろうと思います」

「信じられません」

「わたしには、同じ顔だと信じられていることこそが信じがたいのですが」

「そんなに違いますか」

「あなたには皺はない。お連れさんとは親子ほども年齢が離れているでしょう。それを双子だと思い込むのは無理があります。この無理は、邨江という死刑囚が押し通している無理だろうとわたしは感じます」

「無理を、押し通す、ですか。悪魔的な力で、ということですか」

「そうです。死刑囚の執念というのは、それが生への執念であれ恨みであれ、はたまた悔悟であれ、その思いの強さは尋常ではありません。なにを願おうと、すでに叶えられることはないのですから。刑の執行、すなわち死を待つことしかやれることはない。面会も基本的にはできません。直《じか》に会って話せる他人というのは教誨師くらいしかいない。彼らがなにを教誨師に求めるかは、ほんとうにさまざまです。が、あなたが先ほどおっしゃったように、その邨江という死刑囚は救いを求めて息子の教誨を受けたのではないだろうと思います」

「なんだと思われますか」

「それは、わかりません。息子の信心を潰すことかもしれませんし、いま出てきたのは、なにか生前の願いを伝えたいのかもしれない」

「邨江清司の魂がそれを伝えるために、あのタクミに宿ったのだとでもいうのですか」

「神の声を聞くのは奇蹟です。お連れさんの行動は奇蹟などではない、つまり神の所行ではないでしょう。が、世の中にはこうした不合理な出来事はめずらしくない」

「めずらしくないんですか。いや、それはないでしょう」

「不合理を解消するためにこそ信仰が必要なのだと、さきほど申し上げました。わたしに言えるのはそれだけです」

「ぼくは不合理な目に遭っていて、これを解消するには信仰が必要だというのですね」

「そう。わけがわからない目に遭っておられるわけでしょう。それは、あなたが、あなた自身を信じ切れていないからだと、これもさきほどあなたご自身がおっしゃった。わたしは同じことを、わたしの立場から言っているまでです。あなたは、どうすればいいのか、わかっていらっしゃる」

自分を信じること、だ。しかし、それこそが難しくなってきていた。自分の存在自体が消失しそうな予感がする。自称タクミのあの顔がぼくとは違うというのなら、ぼくの顔はいったいどこにいってしまったのだ？

「紅茶の、おかわりをいただけませんか」

水鏡がほしいというのと、ほんとうに喉が渇いていた。

「その、ラスプーチンですか――」

「ラプサンスーチョンですね、はい」

牧師は相好を崩して、身軽に立ち上がった。その背を目で追いながらぼくは尋ねた。

「息子さんのことが心配ではありませんか。得体の知れない相手ですよ、ぼくの連れは」

「これは息子の仕事です」と振り返ることなく牧師は言った。「わたしにできることはなにもありません。ただ祈るだけです。息子もそれだけをわたしに期待しているでしょうし、自分の仕事の責任は自分で取るしかないと息子も承知しているはずです」

牧師は薬缶に汲み置かれていた水をシンクに流し、あらたに水道栓をひねって勢いよく給水すると、ヒーターに置いた。

汲み置きの水のほうがいいのではと言うと、カルキを抜くには時間がかかるし、おいしい紅茶をいれるには酸素をたっぷり含んだ新鮮な水がいいのだという答えが返ってきた。

「フレッシュな湯でいれるとポットの中で茶葉に小さな泡がついて浮かんできます。水面に上がると泡が消えてまたゆっくりと沈む。茶葉の動きで色も香りもよく出ます」

「さきほどは薬缶の水は替えられませんでしたが、ティーバッグだからですか」

「いや、ティーバッグだとは思っておりませんでしたし、替えたと思いますが。習慣になっているので覚えがないですな。――それにしても」と牧師はぼくを振り向いて言った。「ティーバッグの茶をお出しするなんて、わたしもどうかしていた。だれかが悪戯を――ああ、息子です、きっと」

なんとなく、つじつまが合っていない。違和感を覚えたが、なにをどう聞いていいのか思いつけなかった。

そうだ、この牧師はもしかしたら認知症の気《け》があるのではないかと思いつく。タクミとぼくが似ていないと言っているのも、そのせいかもしれない。

牧師は上の棚に手を伸ばして扉を開け、「へんだな」と独り言を漏らした。「明正かな」

「どうかしましたか」

「いえ、缶が見当たらない。たしか母屋に買い置きがあるはずです。取ってきますのでしばらくお待ちを」

「ありがとうございます。ですがそこまでしていただかなくても、別のお勧めの紅茶でけっこうですので、どうかお気遣いなく」

「わたしが飲みたいのです。近ごろラプサンスーチョンはやってなかったもので使い切ったことをすっかり忘れているようだ。年は取りたくないものです」

牧師は引き留める間もなく背を向けて部屋を出て行った。

一人にされたぼくは途方に暮れる。

なにか大がかりな詐欺に引っかかったような気がしてきた。あの牧師はぼくはタクミとはぜんぜん似てないなどとおかしなことを言い捨てて、姿をくらませたのではないか。

認知症かもしれないなどと思ったとたんに牧師自らそれを臭わせて、鮮やかにこの場から消え去った——いくらなんでもそれはないだろう、偽牧師だったとでもいうのかと、生じた疑念を打ち消そうとするのだが、なぜぼくを惑わすようなことを言うのかを追及したいのにその相手がいないのは事実で、もしこのまま戻ってこなければ事実がどうであれ騙されたも同然だろうとぼくは思う。

とにかく牧師自慢の紅茶などどうでもいいから、からからの喉を潤したかった。水道水でいい。シンクのほうに目をやると薬缶はヒーターに載っていたがスイッチは入れられていないようだ。

立とうとして、牧師は自分の紅茶に手をつけなかったのを思い出した。座卓に置かれた牧師のカップを引き寄せて、その紅い液面をのぞき込んだ。ぼくの顔が映った。もちろん、自分の顔だ。忘れるはずもない顔。

ほっとするはずなのに、ぼくはその水面の顔を見つめたまま息を止めている。とても奇妙な感覚だった。自分の顔だというのに初めて見るような感じがした。自分の顔だというのはわかるのだが、自分ではないような。

そう、これはタクミの顔だ。他人のそら似ではなく本当に双子なのだとすればぼくの顔とそっくりに違いない。だが似ているといえども、タクミの顔はタクミであって、ぼくではないだろう。

紅茶に映っているのはぼくに似た他人だ、という感覚。ではぼくは、どこにいるのだ。というより、ぼくの顔はどこへいったのだ？

さきほど牧師に言われたときに生じた、自分が消失していく感覚と同じだった。恐怖や不安は感じない。これも奇妙な感覚で、こんな感じは初めてだ。困って途方に暮れるというのがいちばん近い。だれかの手助けがあったところで解決はしないという確信めいた予感がある。予感というのか、潜在意識ではこのことは当然だとわかっている、というような。このこと、というのは、つまり、ぼくという人間は存在しないのだ、ということだ。

そんな馬鹿な。我思う故に我あり、なはずだ。が、必ずしも、だからといって、我《われ》という自分の存在が保証されるわけではないだろう。近代人はそれに気づき始めている。脳科学などによって。多重人格などを考えれば、複数の〈我〉が自分を支配しているわけだ。

この奇妙な感じが病的なものだといやなので、こんどかかり付けの精神医に聞いてみようと思う。

牧師が紅茶にまったく手をつけなかったのは、ティーバッグの茶など飲むに値しないとでも思っているのかとその思惑が気になったので、間違いない。ぼくにはけっこういい紅茶に思えた。ティーバッグといってもいろいろあるだろう。なじみのはバッグに糸がついていてカップに放り込むやつだが、ポットで出すタイプの、わりと高級なものだったのではないか。糸などポットの蓋から出ていない。

カップを手にして口に近づける。水面が揺れて細かいさざ波が立ったようだ。映る顔に鰍が寄った。これはもはやぼくではない、こんな老人ではない、そう思って、牧師の言葉を思い返す。親子ほども年齢が違うというようなことを言っていた。まさか、本当だったのか。

そんなのはあり得ない。ぼくはそう強く意識して、冷めた紅茶を一気に飲み干す。カップを音を立てて置き、保育園の理事長室に戻ろうと決める。タクミと教誨師の話の内容を知りたいし、タクミの顔も見て、牧師の言葉を否定するのだ。

力を足にこめて立とうとしたとき、音がした。一瞬なにかわからず、ぜんぜん関連がなさそうなのに湯が沸いた音かと思ってミニキッチンのほうを見やったくらいだ。ヒーターのスイッチは入ってない。薬缶は静かだった。

上着のポケットに入れた自分のケータイだ。電話だった。あらためて力を入れて立ちながら、ケータイを開く。〈ホーリーベル小林〉からだ。なんだろう。

受けて、「はい」と言うと、ちょっと間があって、低い沈んだ声で、小林氏が言った。

『お父上が、お亡くなりになりました』

いずれこういう瞬間がくるだろうと普段から覚悟していたはずだったが、いまは違っていた。わけがわからない。悪戯電話ではないかと疑ったくらいだ。理事長室へと踏み出しかけていた足を止めて、また座卓に向かって腰を下ろした。立ったままだと怒りの声が出そうだった。そう、ぼくはどういうわけか怒りを覚えた。感情の高ぶりをこらえて、ぼくは言った。声を出すまでけっこう間があいたが先方は黙って待っていた。

「父が見つかったんですか」

『はい』

「事故ですか。なにか事件に巻き込まれていたんでしょうか。どこにいました」

『お宅のお二階、寝室です。医師の話では心不全とのことです』

「そんなはずはない」とぼくは言っている。「父はいなかった」

『お気持ちはお察しいたします。突然のことで動揺されるのも無理からぬことと存じます。ご愁傷様でございます』

ご愁傷様に続けて、ございますはくどいと思う。馬鹿丁寧な言葉遣いの細かい点がいちいち気に障った。この人は、そういえば一番最初に電話してきたときからなんとなく言葉の使い方が変だった。

「だれが見つけたんですか」

『わたくしです』

「きのう、ぼくがそこで寝たんですが。父はいなかった。どういうことなんですか。どうしてあなたはきょう家に行ったんです」

『更新された契約書類を持って伺いました。お目にかかり、ご挨拶をかねて、契約内容をあなたさまにもご確認いただくのがよろしいかと思ったものでして』

そういうことか。

「鍵は。どうやって上がったんです」

『玄関は施錠されておらず、いつものとおりに開きましたです』

ぼくが子どものころは、日中だれか居るときは玄関のドアは施錠しなかった。寝るときに施錠する。父はいまだにそうしていたということだろう。世の中が物騒になったというか都会の常識が一般化されたというか、子どものころのそういう習慣は、いまやめずらしいのではないかと思う。

父はこちらと入れ違いに家に着いて玄関の錠を解いて入り、二階で死んだ、ということだ。ようやく事態が飲み込めてきたが、しかし父はどこへ行っていたのだろう。どうして連絡が取れなかったのか。

「それで、返事がないので、勝手に上がったのですか」

『昨日の件もございますし――』

連絡がつかないという件だろう。

『父上からは生前、なにか様子が変だったら上がって確認するように言われておりましたので、失礼して、上がらせていただきました。父上は、お布団でお休みになっておられました』

「寝ていた？」

『はい。その状態で亡くなっておられました。父上かかり付けの佐山医院の先生が死亡診断書を書かれました。父上は心筋梗塞の既往症もあって、心不全に間違いないとのことでした。お力落としのことと存じますが、ご葬儀の手配などもございます。わたくしどもがお役に立ちますので、昨日の今日で大変でございましょうが、お気をつけておこしくださ
い』

いま東京都内だと言うと、どうしてそんなところにと驚くから、説明をするのが面倒なので父を捜しに来たのだと答えた。小林氏のほうは、ぼくが不在なのは父が帰ってきたのでぼくは松本に帰ったのだと思ったらしい。なにも不審には思わなかったということだろう。であればこそ、死んでいることがわかったときではなく死亡診断書が書かれてから連絡してきたのだと理解できた。

契約書をぼくに見てもらおうと行ってみればぼくはいなくて、代わりに父が死んでいた、というわけだ。

父が死んだという実感はわいてこない。見つかったというのは間違いないわけで、そのことに一安心している。死んで見つかったわけだが事件や事故ではなく、自宅で就寝中に亡くなったというのだから、その事実については淡淡と受け止めることができた。こんなものなのか、と思った。死に顔を見る前はこんなものだと、納得してもいる。母の時も、そうだった。喪失感や哀しみは遺体と対面してからわいてくる。

詳しいことは直接小林氏に会って聞くことにする。こちらがそう告げる前に先方がそのように言い、電話を終えた。

父がどこでなにをしてきたのかはわからない。帰ってきた父は、まだ日が高いにもかかわらず布団を敷いて寝床に入ったわけだ。とてもくたびれていたのだろう。心筋梗塞の手術はだいぶ前にしていて普段から気をつけていただろうに、その持病が悪化して死んだという。のんびりと温泉旅行をしてきたとは思えない。命取りになるような、ストレスのかかることをやってきたのだろうか。

いまはとにもかくにも、戻らなくてはならない。

牧師に事情を伝えてすぐに発ちたいところだ。自慢の紅茶を探しているであろう牧師を待っている時間が惜しかった。ぼくの顔とタクミの顔が違うなどという件は、父の死という現実を前にするとどうでもいい与太話としか思えなくなる。

部屋を出る。案内された道筋を逆にたどって、保育園の建屋へと向かう。

タクミに一言、父の死を伝えてから一人で実家に向かうことに、もう決めていた。父が生きているならタクミを対面させてその正体を暴きたいところだが、それはもう叶わない。ならば得体の知れない人間を家に上げたくはなかった。一緒に戻るなどというのは論外だ。

なにも告げずに発ってもいいくらいだが、ぼくはタクミの反応が見たかった。彼が、自分は伊郷の息子だと本気で信じているならば、あるいは信じたいのならば、その事実を保証してくれるであろう父の死は痛手のはずだ。動揺するだろう。もしそうでないならば、他人のそら似だ。ぼくの実家にやってきた思惑はわからないが、そちらのほうは父が家を空けた理由とは違って、知りたくもない。たぶん父の死によって、もう二度とぼくの前には現れることはないだろうと思われた。もし彼が一緒に戻ろうという態度をとるならば、邨江清司であるということよりもタクミである自分を優先させるということだろう。しかし戸籍上、タクミは工であるぼく一人だけだから、彼はだれでもなくなる。邨江は死刑を執行されてこの世にはいないのだし、文のほうのタクミも死亡しているのだから、父の遺産相続を主張するどころか、彼は消失するしかない。一緒に戻る行為は無駄だ。

さて、どういう反応を見せるのだろう。

外はもう夜だ。保育園内は明るかった。だれにも会うことなく廊下を行き、理事長室に着いてドアをノックする。返事がなかった。

いったい中ではどういう話になっているのか。教誨師はどういう対処をしたのだろう。とても気になったが、耳をそばだててもなにも聞こえてこない。もう一度ノックをしてから、ドアを開いてみた。

のぞき込む前に予想したごとく、室内にはだれもいなかった。込み入った話になって場所を変えたのかもしれない。外に食事に出たとか。理由はわからないが、彼らがぼくの存在を無視して別行動を取っているのはたしかで、これはもう、タクミの反応云云にこだわるよりも、彼に告げずにこの場を立ち去ることになんの仮借《かしやく》もなくなったのだからさっさと行くべきだ、そう思った。

なにか清清した気分で保育園を出ると、愛車を駐めてある駐車場に向かった。

新潟に行くには来た道を戻るのが距離的に近いだろうが、その関越道ではなく中央道を使うことに決めた。それなら松本の我が家によっていける。葬儀までに必要な着替えやら喪服を用意していけば、何度も往復する時間や労力が節約できる。それと、自分の著作本を何冊か持っていこうと思う。実家のどこかにあるに違いないが、探し出せなかったばかりに、ぼくが作家を騙《かた》っているのではないかという疑念をタクミに抱かせてしまった。もうあの男に会うことはないとは思うが、同じ轍《てつ》は踏みたくない。

ロードスターはぼくを待っていてくれた。もしかしたら駐めたところにないのではないか、どこを探しても見つからないのではという、これまで見た夢の中でもワーストの上位に入る悪夢をふと思い出していやな予感がしたのだが、現実はそんなことはなくて、離れたところからリモコンキーを操作すると愛車はハザードランプを点滅させて自分の存在をアピールし、ぼくを安心させてくれる。

乗り込んでエンジンをかけ、ナビをセット、父の死に向けてロードスターを出す。

12

「ああそのとおりだ」と、邨江を名乗るその人は言った。

この人は、というよりも邨江清司は、真の犯行動機を思い出したようだ。わたしの指摘どおり、図星だったのだろう。

「あなたは邨江清司ですね」

わたしがそう言うと、その人は呆然とわたしを見返して、無言だった。こちらが本気で邨江清司の意識の存在を認めたとたん、口がきけなくなったようだ。

答えが返ってこないので、わたしは「どうなんですか」と促す。

すると、その人はどこか生気のない表情になって、口を開いた。

「そうだ、おれは邨江清司だよ」

なにか声の調子が先ほどまでと違って、しわがれた老人のものになっている。わたしは外したロザリオを取り上げてまた手首に着けた。わたしが対峙しているのはまさしく悪魔に違いない、そう感じた。

「いや、悪魔じゃないから」

わたしの行動から考えを読み取ったのだろう、邨江はそう言い、こちらを安心させようとしたのか、微笑んだ。嘲笑ではないというのは感じ取れた。

「あんたは凄腕の教誨師だ」と邨江は続けて言った。「おかげで、おれは救われた。死後の世界をさまようことなく生前の思惑どおり、自分の意識を摑むことができた。あんたを選んで正解だった。ほんとうに凄い。あんたには心から感謝している」

「実験、だったのですか」

「そうだ。絶対に許可されない、我が身を使った人体実験だった」

「畑上ユニットの皆さんを犠牲にしてなお、やらねばならない実験とは、なんだったんですか。犠牲者やその家族に対してはどう感じているのですか」

「それは裁判で決着がついていると思う」

「まったく反省していない、と」

「彼らからはいわゆるいじめに遭っていたのは事実だし、そのおかげでやりやすくてよかったと思っている」

「死刑は妥当ということですね。間違っても無期懲役などという減刑はなく、確実に死ねる。そのための演技でもなかったということでいいですか」

「そう」

「やはり悪魔ですよ。悪魔に魂を売ったのです、あなたは」

「おれの魂など安物だ。悪魔は満腹しているから買わないさ。大量殺人兵器を研究開発してきた人間の魂は食い切れないほど世に満ちているだろう。悪魔はそれを食うのに忙しい」

「それはあなたの言い訳です」

「悪魔に魂を売ったなどと言わず、おれは悪魔だと、そう言ってほしいね。あんたが言ったとおり、おれは反省などしていない。だから言い訳ではない。愚かな人間への批判だよ」

「偉そうですね」

「もう死んでいる。偉くて当然だろう。あんたとは違う。もはや人ではないのだから」

「いったい」とわたしは少し苛立ちを感じ始める。「なにが起きているのですか。どういう実験だったのです。なにか装置を開発したとか?」

「なにも」と邨江清司は言った。「なにも使わない。装置は、人体という〈物質〉とそれを取り巻く〈場〉だよ。世界そのものと言っていい。物も場も、ついでに言えば神も、人間が世界を表現するための概念にすぎない。人は世界全体を同時に捉えることはできないから、世界の一部を切り取ってきてそのような概念を組み立てるしかない。ようするに、ほんとうの世界というのは、どうしたって、わからないんだ」

「……だから?」

「途中を全部はしょって説明するなら、意識というのは、飛ばすことができるんだよ」

「意識が飛ぶというのは、失神するということでは——」

「違う、そういう意味ではない。情報を飛ばす、伝達する、デジタルデータを無線で飛ばす、という時の、飛ばす、だ」

「意識とはなんです」

「自分を自分だと思っている、その主体のことだ。おれが話している意識とは、そういうもののことを言う」

「それを飛ばすと、どうなるのです」

「こうなる」と邨江というその人は言った。「他人の身体やその周辺の環境というハードウエアに向けておれの意識を飛ばし、そこで〈自分〉を再生することができる」

どういう応答をすればいいのかよくわからない。この人と話していると、そういうことが頻繁に起きるが、こんどもそうだった。

「率直に言って」とわたしはなんとか応える。正直に言うのがいちばんだろう。「理解できません」

「途中をはしょったから、当然だと思う」

「そういう次元のわからなさではないと思います」

「悪魔に魂を売ったんだ。それならわかるわけか」

「そういう話ではないでしょう」

「いや」と邨江は首を横に振った。「同じだよ。科学も信仰も、わからない世界を解釈する一つの手法だ。おれがこの理屈を、はしょらずに一からあなたに講義するなら、必ず理解できる。頭の悪さでわからないにしても、失礼、理解は可能だ。それは信仰も同様だろう。はなから神や悪魔なんぞいないという人間に対しても、粘り強く説教をしていくうちに信じさせることもできるに違いない」

「……あなたも神を信じられるようになる？」

「レトリックとしての神と悪魔の存在はいまでも信じている。おれが否定しているのは、リアルに存在する神や悪魔のことだ。それらは存在することのない概念にすぎない。そんなものはいない、というのが、おれには見える、んだよ。言い方を変えると、おれの〈意識〉にはそのような能力があるということなんだ。コウモリが超音波を捉えることができるという能力と同じ次元の意味合いの、能力だよ」

「まさに、その言い方は、邨江清司そのものです」

「おれの理論を聞く気になったということかな」

「理論はおそらく講義されてもわからないでしょうが、あなたは邨江清司の意識でいま話しているというのは、わかります。どうやったらそうなるのか、というのは興味がある」

「わかりたいか」

「わかりたいですね。知りたいです」

「わけのわからない物事をなんとか解釈したい、というのは人間の業だな」

「わたしは間違いなく人の子です。人はまた、知っていることを教えたいという本能もあると、わたしは思います。あなたはどうなんでしょう」

「伝えたいよ。たぶん、あまり長持ちはしないと思うが」

「なにがです。悪魔の意識、邨江清司の意識で考えていられる状態のことですか」

「そう、あなたはいい生徒だな。そのとおりだ。おれは揮発するように薄れて消滅するだろう。簡単に言えば、意識というのは個人の神経電位や化学反応だけではなく、それらを含めた人体付近の環境全体によって形成されているんだ。そして人体というのは、周囲の環境と情報をやり取りしている発信機であり、受信機なんだ。意識は、それらの情報を総合して形作られている。どういうことかと言えば、自分を自分だと思っている〈自分〉の中には、人体としては別人の、たとえばあなたの意識活動から漏れている信号も含まれている、ということなんだよ。クロストークという現象を知っているかな。たとえば電話の混信、混線のようなものを考えてもらえれば、なんとなくわかるかと思う」

「強烈な邨江清司の思念を周囲に放ち、環境を磁化させるように感化させてしまう、というようなことでしょうか」

「それはもう、そのとおりだ。あなたにはもう説明する必要はなさそうだな」

「ニューサイエンスとか、そういう話でしょう」

「いや、そんなレベルではない。いっしょにしないでほしいね。場や量子力学を理解できる高度な頭脳が必要だ」

「自分は特別だと？」

「おれは自分の理論を実証している。あんたもこの実証実験に参加している、特別な立場だ。それを自覚すれば、そんな安易な感想は出てこないはずだ。あんたは、いま経験していることがニューサイエンスだと言っているわけだ。それでいいのか？　いつから信仰を乗り換えたんだ？　ニューサイエンスは信仰の一つだ。科学ではないよ。科学も、まあ権威のある信仰だと言えばそうだろうが、それなら、ニューサイエンスは宗派が違う。おれはそんな宗派は認めない」

　わたしはちょっと口を閉じて、邨江の言っていることをなるべく予断を持たずにそれだけを理解してみようと試みる。

　邨江清司は、どうやら周到に計画した上で自分の考えを実行したようだ。犯罪計画ではない。いやそれもしただろうが、実行に至る前に、膨大な計算をこなして科学的な理論構築がなされたに違いないと思われる。

「論文は？」

「いくつも書いたさ」

「それはどうしました」

「すべて押収された」

「押収とは、どういうことですか」

「言葉どおりだ。おれの研究のすべては電子ファイルで保存されていたが、おれのパソコンは警察に押収された」

「内容は学会誌などに発表されてないのですね」

「ニューサイエンティスト扱いされるのがいやだったからね」

「コピーは？」

「ない。クラウドも使用していない。ハードコピーも作ってない」

「成功した暁には、どうするつもりだったのです。いま、どうなんですか。実証してみせた、あなたの理屈が正しいことがわかった、ということなんでしょう。世間にこの事実をどうやって知らせるつもりですか」

「おれの考えを記した論文が残ればそれでいいと思っていた。もし科学が退化したり劣化せずに発展するならば、いずれ、人の意識というものがその個人の実存そのものだと信じていたナイーブな時代があった、と馬鹿にされるだろう。いまはまだだめだ。馬鹿にされるのはこちらのほうだ」

「科学レベルが、あなたに追いついていない、と」

「そんな偉そうなことを言うつもりはないが、追いついていないのは科学ではなくて、一般大衆の想像力のほうだ。人間というのは驚くほど保守的だ。科学で啓蒙してやって、ようやく、もしかしていままでの自分たちは馬鹿だったかもしれないと気づき始めるんだ。あなたの専門である信仰でも同じだろう。それまでの信仰のレベルがイエスに追いついていないのではない、大衆がイエスに追いつけなかったんだ」

「……なるほど」

ようするに邨江清司は、こと自分の専門方面に関しては偉そうでも不遜でもない、ということだ。こういう一面は拘置所では見せなかった。そう考えて、わたしは完璧に、目の前の人間が邨江清司の意識そのものであることを信じているのを自覚した。そして、それでいいと思った。

この人間の意識がだれであれ、わたしの信仰が否定されているわけではない。それはつまり、この人が邨江清司であってもかまわない、ということだった。もしわたしが科学者であるならば、そういうわけにはいかないだろうと想像できる。

「それで、押収されたあなたの論文はどうなったんですか」

「暗号化ファイルにしていたので、暗号は破られなかったか、もし平文に戻すのに成功していたとしても、そんなものはなかったことにされたのは間違いない。内容を信ずるにせよ馬鹿にするにせよ、公表されていれば弁護側検察側双方に利用価値がある証拠に違いない。精神がまともではなかったとか、狂信的な研究実証が動機の身勝手な犯行だとか。だが、証拠採用はされなかった。デコードできなかったか、暗号を解く価値もないとしてろくに調べもせずに忘れられたか、いずれにしても証拠品として保管されたままだろう。刑は執行されたから遺族に返還されてもいいのだろうが、おれの遺品の引き取り手はないだろう」

「調べてみましょうか」

「もしあんたがそれを手にすることができたら」と邨江清司は言った。「解除キーを教えるから、それを使ってデコードして読んでみるといい。理解するには、まずは高等数学の知識が必要になるが」

「まってください、メモします」

「その必要はないと思う」

「あなたの誕生日とか、ですか？」

「ヨハネの黙示録全文だよ。すべて手で打ち込まないと解除できない」

「聖書の版は？」

「おれの遺品にある」

「暗号化するときに、あなたが打ち間違えている可能性はありますよね」

「それは、ある。もし解除できなかったら、〈い〉と〈え〉をおれが入れ違えていることが考えられる。新潟人には区別がつけられないんだ」

「わたしは〈ひ〉と〈し〉です。小学校の校歌に〈仕事に集う〉とあったので、長じて変な歌詞だなと意識して初めて、それが〈日ごとに集う〉だったのだと気がつきました」

「それそれ、そういう間違いはあるかもしれない」

「その箇所自体が不明なわけですから、正しい黙示録を入力して解除できなかったら、ほとんど絶望的ですね」

「時間はかかってもいずれ解ける。キーを打ち込むロボットを使えば簡単だろう」

「そんなロボットがあれば、です」

「重要なのはロボットのあるなしではなくて、このことを知っているのはあなただけだ、ということだよ」

わたしは無言でうなずいた。そのとおりだ。遺品を回収する努力をしてみようと思う。

「しかし」とわたしは邨江清司に言う。「畑上ユニットの人間にいじめられてたとはいえ、平然と殺害するというのは人間として許されるものではない。あなたはさきほど自分は悪魔に魂を売ったのではない、自分こそ悪魔なのだと言いましたが、そのとおりかもしれない」

「こういうおれのようなタイプの人間は一定数存在する。おそらく種の保存に必要なんだろう。でなければ淘汰されている。しかし、社会的に淘汰圧力がかけられているのもたしかだろう。ある意味、魔女狩りだ」

「ほんとうに、良心の呵責《かしやく》はなにもないんですか？」

「たぶん、ない」

「たぶんとは」

「呵責を覚えないといけない、ということはすり込まれているので、そういう教育の結果、自分が悪いことをしたという自覚はある。自責の念というやつだ。だが、それはおそらく良心の声ではないだろう、ということだよ。あんたの言う意味での良心は、おれにはないと思う」

「そのことについて、なにか思うところはありますか」

「あんたには救えないだろう、と思う。だれにも。あんたの神に見放されているということだな」

「あなたにとって神は不在だ。救いがたい」

「愚者の楽園が用意されている」と邨江清司は言った。「セーフティネットだ。うまいことを考えたものだな」

「そこへ堕ちろと言ったわたしを許してもらえますか」

「もちろんだ。おれが生前の自分の思惑を思い出せたのはあんたのおかげだ。感謝している。心から礼を言う。ありがとう」

「わたしにはほんとうに理解できない。あなたは人に感謝する能力を持っているのに、なぜ平然と人を殺《あや》めることができるのか」

しばらく邨江は黙っていた。困ったふうでもなく、答えはわかっているがそれをどうわたしに説明したものだろうと、それを考えていたのだろう。

「他人の身体を傷つけ、機能停止に追い込んでしまった、すなわち殺傷したというのは、犯罪行為だ」と邨江は言う。「おれもそれを好んでいるわけではない。だが、一人の人間の意識というのは、その人、一人のものでできているわけではないんだよ。身体を殺害しても環境には意識の一部が残る。おれにとってより大切なのはそうした意識のほうであって、身体という物体はその意識のありかを示す指標のようなものにすぎないと感じている。現にいま、邨江清司の意識はここにいるけれど、こうして喋っている身体は、実はだれでもいいんだ」

「身体は殺しても魂は死なない、魂は不滅だというのですか？」

「おれの言っている意識は、あなたの言う魂とは違う。魂というものがおれにはよくわからないので曖昧だが、たぶん、違う。意識は不滅ではなく、その場に依存して存在するエネルギー形態であり、生成変化、消滅する」

「人を殺せば、その意識は消えるでしょう。普通、そうだ」

「全部が綺麗に消え去るわけではないんだ。エネルギーオールクリアにするほうが難しい。おれにはそれが、感覚的にわかる。エネルギーは形態を変えて伝わっていく。そういう意味では不変だ。エネルギー保存の法則だな。おれが殺害した人間の意識は変容し、世界に吸収されていった。それがうまくいかないと、たぶん幽霊のように、残る。おれにはそれがわかる」

「神の不在が〈見える〉ように、ですか」

「そう」

「あなたの言う、意識を飛ばす能力も、そうなんですね。だれにでもできるというものではないようだ」

「そのとおりだ。おれは自分を悪魔だとか言っているが、それは一般的な人とは違うというレトリックにすぎない。自分がなにか生まれながらの悪人だとか、特別な能力を持った者だとは感じない。こういう能力や世界観を持った人間というのは一定数存在するのであり、めずらしくもないと思っている」

どの角度から問いかけても、自らの行為を反省している言葉は聞かれなかった。これでは罪を認めさせることは絶対に無理だろう。

「どうやったんです」

「殺害方法は裁判記録にあるとおりだ」

「いえ、そちらではなく、飛ばすほうです」

「ああ、そちらか」

「だれに向けて、飛ばしたんですか。つまり」とわたしは言う。「いまのあなたは、だれなんですか」

するとは邨江は、うんうんとうなずく仕草をして、実は、と言う。

「おれもいまそれを考えていたんだ」

「伊郷タクミではないんですか」

連れの伊郷工というあの人が、そう言っていた。この邨江を名乗る人間は自分をそう思い込んでいる、と。

「お連れさんに戻ってきてもらいましょう」とわたしは言う。「工さんを交えて話せば思い出せるのではないですか。喉も渇いたことですし、紅茶でもいれてきましょう」

わたしは入口を見やって、違和感を覚えた。ドアが開いていた。まったく気がつかなかった。自然に開いてしまうようなドアではない。だれかが開けたのだ。だれか、わたしたちに用があったのだろうか。邪魔になるからと遠慮したならドアは閉めていってくればいいのにと思う。

「いや、おれはタクミではない」と邨江も開放された入口を見やって、言った。「タクミは死んでいる」

「お連れさんはタクミだと名乗っておられましたが。二人いるのですか」

すると曖昧に邨江はうなずいて、こう言った。

「双子の伊郷タクミは、二人とも死んだ。この世にはいない」

「どうしてです。どうしてあなたが知っているんですか。思い出したんですね？」

邨江だったその人はこんどはしっかりとわたしを見つめて、力強くうなずいた。

「だれなんです？」

「わたしは伊郷だ」とその人は言った。「伊郷由史。双子のタクミの父親だ」

見る間にその顔が老人になった。

いいや、とわたしは思い直す。わたしはずっとこの老人の顔を見ていた。意識できなかっただけなのだ。邨江清司の〈意識〉のせいだろう。

「どうしてあなたが」とわたしは訊く。「邨江の意識を受けたんですか」

すると老人は、わからないのか、と言った。

「あなたはわたしと会っている」

「どこで？」

「刑場でだ。わたしはあなたを見た」

そう言われてやっと、初めて会う気がしなかったのは邨江清司の存在だけではなく、この人とも実際に同じ場に居合わせたからだと気づいた。この人は、死刑執行を見届ける役で選ばれた一般市民だ。

「わたしは刑を執行される邨江清司の、正面にいたのだ」

そして、とその人は邨江清司の声で言った。

『その視線で、おれは落下していく自分の姿を見た』

わたしはなんとしてでも邨江清司の遺品を手にいれなければなるまい。それをこの世から永久に消し去るために。

『そんなことはできないさ』と邨江が言った。

「わたしの考えが読めるのか」

『あんたの意識の一部がおれを作っている。先ほど言っただろう。人の意識は個個独立して生じているのではないんだ。人の身体というのは環境との相互作用をする送受信機であり、意識もそれを使って空間を飛び回っているんだよ』

「あなたがやったことは、神の領域を侵している。だから、なかったことにしなくてはならない」

『やっても無駄だ』

「なぜ」

邨江清司はわたしの問いに答えてこう言った。

『あんたがどう思い、なにをしようと、今回おれが実証した事実は、百年後には常識になっている』

その邨江清司の言葉がわたしの気持ちを決定的にした。もはや議論は無駄だ。

——百年後には常識になっている。

邨江のこの宣言を科学者がどう捉えるのか、わたしは学者ではないからわからない。だがキリスト教徒であるわたしにとっては、その言葉は神への冒瀆以外のなにものでもなかった。

どうしてわたしがそう感じるのかと邨江に問われるならば、キリスト教徒とはどういうものか、そもそも唯一絶対神とはなにかという原点から説明すべきだろう。だが、さきほど邨江がわたしの問いかけに答えるときにその理論の途中をすべてはしょって結果のみを言ったように、わたしもそれに倣《なら》うだろう。つまり、あなた＝邨江の言葉は冒瀆だと、そう言うしかない。わかろうとしない者にはどのような説明も無駄だという以前に、神を信じない者にとっては最初から神は不在であり、説明そのものが意味をなさないからだ。

邨江のこの宣言には、二重の意味で神が存在しない。まず、死者をよみがえらせる力は神でなくてはならない。邨江はこれを無視している。それから、百年という時間だ。時間に価値を持たせることができるのもまた、神のみだ。そうであればこそ神は最後の審判を下すことができるのだ。信徒でなくては決して理解できないだろう。説明は可能だが、理解できるか否かはその人の能力にかかっている。邨江の学説の理解が頭の良し悪しに関わるものだというのなら、わたしのほうはその人の信仰心にかかっている。聖性と言ってもいい。信仰は頭で理解するものではない、体感して、納得するものだ。

邨江はまさしく人の聖性を無視している。神のみならず人をも冒瀆している。その言葉は預言ではない。預言とは神によってなされるものであるからだ。邨江の意識は百年後には死者の魂が口をきくのが当たり前になっていると言い、その身で証明して見せたかのようだ。超常現象だが、それは神を無視する者によってなされているのだから、悪魔の働きに違いない。

邨江死刑囚の遺品も、この邨江の魂も、この世から抹消しなくてはならない。

「なにもしないことだ」

わたしの想いを読み取ったのだろうか、老人がそう言った。邨江の意識ではない、この老人の言葉だ。それがわたしにはわかる。声がまったく違うのだ、邨江清司とは。

「いや、あなたの気持ちは」と老人は続けた。「よくわかるが、ここは、なにもしないことだ」

なにもするな、と重ねて老人に言われたわたしは、苛立っている自分自身を意識させられた。なにもせずに悪魔に屈しろというのか。そう反射的に言い返そうとしている自分に気づいたのだ。というより、いま自分が向かい合っている人間は邨江清司ではないという事実に気づいて自分を取り戻した、と言うべきか。

この老人に怒りをぶつけてなんになるのだ、たんなる八つ当たりではないか。怒りをぶつける相手はすでに死者なのだ。この老人ではない。

「しかし」と、わたしはそれでも言わずにはいられない。「わたしの気持ちがわかるのなら、なにもせずにいるのは邨江に、いや、悪魔に屈することになる、というのがおわかりでしょう。わたしは、負けたくはない」

「負けろとは言っていない。なにもするな、と言っている。ようは、負けるが勝ち、だ」

「わたしは禅僧ではありません、そんなわけのわからないことを言われても困ります——」

「では、復讐するは我にあり、ではどうかな。死者の魂の扱いは神の領域だ。あなたがやることではない」

「わたしは復讐しようとしているわけではありません。悪魔を封じなければと、そう思っています」

「だから、それがいけないと言っている」

「なにもしないことは」とわたしは老人に言う。できるだけ心を平静にしようと努力しつつ。「信仰に背くことになる。それをわかってもらいたい。あなたにはわたしの気持ちはわからない、わかっていないと思います」

「悪魔の誘惑に乗るな、そう言っているのだが」

しわがれていた老人の声こそ悪魔のようだったが、人らしい快活さとなめらかさを取り戻してきている。

「それは」と老人はつばを飲み込んだのか、ちょっと言葉を切った後、続けて言った。

「あなたの信仰心がわかっていればこその、つもりだ。邨江も、あなたの気持ちをよく理解していた。邨江は自分の死後、あなたがそのような行動をとるであろうことを見越していたに違いない」

「邨江の存在自体を抹消するという、わたしの行動を彼が期待するというのは、おかしいでしょう。彼は死後、彼の学説を世間に知らしめたいはずだ」

「そのようにあなたが思い込むことこそ、すでに邨江の思うつぼなのだ、ということです」

老人の言葉遣いは先ほどまでとは打って変わって丁寧になっている。

「教誨師であるあなたは」と老人は言う。「邨江清司がこの世に甦ったことを信じたばかりか、彼の遺品を引き取りに行き、その暗号化ファイルを開く気でいる。そうでしょう。わたしにはそれがわかる。しかしその行動は、彼がいま語った内容を強化することになる。死んだはずの邨江清司の話を真に受け、悪魔にコントロールされていることに、あなたは気がつくべきだ。わたしは、そう言っているんです。あなたが行動するなら、死者の邨江が甦ったことが真実になってしまう」

そうして、老人は三たび言った。なにもしないことだ、と。

「まさか――」とわたしは言う。「いままでの話は、あの邨江清司は――あなたの演技だった、などと言うんじゃないでしょうね」

「いや」と老人は首を横に振る。「先ほどまで、わたしは邨江清司だった。彼の言い方をするなら、邨江の意識が宿っていた。あなたのことも知っている。あなたとは拘置所の独房内で何度も会っている、そういう記憶が、いまもあるのです。正確に言うならば〈記憶〉というものとは違うのかもしれません。邨江の記憶情報にアクセスすることができる状態だと、邨江なら言うところでしょう」

老人が口を閉ざすと、わたしは言うべき言葉を失った。なにをどう言っていいのか、思い浮かばない。目の前の老人は邨江清司とは顔がまったく違っている。どうしてこの人を邨江だと思い込んでいたのか理解できない。このわたしの気分は、老人も同様だろうと思えた。

「あなたは……」とわたしは黙っていることに耐えられず、口を開いた。「あなたは、だれなんです」

そう訊くしか、ほかに言うべきことが思い浮かばない。

この人は昨日あの刑場で死刑執行を見届けた一般市民だ。先ほどこの人は、伊郷由史と名乗った。わたしがいま知っているのはそれだけだった。

「伊郷由史と申します」老人は姿勢を正し、あらたまった態度で、そう言った。「あなたとお話しするのは初めてですが、昨日お会いしました」

「そうでした……しかし、ほんとうに、さきほどは邨江清司の魂が宿っていたと、信じておられますか?」

「信じるもなにも」と老人は言った。「わたしは先ほどまで自分は邨江だと疑いもしなかった。いま伊郷である自分こそ、違和感があるほどです」

わたしにはどうにも信じることができない。なにが信じられないのかということも確信を持って言えない。信じる信じないではなく、自分の正気を疑うべきだと思えるのだが、それも違うような気がする。

「わたしもあなたも」と老人は言う。「邨江死刑囚の、死刑執行時の気持ちをあのとき受け取ったのだ、そう思います。感情だけでなく、邨江の知識の一部がわたしに乗り移っているのは間違いない。本来のわたしは魂や悪魔といったキリスト教関連の知識には疎いのですが、いまのわたしにはそれがある。おそらく邨江があなたの教誨を受けることで勉強して得たものでしょう」

「いま邨江が話した彼の学説を信じますか」

「邨江がわたしの口を通して言ったという、その事実は信じます。これこそ信じるもなにも、わたしが言ったのだから間違いない事実ですしね。彼の学説についても、これも信じる信じないではなく、わたしは邨江自身でもあるような感覚なので、自分で導き出した理屈であるのは疑い得ない事実だ、としか言えない。邨江自身は自らの理論を実証できたと感じている。だから勝利宣言をしたのです」

「百年後には常識になっている、と」

「そうです」

「邨江はまだあなたの中にはいるんでしょうか？」

「正直なところ、わかりません」老人は深呼吸をして、言った。「しかし、あなたが邨江からわたしに関心を移したことで、彼の力は、と言いますか、彼の意識ですな、それは薄まっているように感じる。人間の意識というのは、彼ではないが、一人独立して成り立っているのではなくて、周囲の人間の想いに支えられて形作られているのかもしれない。去る者は日日に疎しという。死者というのは忘れ去られたときに完全に死ぬのだとすれば、生きていたとしても、だれからも忘れられて生きながらに死ぬこともある」

「邨江はそれが我慢ならなかったのかもしれない、とでも？」

「いや、彼はそうではないでしょう。死んでなお生きるという、強い意志を持っていた。彼は、他人には関心がないのです。だから」と老人は言った。「あなたがどう行動しようと、もはや彼は満足だ。自分がやりたいことを、生きている人間たちに見せつけたいことを、やってみせたのだから。人間にはこのような能力があるということを、実証してみせた。百年後に科学や意識論がどうなっているかなど、邨江にはどうでもいいことだろう、そう思います。彼は、あなたに対しては、神の不在を証明して見せたわけですよ。邨江はそう思っている」

「彼は神に勝ったと言うのですか」

「それは、あなたの解釈でしょう。そうした解釈をすることであなたの信仰心や誇りが傷つくことがあってはならないとわたしは思います」

「それで、なにもするな、というのですね」

「そう、そのとおりです」

わたしはようやく落ち着きを取り戻しつつあるようだ。伊郷というこの老人が繰り返し、なにもするなと言ったのは、わたしを気遣ってのことなのだとわかった。

「少し考える時間が必要です……これからも相談にのって頂けますか」

「もちろんです。同じ死刑執行を見届けた者同士で助け合っていきましょう」

「あなたはだいじょうぶそうですね。強いお人だ」

「自分が死んだ気がしないというのは邨江の感覚でしょうが、わたしにしても死刑を見届けたという実感があまりないのです。なにか映画を見ていたような感覚でして。しかし、それにしても――」

と、老人は開いたままのドア、入口を見やって言った。

「あの人はいったい、だれなのか。わたしにとっては邨江よりも、あの人のほうが謎で、気がかりだ。そもそもわたしは、というより邨江の意識は、どうしてこのわたしがタクミだなどと思い込んだのだろう」

「タクミという息子さんは亡くなっておられるとか？」

「そうなのです。双子でした。どちらも、もうこの世にはいない。だからわたしをここに連れてきたあの人がタクミであるはずがないのだが、あの人がタクミだと言い張る意図がわからない」

「直接、訊いてみましょう」

わたしはソファから腰を上げて、言う。老人も立って同意する。わたしたちはそろって理事長室を出る。

13

教誨師の後上明正氏は保育園の職員室の前にくると、ここでちょっと待つようにと言って、中に入った。職員室は廊下側から内部が見える窓があり、入口の引き戸も同様に透明ガラスがはめられているので室内がよく見える。職員室の向こうは広い遊戯室だろう、そちら側の仕切りも透明ガラスがはまった格子窓になっているので見通しがいい。遊戯室ではまだ二人の幼児が積み木で遊んでいた。保育園ならではの光景だろう。働く親の迎えを待っている子どもたちに違いない。

教誨師は職員室にいた保育士と二言、三言話して、すぐに出てきた。

「タクミさんは先ほどわたしたちの様子を見にきて、すぐに戻られたそうです。行きましょう」

ついていけば行き先はわかる。時間を無駄にしそうな余計なことは言わず、なにも訊かず、黙って教誨師の後を追う。

保育園の裏手から渡り廊下で教会堂に行けるようになっていた。渡り廊下からは園庭を見ることができる。その脇に駐車場があるのだが、街灯に照らされて明るいにもかかわらず、タクミと称したあの連れのクルマを見つけることができない。園児送迎バスは見えているが、その隣に駐めたはずの二人乗りの小型スポーツカーはどこにも見当たらない。

「彼は」と立ち止まって教誨師に言った。「もういないようだ」

「邨江ですか」

「いや、連れです。わたしをここまで乗せてきた、あのクルマがない」

「クルマでいらしたのですか」

「そうです。彼のものだそうで、松本から来たと言っていた」

「まったく見知らぬ人なのですか」

「邨江清司にそっくりだった。邨江は、あのタクミのことを、自分の分身のように思ったのだな」

「そのとき、あなたは？」

「わたしは、とにかく驚いた。邨江と同じ顔の人間がいたのだから……わたしは、さきほどまで邨江だった。わたしの息子のタクミだと名乗る人間に出逢って、これはおかしいとは感じたものの、タクミという人間がこの世にいるはずがないということを思い出せなかった。いや、思い出せなかったというより、思い至らなかった、という感覚だ。それこそ邨江清司の意識による感想だろうと思います。あのときの感じを思い出せるのだから、いまのわたしのなかにまだ邨江の意識が残っているようだ。あのときは、そう、死刑になった自分と同じ顔の人間がそこにいる、ということに驚いた。死んだはずの息子がそこにいたから驚いたのではなかった」

「とにかく立ち話ではなんですから、どうぞこちらへ」

後上教誨師はわたしをうながして歩を進め、教会堂の裏手に案内した。

入ったそこはウナギの寝床のような細長い部屋で、突き当たりに窓がある。中ほどに座卓があるだけの簡素な部屋だ。

「いま紅茶を入れますので」

教誨師はそう言って、座卓のほうにわたしを案内した。座卓の向かい合った両側に座布団が敷かれていて、卓面には紅茶カップが二客おかれていた。カップは空だ。

「いま片付けますので、どうぞお楽に」

教誨師は二客のカップを手にして窓のほうに行く。そちら側に流しがあり、脇の台には薬缶が置かれているのが見える。卓上コンロにかけられた薬缶だ。

「彼はここにいたようですね」

薬缶が載せられたそのコンロの火をつける教誨師に、そう声をかけた。

すると意外な答えが返ってきた。

「いや、この部屋の様子からして、どうやらタクミさんはここには来ていないと思います」と教誨師は言う。「さきほど職員から聞きましたが、あの保育士さんは、理事長室から出たタクミさんを見ていないようです。表玄関から出て、クルマで待っておられたのでしょう。待つ間になにか事情が生じて一人で戻ることになり、理事長室のわれわれのところに挨拶にこられたのではないでしょうか。その姿を保育士さんは見たわけです。われわれはそれに気がつかなかった。あの理事長室のドアが開いていたのはタクミさんが顔をのぞかせたからでしょう。われわれの話がまだ続いているのを知り、邪魔をしないように気を利かせ、黙ったままタクミさんはクルマで帰られたのだと思います」

どこへ帰ったというのだ。

彼がタクミだというのなら、帰る先は天国しかない。もう死んでこの世にはいないのだから。そう考えると、もとよりタクミなる人物は最初からどこにもいなかったような気がしてきた。

座卓には空の紅茶カップが二客あり、座布団も敷かれていたので、この部屋にだれかいたのはたしかだろう。タクミでないとしたら、だれだろう。

「わたしは」と教誨師に言う。「あなたの父上である後上牧師がタクミと一緒にここにいたように思えるのですが」

どうしてかと問われたので、空のカップのことを告げると、教誨師は流しから振り返って、それは自分と理事長が飲んだものだと言う。

「理事長さんと、ですか」

「現理事長です」

「父上ではないのですね」

「もちろんです。あなたが訪ねてこられるという連絡を理事長からもらって、わたしはここに来たのです」

「ご実家に」

「実家と言っても、父の死後、母屋は現理事長が使っているので、形だけです」

「いまの理事長に譲られたのですか」

「いいえ、教会も母屋もいまは教団のものです。小屋のような伝道所から始めて、ここに至るまで、父の苦労は大変だったと思います。父がここまでにしてきたわけです」

「いま、この教会の牧師は、ではだれなのですか。あなたが継いだのではないのですか」

「現理事長がこの教会の牧師をやっています。わたしはチャプレンでやっていこうと決めたので、教会の仕事はしていません」

「わたしが着いたときに出迎えてくれたのは」とわたしは言う。「理事長でした。あなたの父上ではないというが、あなたによく似ておられた」

「親戚ですのでね。さきほど理事長とわたしは、ここで茶を飲みつつ、打ち合わせではないですが、あなたがたがどういう用件で見えるのか、どう対応するのがよいか、検討したのです。検討というと大げさですが、わたしは教誨師ですし、守秘義務もあるので、素性のはっきりしない訪問者に対しては、いちおう、構えていないといけません。それで、電話を受けた理事長から、あなたがたの印象を聞いたりしたわけです。最初の応対は理事長にしてもらいました。あなたを出迎えたのは、理事長です。わたしの父ではない」

そうでしたか、としか言えない。後上明正教誨師の父親が亡くなっているというのはたしからしい。

「さきほど」とわたしは言う。「邨江になりきっていたわたしは、タクミとあなたの父上が一緒に理事長室から出ていったのを目撃している。目撃といいますか、そういう体験をしました。あれは夢ではないですよね。いえ、そういう話をしたということはわたしの夢ではなく、あなたにも覚えがありますよね、ということなんですが」

「はい、もちろん覚えています。あれは奇妙な話ですね。あなたが、いや、邨江が嘘を言っているとは思えなかったです。が、父はもういないのです」

「幻覚ではなかった」とわたし。「たしかに後上明生という、あなたの父上だった」

「あなたが幻覚を見たとはわたしも思いません」

「どういうことですかな」

教誨師はそれにには応えず、缶から出した茶葉を紅茶ポットに入れ、沸いた薬缶の湯を注いだ。慎重な手つきだった。真剣な、と言うべきかもしれない。喋りながらできることではないと、態度で、そういっている。だからわたしも黙って、返答を待った。

あたらしく上の棚から下ろしたカップに湯を注ぎ、しばらく温めてから湯を捨て、それからトレイにそれらを載せて教誨師は座卓にやってきた。

「この部屋は」向かいに腰を落ち着けた教誨師に尋ねた。「教会の、いわばプライベートルームでしょうか。なんといいますか、わたしは教会には不慣れなんですが、ここは心落ち着きます。――変な話で、すみません」

「いいえ、どういたしまして。そうですか、落ち着きますか。それはよかったです。ここは身寄りのないみなさんが寝泊まりできるよう、一時避難場所として作られた部屋です。きょうはお疲れでしょう、よければ泊まっていかれませんか」

「それは恐縮です。しかし、ご迷惑をおかけするわけにはいかない。わたしは信者でもありませんし」

「ご遠慮は無用です。どうぞ何日でもゆっくりしていってください。実は、わたしもわけがわからないまま独りになるのは心細いのです。お付き合い願えればと」

「そういうことでしたら、ありがとうございます」

言われてみれば、疲労で身体が重い。

教誨師は紅茶ポットにかぶせていたキルトのポットウォーマーを外し、カップに茶を注ぐ。きっかり二杯分だ。慣れた手つきだった。

「あいにく茶菓子の用意がありませんが、どうぞ」

礼を言い、カップを手に取る。香りが独特だ。クレオソートを思わせる。知っている茶だ。「ラプサンスーチョンですね」

「これは」とわたし。

「はい。父が好んでいました。レモンを搾るといいらしいですが、父はこのストレート一本槍でした。通の飲み方というのはシンプルなものだ、というのが口癖でしてね。父は紅茶を嗜むのが趣味でした。なかなかいれ方にもうるさくて。いまのわたしのいれ方では駄目だと、父が苦笑しているような感じがしました。なにか、とても身近に父が感じられて、なつかしく思い出しました」

わたしは一口味わってみて、大昔の学生時代を思い出した。ハイカラな級友がいて、その男がいれたこの茶を飲まされたのだ。あれがラプサンスーチョンを知った最初だった。

いたずらに引っかかったと思って怒ったところ、その友人から大真面目にこの茶の由来を講義されたものだ。英国貴族は使用人の盗み飲みを警戒してこの茶葉を鍵のかかる小箱に入れていたとかなんとか。結婚後は妻がコーヒー好きなこともあって紅茶を嗜むことはあまりなかったが、わたしはどちらかといえばコーヒーよりは紅茶が好きだった。

「ほんとに、なんともなつかしい」とわたしは言う。「この香り、クレオソートのような匂いがなつかしさを喚起するのかもしれない。昔っぽい匂いだと思いませんか」

「昔っぽい――ああ、たしかに」と教誨師はうなずく。「それに匂いは記憶と結びついていると言いますしね。プルーストでしたか、マドレーヌの匂いで失われた時を思い出すという……本と言えば、過去を思い出すことも時間旅行の一種だ、そんなのを読んだ覚えがあります」

「SFですか」

「いえ、あまりその手のは読まないのですが、コリン・ウィルソンあたりでしょう、幻想小説も書いてますし。〈アウトサイダー〉を書いたウィルソンはご存じですか」

「いえ、残念ながら。しかしタクミというあの連れは、作家だと言ってました。彼なら答えられたかもしれない。でなければ偽作家だ」

「作家がみなウィルソンを読んでいるわけではないでしょう。わたしはたまたま厳格な父から読むべき本を押しつけられたものでして、それに反抗して一時期乱読していましたが。

それとも――偽作家というのは、本を読んでいるか否かという話とは関係なく、ということですか？」

「そうですね……この感覚をどう言ったらいいのか、どう言えば伝わるのか自信がないのですが、偽作家というのは、作家だと偽っているというのではなく、作家だという彼はこの世に存在していないと思う、ということなのです。ペンネームを訊いておけばよかったのですが、はぐらかされた。あるいは名乗ったのかもしれないですが、覚えていない。彼がこれまで出した本はすべて実家であるわたしの家にあると言ったが、もちろん、そんなものはないのです。息子の工《タクミ》は作家ではなかったので、当然あるはずがない。工は長野で測量技師をしていました……それでも、タクミを名乗るあの人間は、嘘は言っていないのかもしれない。彼の本当の実家宛には送っていたのかもしれない、そうも思えるのです」

「その奇妙な感じ、わかります」と教誨師はカップを置いて、背筋を伸ばし、言った。

「われわれは、奇蹟を体験しているのかもしれないですね」

「奇蹟、ですか」

「そう、奇蹟です」教誨師は重重しくうなずき、続けた。「あのお連れさんと一緒に理事長室から出ていったという、あなたが目撃したわたしの父は、たしかにあの場にいたのだ、わたしはそう思います」

「……わたしの幻覚などではない、とおっしゃる」

「はい。あのときあなたは、邨江だったあなたはです、必ずしも同時間内でなくてもいい、いまとは別の時間に、自分と連れは生きているわたしの父に会ったのだ、そのような意味のことを言いました」

「たしかに、そう言った覚えがある」

「あれはあなたの幻覚ではなく、一種の、それこそ時間旅行だと解釈するなら、わたしにも邨江のその説明は理解できます」

そして、と教誨師はちょっと間をおいてから続けた。

「あなたのお連れさんの、あのタクミさんも、もしかしたら別の世界を生きているあなたの息子さんなのかもしれない。つまり、早い話、この世のどこにもいるはずのない人間なのかもしれませんね」

「……まさか、そんなことは信じられない。彼が実在したことは、あなたも会って話をしている。どこにもいないなんて、そんなはずはない」

「どこにもいないような気がすると、さきほどおっしゃったではありませんか」

「はい、しかし——」

「あなたは、わたしの父に会って話をした。でも、父はいま、どこにもいません。それはお認めになるでしょう。タクミさんもわたしの父と同じだと思えば、わたしには、彼がいまこの場にいないことが納得できます」

「彼はわたしを残して一人で帰ったのでしょう。急用ができたかなにかで」

「そうではないでしょう」

「いまこの場にいないことを、どうお考えですか。彼はなぜいなくなったんでしょう？」

「もう役割を終えたから、です。作家だというのなら、もうあなたを助ける物語を書き終えたのでペンを置いた、そんな状況なのではないでしょうか」

「わかりませんな、たとえが突飛すぎる」

「あなたをここに連れてくるのが彼の役目だったのではないか、そんな気がします。連れてきたので、満足して、消えた」

「消えた？」

「わたしの父の死は届け出されていますのであなたにも客観的に確認することができますが、タクミさんのほうは、どうでしょう、いないことを証明するのは難しいかもしれないですね。でも、わたしは、おそらく彼はこの世から消失したに違いない、そう思います」

「まさか、そんなことが、あるはずがない」

「なにもしないこと、です」

そう教誨師は言った。さきほどの、わたしの口調を真似たのは明らかだ。

「伊郷さん、タクミさんのほうからなにか連絡があるならともかく、もし、今後なにも連絡がないのなら、それ以上のことはしないことです。亡くなった息子さんを呼び出せるのは神だけですから」

「わたしはキリスト教徒ではないのですが――」

「わたしが父による奇蹟によって救われたように、あなたにも奇蹟は起きたのだと、そうお考えになればいい」

「いや、しかし、それは」とわたしは言う。「そういうのを、幻覚とか妄想というのではないでしょうか？　客観的には確かめようがないでしょう」

「奇蹟というのは妄想や幻覚とは違います。見た者だけに留まらず、多くの人と感覚を共有できる、実体験です」

「宗教的な体験である、と」

「そのとおりです」教誨師はうなずき、「邨江なら」と続けた。「集団ヒステリーだ、と言うでしょうね。個人の妄想が集団に感染している精神病的現象にすぎないと。邨江にとって、神や宗教というのは、不合理な精神的な枷《かせ》を人類に嵌《は》めている悪しき慣習にすぎない」

わたしは曖昧にうなずく。まさにいま、わたしはそのように思ったところだった。この思いはたしかに邨江と関係していなければ思いつかなかったのではなかろうか。

「わたしはキリスト教徒ではないですが」とわたしは繰り返し、言う。「同じ幻覚でも信者になれば病的ではない、ということでしょうか」

「いえ、そうではありません。わたしが言いたいのは、あなたの不安をわたしも共有できるということ、それゆえ、あなたの経験は不毛な妄想などではなく、意味のある体験になっている、ということです。キリスト教を信じないと不安は解消されない、などと言っているわけではありません。宗教というのは、生きていく中で生じる、あらゆる不合理な出来事を、信じるという体験の内に納得ゆく形で解消してしまうためにこそあるのであり、そのような役に立つのです。宗派には関係なく、です」

それなら、とだれかが言った。わたしではない。教誨師でもない。

『宗教観の違いによって生じる不合理を解消するために、メタ宗教が必要になるだろう。すべての宗教を一つにする宗教観だ。だがそんなものが生まれるはずがない。宗教戦争を引き起こすだけだ。宗教とは、人類に蔓延《はびこ》る精神病だよ。おれにはそれがわかる』

わたしの口から出た言葉だが、わたしではない。邨江清司だ。

「——わたしではない」と言う。「わたしの意思ではない。邨江だ」

「わかっています」と教誨師が硬い表情で答える。「まだいたんですね。でも、ご安心を。邨江が言っているのは、わたしがあなたに共感しているということとはまったく関係ないことです。全宗教を一つにしようとすればそこに激烈な戦争が生じるであろう、というのは当然で、わたしもそれについては否定はしません」

「互いの神を否定すれば殺しあいが生じるのは当然だ、ということでしょうか」

「そうですね、そう」

「怖いですね」

「しかし、それが人類の病だとはわたしは思わない、そういうことです。相手を否定することで一つにしようとするのがいけない。宗教の本質は、共感にある。否定ではない。邨江にはこのことが最後まで、理解できなかった。まさに彼へのわたしの思いに共感することができなかった。彼には宗教自体が必要なかったのだと、そう言えるかと思います。彼にとっては、どのような宗教的救済も通用せず、無意味だった、ということです」

「……なるほど、そう言われればわかる気がします」

「相手にしても無駄な邨江のことなど無視すればいい。わたしは伊郷さん、あなたの体験は幻覚などではなかったと、ただ、そのように言っているだけです。それは邨江も同意することであって、彼が反論する道理がない」

そして教誨師は、自分が邨江なら集団ヒステリーだと言うだろう、などと彼を引き合いに出したのがいけなかったと言い、申し訳ないと謝罪した。

「邨江を無視すれば、あれが消えるのも早まるでしょう」とわたしは言い、あらためて訊いてみた。「あなたはしかし、邨江の意識がほんとうにわたしに飛び移ったと、そう認めるわけですか」

するとと教誨師は紅茶カップを手にしたまま、ごく軽い口調で、答えた。

「はい。それがいちばんいい解釈だと思いますので」

「それはあなたにとって、負けではないのですか？」

わたしもラプサンスーチョンを味わいながら、そう訊いてみた。

「わたしの父が、わたしとあなたを護ってくれた、奇蹟でもって。そう思います」

教誨師はしみじみとした口調で答えて、それから真剣な表情に戻って、続けた。

「邨江の出現のほうは奇蹟ではなく、あれは宗教や神とは関係のない科学だ、そう邨江は主張しました。わたしもそれを認める、それだけのことです。邨江の出現が奇蹟だとすればわたしの信仰は揺らぎますが、それはない。あれは奇蹟ではない。科学で説明が可能な卑俗な現象にすぎない。だからわたしは邨江清司の理論とその実証結果を認め、受け入れます。それですべて、丸く収まる」

「うらやましいですな。わたしはいまだ不安でならない。なにが我が身に起きたのか理解できない。邨江の理屈を認めたとしても、あなたのようにすべて納得できるわけではないので」

「わたしがいまの落ち着きを取り戻すことができたのは、あなたがいればこそ、です。教誨師としてしっかりしなくては、という、言ってみれば虚勢を張ることで、不安を忘れていられるというのが正直なところです」

教誨師とわたしがいま抱いている不安というのは、死刑を執行された邨江が甦ったことではなく、死刑現場に立ち会い、その死を見届けたことにあるのだと、わたしは唐突に、そう気づいた。

いま教誨師が言ったとおり、こうして互いに話をすればこその、気づきだろう。独りでいては、不安なのに、なにが不安なのかがわからなかったに違いない。

不安というよりも、恐怖だ。わたしは、人の手で殺されていく者の死を見ていた。見ることを強要されたのだ。法律によって一般市民から選ばれた死刑立会人だった。

死刑確定者というのはいわば生ける屍だ。人はいずれ死ぬ存在だ、という次元とは違う、自然界には存在しないおかしな物体だ。自然界には嫉妬や憎しみによる殺戮はあっても、犯罪という概念は存在しない。当然刑罰もない。そのような視点から見た死刑囚というのは、まったく意味なく殺されるのであって、執行されるまで不自然に生かされている無意味な存在にすぎない。

「教誨師として死刑執行に立ち会われたのは邨江が初めてではないと思いますが」とわたしは思い切って尋ねてみた。「それでも不安なものですか」

「はい。それは、もう。自分の無力が身にしみると言いますか。神の愛を身近に実感してもらう、そのように導くのがわたしの仕事であるのに、粛粛と逝けば逝くでどうしてこんなに善良な人がと思いますし、最後まで改心しない人もいて、どちらも、虚しいものです。とくに邨江に対しては、わたしは彼に謝罪してもしきれない過ちを犯してしまいました。

亡くなった人に謝罪しても、それは永久に受け入れてはもらえない。わたしの立場では許されることではない。つまり、過ちを犯してはならないのです、絶対に」

「地獄に堕ちろ、そう言ってしまった、とか」

「そういう気分で、愚者の楽園に行けと、拘置中の彼に言ったことがあるようです。さきほど邨江に指摘されて思い出しました。彼はわたしの説教をまったく受け入れようとせず、彼独特の世界観をわたしにすり込もうとしていました。神などいない、それが自分にはわかる、その一点張りで、それにわたしは苛立ってしまった」

「執行直前にも、そう言ったのですか」

「愚者の楽園から出ようとしない者には救いはない、そう説教しました。あのときの彼は、ひどくおびえていた。おびえているのに挑戦的というか、わたしには理解できない、なにか野獣のような感じで、怖かった。もはや人ではないというか、いやむしろ、人というのは本来こういう怪物のような生き物なのかもしれない、そうも思って怖くなった。邨江というこの死刑囚は神の被造物ではない、そういう感じです。それはわたしにすれば、人ではない、ということです」

「邨江は一般的な死刑囚とは違っていたということでしょうか」

「未熟なわたしの経験で一般的な死刑囚云云は不遜です。ですが、そう、邨江の態度には、なにか死刑囚とはまた別の、尋常ならざるなにかを感じました。いま思えば、あれは究極的なダブルバインドに陥った様子だったのではないかと思います」

「ダブルバインド、ですか」とわたし。

「心理的な二重拘束です。彼は、殺されたくはないが、自分の理論を実証するためには死刑を受け入れなくてはならない、という状況に立たされていた。しかもそのような状況は彼自身が計画して実現したものであって、計画を実行しないこともできたにもかかわらず、もう後には引けない状況に置かれていた。全方位、どこにも動きようのない状況下にあった。あのおびえは、そこから出たものだと、いまならわかります。単なる恐怖心だけではなかったのだと」

「邨江の本当の犯行動機が彼の理論の実証なら、わたしにもその心理状態は理解できます」とわたしはその邨江の心中を想像して、言う。「一般の死刑囚とはやはり違っていたのではないでしょうか。しかし理解はできますが、それだけに、自分には絶対にできないと思いますし、ふつうの人間にはできそうにない」

「邨江は、絶対に死にたくなかったと、そう思います。まさにパラドキシカルな心理状況にあったのでしょう」

そうだ、とまた、邨江清司の言葉がわたしの口をついて出た。

『死にたくはないが死ななくてはならない。この矛盾状態を破るために、おれは、自分の死を自分で確かめることができないなどというのは我慢ならない、死んでも自分の死体を見届けてやると、そう強く念じたんだ。すると、首にロープを巻かれ、目隠しをされた自分の姿が、見えた』

「伊郷由史氏の目で、ですね」

教誨師がそう言った。

『いや、そのときは、自分を見下ろすという角度からして、違う。おそらくおれ自身の能力で周囲の三次元画像を脳内に作り上げた、一種の幻覚だろう。まだ意識は飛んでない。飛んだのは、踏み板が開いてからだ』

わたしは死刑場の光景を思い返す。窓のないコンクリートの箱のような刑場だった。ひんやりしていて湿った感じがしたが、それは視覚的な印象からくるものだったろう。立会室というのはバルコニー席のような高い位置にあって目の前は全面ガラスで仕切られていた。いわば死刑の見学席だ。そのガラスが壁になっているので手すりというものはなく、その向こうの下側もよく見えるようになっていた。下はコンクリートの床だ。向こう正面にこちらと同じ高さの部屋があって、そちらも全面ガラスが嵌められている。室内中央あたりの天井から下がるロープがすでに見えていた。執行室だった。その下部は開放空間で、踏み板から落ちてぶら下がる死刑囚が立会室から見えるような造りになっている。執行室の奥はカーテンで仕切られていて、まだ邨江死刑囚は見えていなかった。そのとき最期の教誨を受けていたのだろう。

一般市民から選抜された立会人というのが何人なのか、列席しているだれがそうなのかといったことは知らされなかった。おそらく邨江に殺害された人間の親族もいたと思われる。ぜんぶで十七名だった。

私語は禁止された。並ぶ位置はとくに指定されなかったが、前のほうに折りたたみ椅子が四脚あって、わたしたちを案内する刑務官が、わたしとあと三名の苗字のみを〈さん〉づけで呼び、腰掛けてもいいと言った。わたしはそれに従って右端の椅子に腰を下ろした。左隣を見やれば呼ばれた全員が椅子を利用していた。みな若くはなかったので、これは歳を気遣っての配慮だとわかった。

奥のカーテンがさっと左右に開いてからは、早かった。いや、どうだろう。あまり時間の感覚がはっきりしない。

後ろ手に拘束され白い目隠しをされた邨江死刑囚が両脇の刑務官に抱えられるようにしてロープの下に移動するのだが、その足の運びがほとんど摺り足だった。これは腰を抜かしかけているのだとわたしは思った。すでに意識はないのではないかという考えも浮かんだ。だから踏み板の位置に立つまでけっこう時間がかかったように感じられたのだが、せいぜい十秒ほどだったのではないか。

邨江を引き立てている刑務官のほかに、拘置所長と立会検事、検察事務官、それから教誨師がいた。後上教誨師の顔をわたしははっきりと見たが、そのときが初見というわけではない。立会室に入る前に法務省役人の説明というものがあり、拘置所の会議室にて拘置所長はじめ総務部長や検事や検察事務官、医官のほか、執行現場に臨席する一同が紹介されたのだが、そこに後上教誨師もいた。そちら側からも当然、われわれ一般立会人を確認できただろう。だが、話はしていないので印象は薄いだろう。わたしたち立会人は死刑執行時に知り得た内容を他言してはならないという誓約書を書かされたから、互いにあまり記憶に残らないように配慮されていたに違いない。守秘義務が課せられるとは、なんのための立ち会いなのかわたしは理解に苦しむのだが、国家が人を殺すのならばそれは主権者たるこのわたしがやるということだと思い、立ち会いに応じた。

わたしのこの感覚は、国民の義務や権利という堅いものとは少しずれているかもしれない。そうした観念的なものというより、もっと身体感覚によりそったものだ。たとえば、牛肉を食べるのならば畜殺現場を見学するなり見学はしないまでもそれを想像するのは当然だろう、という感覚に近い。

とはいえ、そんな事前の覚悟と実際の経験とでは、やはり現実のほうがずっと重かった。重かったはずだ。現実に、目の前で、一人の活きのいい人間の命が強制的に絶たれるのだ。だが、いまこうして考えてみると、あのときは、さほどの重みは感じられなかった。心理的な負担はそれほどなかった。感じる暇がなかったのかもしれないし、いや、それはきっと、邨江の意識の影響をすでに受けていたからではなかろうか。

　邨江死刑囚は抵抗らしい抵抗はしなかった。膝や足首あたりを刑務官が素早く拘束して、同時に首にもロープがかけられ、あれよあれよというまに、死刑囚の姿は視界から消えていた。一瞬ロープが鉛直に伸びて直線になったが、反動だろう、緩んで、また伸びて、振動しながら揺れ始めた。

　なにか下の方に動きがあるので目をやれば、空中で踊っている死刑囚の動きを抑える刑務官と医官の姿が見えた。

　医官は腕時計を見た。それからが、長かった。一時間ほど経ったのではなかろうかと思えるころ、実際は十分ほどではなかろうか、決められている時間があるはずだが、それが経過したのち宙づりの死刑囚の身体が下ろされていき、すでに運び込まれていたらしいストレッチャーの上にうまく載せられた。

　医官が死亡確認をして時刻を読み上げ、死亡宣告をした。

『そのようにして、おれは死んだ』と、邨江清司が言った。『おれは、自分自身の死を体験した、ということだ』

　わたしも後上教誨師も、しばらく口を開かなかった。わたしは、こうして振り返ることで恐怖が増強されるのではないかと恐れたが、それはなかった。むしろ気分が軽くなっているのを感じる。

「わたしは」と言う。「死後の世界や天国というものを信じてはいませんが、しかし、身体が死んで灰になっても、霊魂といったものはしばらくはこの世に留まるという、そのような死生観は正しいような気がしています。先人たちはそれを体験的に知っていたのではないかと。邨江はそれを示したのだと思えば、わたしなりに納得できる」

「それは仏教的な死生観ですね」と教誨師が応じた。「初七日に四十九日、盆には先祖の霊が帰ってくるという」

「仏教に限ったことではないでしょう」わたしは仏教徒でもないので、仏教のしきたりを念頭においての考えではない。「魂や霊魂という考え方はどんな宗教にも見られるのではないでしょうか。邨江が言ったように、それは意識を生み出しているエネルギーというものを、人は普遍的に感じ取っているからではないか、それが、魂になってしばらくはこの世に留まるという表現になっているのでは、と思うのです」

ようするに、人というのはけっこうな時間をかけて死んでいくのだ、ということを、わたしは邨江の死によって体験したように思う。

肉体的な死が確認されたあとも意識というものはしばらくは形を保っていて、だがそれも揮発するように消えていく。邨江はそう予言した。それは正しいように思える。そういうことだ。

くどくなるとは思ったが、その考えを後上教誨師に説明すると、聞き終えた彼は、生まれるのもそうかもしれない、と言った。

「胎児には意識はないでしょう」と教誨師。「生まれても、物心がつくまでは、生まれたとは言えないのではないか。意識というものを中心に考えれば。そう思いつきました」

「なるほど」それは面白い考えだと思う。「では寝ているときはどうなんでしょう。毎晩、人ではなくなるのか」

「胡蝶の夢というあの荘子のエピソードは、睡眠中の意識の浮遊のことを言っているのかもしれない」

「もはや宗教論ではないですな」

「まったく」

わたしたちはここで初めて、相好を崩した。なにか緊張が解かれた気分になり、いきなりおかしさがこみ上げてきた。

「笑っている自分は不謹慎で」とわたしは言う。「正常ではない気がします」

「死刑を体験されたのですから、平然としていられるほうが異常でしょう。それはそれとして、です」と教誨師も笑顔のまま言う。「夕食にしませんか。ワインとパンならあります。それとも外に出ますか」

「いえ、やはり出るのはおっくうです。さすがに疲れました」

「では——」

「ワインとパンとは、それこそ今夜にふさわしい食事ですな、いただきます」

すでにラプサンスーチョンは何杯かのおかわりをしていた。教誨師は立って茶器を片付け、夕食の支度をした。ほんとうに赤ワインとフランスパン、それだけだったが、どちらも素晴らしくうまかった。

ほろ酔い気分になったわたしは、口が軽くなった。

「教誨師というお仕事は、ボランティアなのでしょうか」

「ある意味で、そうですね。有料のボランティアとでも言えばいいかと」

「それは、お金を稼ぐ職業ではないということですね」

「わたしの職業ということでしたら」と教誨師はわたしの問いを理解したのだろう、「わたしは医科大学病院の職員をやっています。看護師の資格も持っている、医療チャプレンですよ」と答えた。

「キリスト教系の病院ですか」

「そうです。心理カウンセラーの資格も取ろうと思っています。邨江とのやり取りで、チャプレンをやるには本格的に勉強したほうがいいと、彼に教えられた気がしました」

「そのチャプレンというのも、なじみがないのですが」

「患者さんやスタッフを安心させる仕事と言えばいいでしょうか。たとえば戦地に赴く兵士たちに同行する従軍牧師も、チャプレンです。医療現場はまさに戦争の前線と同じです。

みな不安を抱えながら、その日その日を生きている」

「……そうですか、それは大変なお仕事だ。よく知りもせず、恥ずかしいかぎりです」

「知らないことは恥ではありません。知ろうとしないことこそ、恥ずべきかと思います」

「邨江のような者ですか」

「彼の話は、よしましょう。もう、そっとしておくのがいい。彼のためにも」

わたしは無言でうなずく。邨江に引導を渡すには、なにもせず、忘れることだ。それであの〈意識〉も安心して消えていくだろう、わたしはそう思った。

「伊郷さんは、お仕事は？」

「わたしは、年金暮らしですよ」

あとは、よもやま話になる。近所の住人の話とか、職場の環境とか、健康問題とか、愚痴とか。

翌朝早く、朝食はとらずにいとまを告げた。後上教誨師は引き留めようとはしなかったが、新幹線で帰るというわたしを東京駅まで送っていこうと言ってくれた。自分も出勤するので、という。その好意はありがたく受けた。交通手段や路線に不案内だったし、なにより、まだ邨江の死刑の件が重荷だった。

そう、昨日よりも重く感じられた。後上氏のほうもそうかもしれなかったが、互いに邨江清司の名を出すことはなく、話題にもしなかった。別れ際には、もう互いに会うことがないといいのだが、という話になった。

わたしはそう思ったのだが、後上氏のほうも同じように思っているという事実に、ちょっと驚いた。やはりそうなのか、と。まるで意識を共有しているかのように互いの気持ちがわかる、ということだ。言うまでもなく、それは邨江の存在があればこそだと、わたしたちは気づいていた。あの死刑囚がわたしたちの気持ちをそのようにしているのだと、二人とも、そう思った。だがそれを口に出して言ったりはしなかった。

後上氏は新幹線のホームまで見送りに来てくれたが、邨江はもう出てこなかった。乗り込んだ電車が新潟に向けて動き出すと、ホーム上の後上氏は胸の前で手を合わせて微笑んだ。クリスチャンの祈りの手ではなく、やったぜというサインのようにわたしには見えた。これで永遠に邨江とはおさらばだ、と。たぶんそうだろう。邨江を消すには祈りの力は必要ない。後上氏はわたしの話からそう悟ったのだ。

新幹線の車中ですこし眠っていこうと思ったが、結局緊張したまま新潟駅に着いた。眠るというのは意識を失うことだから、わたしはそれを恐れたのだろう。気分よく眠れるならいいが、起きたときにまた自分がだれだかわからなくなるのは怖い。帰るべき家がわからなくなる恐れを思えば、眠れなくて当然だった。

思えば一昨日も新幹線に乗ったに違いなかった。だがわたしには覚えがない。邨江にしても〈帰る〉という意識はあっただろうが、どこに、というはっきりとした覚えはなかったようだ。わたしも邨江も車中では眠っていたのではないかと思う。

新潟駅からはタクシーを使った。新潟駅と大学を結ぶバス路線は乗降客も多く、これまでも新しい交通システムが真っ先に導入されてきて便もいいのだが、不特定多数の一人として無記名性のまま運ばれると思うといまはそれが不快に感じられた。早い話が、見知ぬ他人と一緒なのがいやだった。新幹線の車中ではそれがストレスになっていたことに降りてから気がついた。個として移動できるものといえば、いまはタクシーしかない。

タクシーに乗り込んでから、一昨日はバスだったろうと思った。タクシーの運転手に行き先の指図をした覚えはないし、邨江には伊郷家の場所がわからないだろうから、自動人形のようにバスに乗り込んでほとんど無意識のままに着いたのだろう。帰宅した時刻からして最終に近いバスだ。終発の新幹線に接続するバスが最終だが、それだと家に着くのは零時過ぎになるからもっと前のだ。その日のうちに帰宅した覚えがある。

それにしても深夜だ。新幹線は最終列車ではないものの東京を発ったのは午後八時以降ということになる。

そうなると、とわたしはタクシーに揺られながらおかしなことに気づいた、刑の執行は午前中で、いろいろな手続きがそのあとあったにせよ、午後早くの新幹線に乗ることができたはずだ。なのにわたしは終発に近い新幹線に乗るまでの時間、東京でなにをしていたのだろう。うまいものを食べたり物見遊山をする気分にはなれなかったはずだ。どこかで休憩していたのか。サラリーマンが昼寝で利用するホテルとかで。死刑執行に立ち会うという経験は老体には堪えたから、それはありそうなことだと思う。まだ若い教誨師の彼でも、心身ともに疲弊していた。素人のこちらは自覚している以上に消耗していただろう。

後上氏とのやり取りを思い出したわたしは、とても奇妙な解釈を思いついた。

邨江清司の刑が執行されたのは一昨日ではなく昨日だったのではないか、というものだ。死刑に立ち会ったあと拘置所を出たわたしは後上氏を訪ねてあの教会に行き、わたしより遅れて実家の教会に戻ってきた彼と話をした。そしてきょう、こうして帰るところなのだ、という。

絶対的な日付、つまり客観的な日にちというのは新聞でもケータイでもなんでもいい、いくらでも確かめようがあるのだが、個人的な時間というのは相対的なものだから、思い込みようで客観時間は無意味になる。本来絶対的なはずの日付が変容してしまう、ということは考えられる。教誨師の彼にわたしの顔が邨江にしか見えなかったように、絶対に揺らがない確固たる事象や、事実といったものを判定する物差しなど、この世にはないのではなかろうか。時間というものも意識が生んでいるのだという説をなにかで読んだことがあるが、もしそうだとすれば、あるのはただ〈意識〉だけだ、ということになる。

それはありそうなことだ。そう口に出していたようで、タクシーの運転手が怪訝《けげん》そうに、「はい？」と言った。わたしは「なんでもない、独り言です」と応えて、意識して黙り、考えを進めた。

一昨日は邨江もわたしも家には帰ってはおらず、死刑執行のあと、わたし＝邨江は、拘置所を出てすぐ後上教誨師に会いに行ったのだ。だとすれば、タクミという人間が消えたことも説明がつく。つまり、後上氏が言ったようにあの作家を自称するタクミという人物は最初からどこにもいなかったのだ。それは、邨江清司の〈意識〉の中にしか存在しなかったのだ、ということだろう。後上氏はわたしと同様、邨江の意識を共有していたからタクミを認識できた。それですべて説明が付く。客観性を無視した前提だから絶対性は備わっていない説明だが、他人を説得する必要はないのでそれは問題ない。あのタクミはこの世に存在していなかった――精確に考えるなら、邨江の意識が完全に消えるときにあのタクミも消滅するだろう。

「このへんでいいです」と言って、タクシーを止める。

最寄りのバス停に近い国道でタクシーを降りた。狭い道筋を右だ左だと案内するのは気分的に億劫だった。降りて百メートルほど歩く。

午前中に五十嵐一の町の我が家に着いた。

近所の雰囲気は家を出るときとなにも変わったところはなかった。タクミと称するあの作家のクルマはなかったし、玄関ドアには鍵がかかっていた。玄関に入ると、我が家の匂いだ。ほっと心が和んだ。これで安心して眠れると思った。

帰ってきたとわたしが言うより早く、『帰ってきた』と邨江が言った。自分の声ではないので邨江だとわかった。まだいたのだ。帰る場があるのがよほど嬉しいに違いない。邨江が気にかけているので、まず居間に行ってみた。だれもいなかった。いたらわたしが驚くだろう。

あのタクミはいったいだれなのか。

「帰ってきた」とわたしは自分の意思で言ってみた。「邨江清司も、ここが帰るところだと思ったのか。邨江の家ではないだろうに」

するると、返事があった。

『おれが吊るされたのは昨日ではない。一昨日だ』

「なにが言いたいんだ」

『おれの意識を読めるあんたには、わかるだろう。あのタクミはおれが生み出した幻想なんかじゃない、実在したということだ。おれたちは、ここに二度、帰ってきたんだ。一昨日と、いまだ。あのタクミは一昨日、たしかにここでおれたちを出迎えた。あれは実体だよ』

「死んだ工と同じ顔をしていた。息子が生き返ったとでもいうのか」

『ある意味、そうだ。おれが、そうした。いや、おれたちが、というべきだろうな』

「どういうことだ」

『ここをおれの家にするために、あのタクミが必要だったんだ。あのタクミは、おれとあんたの意識が共同して作り上げた実体だ。後上教誨師の意識も参加して、おれたちと話を合わせたんだ。意識には、虚構に実体を与える力があるんだ』

「そうなのか？」

『一つの仮説を考えてみただけだ』

「なんだ。早い話が、なにもわからない、ということではないか」

『後上教誨師の考えに、おれは賛同する。あのタクミはおれたちを後上教誨師に会わせたあと、この世から消えた。おれもそう思う。捜しても無駄だろう』

「そうだな」

わたしには邨江や後上氏の考えよりも自分の解釈のほうが納得がいくのだが、いずれにしても真相を探る必要性は感じなかった。あのタクミがだれだったのかなど、もうどうでもいい。捜す気はなかった。こちらが関心を失えば二度と出てくることはないだろう。自ら事を面倒にすることはない。この世はただでさえ複雑すぎる。

それに、よくよく思い出してみれば、タクミと話していたのは邨江であって、わたしではない。わたしは邨江の意識越しにタクミの存在を感じていたにすぎない。わたし自身はタクミなる人物とは一度も話してない。対面してはいないのだ。

和室に行き、仏壇の工の写真にただいまと告げ、線香を立てて手を合わせる。写真の工はなにも言わず、ただ微笑んでいるだけだった。

　朝食を摂《と》っていないのを思い出して空腹を覚えた。台所へ行き、電気ポットに水を汲んで湯を沸かす。

『握り飯がある』と邨江が言った。『昨日おれが握ったやつだ。塩をきかせて梅干しを入れてあるから悪くはなってないだろう』

　居間のソファに投げ出したショルダーバッグを持ってきて中をあらためてみると、邨江が言うとおりだ。二個ある。そういえば、うっすらと、これを握ってラップに包んだ覚えがある。タクミがいたかどうかまでは思い出せないが。いなかったと思う。もしいたのだとすると、一昨日この身体で一度帰ってきたのだろうか。わたしとしては、死刑執行当日の朝、出かけるまえに、自分で握ったような気がする。

『あんたは執行に立ち会ったあと』とわたしの考えを読んだのだろう、邨江が言った。『拘置所内で気分が悪くなって救護室で休んでいたのだろう。おれは、刑の執行のあと、横になっていた覚えがある』

「拘置所が用意した棺桶の中に入っていたのだろう」

『いや、意識はもうあんたの中にいたはずだ。救護室で休んで、夜の新幹線で帰ったんだ。それが一昨日のことだ』

「もうおまえは死んでいる」とわたしは沸いた湯でほうじ茶をいれながら言った。「一昨日が昨日でも、それはもうどうでもいいことだ。それでおまえの命日が変化することはないから安心しろ。変容していくのは互いの、相対的な記憶だ。そうして、いずれなにもかも忘れ去られる」

それは邨江に限ったことではなく、わたしも、そしてすべての人間が、そうだろう。イエスや釈迦やそのほか偉人と称される人物が記憶されているのは、それこそ、そうした人物像が物語である証拠だ。リアルな彼らを記憶している人間はとうの昔にこの世にはいない。

そう思うわたしに、邨江は反論しなかった。つまり、なにも言わなかった。

二個のおにぎりとマグカップのほうじ茶をトレイに載せて居間に行き、ストーブを点けてから、パソコンデスクで食べる。

足下にあるプラ製の屑箱の中の、茶封筒の切れ端に目がいった。死刑立会人の呼出状が入っていた封筒。邨江とわたしを結びつけたのがそれだった。中身の書類は、こちらの個人情報や生活状況を書いたりして返送したので、ない。

その呼出状には死刑執行がいつなのかは記載されていなかった。連絡は死刑執行前、執行時刻の二十四時間以内に行うので、確実に連絡を受け取れるメールアドレスやFAX、または電話番号を知らせること、と呼出状にあったので、わたしは自分のメールアドレスをその書面に記載した。それを返送したあと、正式に死刑立会人に選任されたとの連絡がメールであって、そこには死刑立会人に関する事項は秘密なのでだれにも内容を漏らしてはならないこと、違反すると罰金のほか悪質だと認められた行為に対しては実刑が科せられるとの警告事項があった。

執行通知書兼召集令状がメールで届いたのが、わたしの気分的には一昨日の夕方で——二度帰ってきたのならば一昨昨日《さきおととい》になるわけだが——そのメールに添付されたPDF書面を印刷して国民番号カードと一緒に持参した。

当日はホーリーベルの小林氏が契約更新の書類を持って来訪する予定だったのだが、守秘義務を破れば投獄されるかもしれないとなれば、黙って出かけるしかなかった。

屑箱を足でおいやり、食べることに専念する。おにぎりはすこし塩気がきつめに感じられたが、空腹の身にはうまかった。

腹が満たされると緊張が解けて、身体が鉛のように重くなっているのが自覚できた。二階の寝室に上がって休みたかったが、その前に一つやっておくことがあった。ホーリーベル関連の連絡事項だ。小林氏との約束を破ってしまった件に関しては適当な言い訳を考えてから再来訪の依頼をすることにして、もう一つ。

工が事故死したあとも再婚せずにうちの嫁でいてくれる女性に、連絡事項があった。葬儀社の契約更新で、わたしが死亡したときの連絡先をあなたにしておくので、そちらに近いうちにあなたの本人確認の電話がいくからよろしく頼みます、担当は小林という、と。

　空になったマグカップを台所の流しで洗い、居間に戻って、固定電話の受話器を取る。

　工の妻は元気そうだった。その声を聴いて、非日常世界からようやく日常に戻ってきた実感がわいた。ホーリーベルの契約の内容を説明し、連絡先をあなたにしていいかと確認すると、『もちろんだいじょうぶです』という答えが返ってきて、嬉しかった。これで気分よく休めるというものだ。謝意を告げて、受話器を置く。

　居間のストーブは点けたまま、二階の寝室に上がった。見れば布団は敷いたままだった。押し入れに上げるのを忘れたのか。帰ってきてすぐに休めるように、そうしておいたような気もするが、そんなことはもうどうでもよかった。敷く手間を省いて寝られるのはありがたい。

　まだ日が高い中、わたしは寝間着に着替えて布団に入った。

ゲーム的思弁小説の誕生

批評家　東　浩紀

最近のRPGやアクションゲームをプレイすると、プレイヤーは、自分が操作するキャラクターを後方少し上空から見続けることが多い。これがいったいだれの視点なのかということが、気にかかっている。

三〇年前のゲームであればこのような疑問は起きない。当時はほとんどのゲームが二次元だったからだ。RPGでの移動は地図の垂直な俯瞰で描かれていたし、アクションゲームは横スクロールが主流だった。つまりそこにはカメラ自体がなかった。他方で一九九〇年代に現れ（起源は七〇年代まで遡るとも言われるが、現在の形式のFPSが現れたのはこの時期である）、いまでもコアゲーマーのあいだでは人気が高いFPS（一人称視点シューティングゲーム）でもこの疑問は生まれない。FPSでは、そのジャンル名が示すとおり、カメラはキャラクターの視点を代理している。そこではゲーム画面で描画されるのは、キャラクターが見ている世界そのものである。

ところが最近のゲームでは、もはや二次元の記号的な表現には頼っておらず、それゆえあきらかになんらかのカメラ（画角）が存在するのだけど、かといってそのカメラがキャラクターの視点や神の視点で世界を捉えているというわけでもない、ふしぎな第三の視点を導入する作品が主流となっている。そこではプレイヤーは、自分の代理であるキャラクターを操作しながらも、そのすがたをうしろ上空からつねに眺め続けることになる。そのような視点を導入したアクションゲームはＦＰＳならぬＴＰＳ（三人称視点シューティングゲーム）と呼ばれるが、似たシステムはいまや多くのＲＰＧやアドベンチャーゲームで採用されている。

この第三視点が生み出され、普及した理由を推測するのはむずかしくない。それは第一に、プレイヤーのキャラクター操作を容易にする。ＶＲ機器を介せば話はべつだが、二次元のスクリーンをまえにして、キャラクターの視野だけを参考に行動を立体的に制御するのは初心者にはむずかしい。ゲーム空間のなかに自分のすがたが他人のように描かれていたほうが、はるかに動かしやすいのだ。加えて、第三視点の導入は、ゲームデザインの自由度を引き上げることにもなる。ＦＰＳでは、キャラクターに見えないものはプレイヤーにも見えない。けれども第三視点を導入すれば、キャラクターに見えないものでも、プレイヤーには見えるようにすることができる。つまりプレイヤーとキャラクターのあいだに認識の落差を作ることができる。これを利用するとさまざまな仕掛けが可能になる。たとえば小島秀夫の『メタルギアソリッド』シリーズは、その落差を利用した代表的な成功作である。「スネーク」は、プレイヤーの視野とキャラクターの視野が異ならなければ機能しない。

しかしながら、多少とも映像論やメディア論の常識を知っていると、この第三視点の出現は謎だらけである。まずそれはあきらかにキャラクターの視点ではない。第三視点をとおして、プレイヤーはキャラクターに見えないものも見ることができるからである。かといってそれは神の視点でもない。第三視点はキャラクターに寄り添うように移動し、その身体から遠く離れることはないからだ。作品によってはこの条件を緩和したものもあるが（第三視点がほかのキャラクターに憑依するなど）、いずれにせよなんらかの制約はある。おまけにそれは制作者（監督やデザイナー）の視点でもない。第三視点を操作するのはあくまでもプレイヤーであり、そこで見させられるものが必ずしも制作者が見せたいものではないからである。実際最近の作品では、重要な場面で、プレイヤーから操作が奪われ、動画が一定時間流されることが少なくない。そのような動画は、映画と同じくカットが割られ編集されている。動画のその画面こそが制作者がプレイヤーに見せたいものであり、制作者の視点はむしろそこで表現されている。裏を返せば、そのような動画が必要とされているという事実は、第三視点では制作者の視点は表現できないこと、つまりプレイヤーに見せたいものを見せることができないことを証拠だてているのである。

しかし、では結局のところ、この第三視点の正体はなんなのだろうか。それはだれの視点なのだろうか。それがもし主人公（わたし）の視点を代理するものでも、神の視点を代理するものでも、まして制作者の視点を代理するものでもないとしたら、その視点をとおしてゲーム内世界を見るとき、ぼくたちプレイヤーはいったいだれになりかわっているのだろうか。

プレイヤーは、主人公を「もうひとりのわたし」だと思って操作し、感情移入をしてその運命に一喜一憂することで、ゲームプレイから快楽を得ている。ゲームにかぎらず、小説や映画においても、虚構外の鑑賞者と虚構内の登場人物のその同一化こそが虚構の快楽の中心にあるというのが、映像論やメディア論の常識である。ところがゲームにおいてだけは、その「もうひとりのわたし」とはべつに、さらに「もうひとりのもうひとりのわたし」がいて、それがつねにわたしのうしろをついてくるという構造がある。それはたしかにわたしで、わたしの行動や選択をずっと眺めているのだけれども、決定的なところでわたし自身ではなく、わたしが傷ついても死ぬわけではなく、わたしが死んでも死ぬわけではない。このような「もうひとりのもうひとりのわたし」の存在がなにを意味しているのか、いままでの学問はほとんどなにも答えていない。

さて、ずいぶんと前置きが長くなってしまったが、この『絞首台の黙示録』は、以上の問題意識を背景にすると、まさにこのゲーム的第三視点の謎に取り組んだ小説だと言うことができる。

本作がゲーム的な第三視点を主題としていることは、物語がまさに、主人公の邱江清司が絞首刑に処せられる自分の身体を「外部視点」で見下ろし、戸惑う描写から始まっていること、そしてまた最後近くの場面、邱江（が憑依した伊郷由史）ともうひとりの主要登場人物、後上明正のあいだで意識のありかについて思弁的な会話を交わしていることからも明らかである。そこで描かれ検討されているのは、RPGやアクションゲームにおいて、プレイヤーが操作するキャラクター（もうひとりのわたし）を見下ろす「もうひとりのわたし」、その感覚そのものだ。

神林長平は日本を代表するSF作家である。しかしこの『絞首台の黙示録』では、RPGのような世界観がわかりやすく導入されているわけでもないし、サイバースペースや仮想現実といったギミックが使われるわけでもない。舞台も現代の日本である。それゆえSFから離れた作品であるとの印象をもつ読者もいるかもしれない。

しかし、SFかSFでないかはともかく、この小説が本質的に「ゲーム的」な問題意識に貫かれた小説であることはまちがいない。本作はひとことで言えば、「もうひとりのもうひとりのわたし」に憑依され、困惑に投げ込まれた登場人物たちが、その存在を消去し、

「もうひとりのわたし」と「もうひとりのもうひとりのわたし」を一致させ、ふたたびFPSのような単純なキャラクター視点（一人称小説）に戻ろうと苦闘する小説なのである。だからこそ、この小説はすべて一人称で書かれている。神林はこの作品で、本来なら小説というメディアでは表現のしようがない、ゲームに特徴的なプレイヤーとキャラクターの分裂を描こうとしているのだ。

けれども、さきほど長々とゲームをめぐる文章を記したのは、けっしてこの視点の問題だけに注目したかったからではない。ぼくがさらに興味を惹かれたのは、本作がその謎を描くうえで、というよりも、その謎から登場人物を解放させるうえで、可能世界のモチーフを導入していたことである。そしてそれこそが、神林の想像力の本質的なゲーム性を示している。

ぼくはかつて『ゲーム的リアリズムの誕生』という著書で、ゲームの本質は可能世界にあると主張したことがある。小説や映画では物語はひとつである。ひとつの始まりがありひとつの終わりがある。この単一性は多くの物語論の基礎とされてきたが、ゲームで描かれる物語は必ずしもそれにあてはまらない。そこではプレイヤーの介入によって、物語がいくらでも分岐しうるからである。ゲームのもつこのような物語論的な性格が、第三視点の出現のような映像論的あるいは人称論的な性格とどのように関係するのか、そこはまだあきらかではない。『ゲーム的リアリズムの誕生』では、映像も人称もほとんど扱うことができなかった。『絞首台の黙示録』は、まさにその欠けた論点に光をあてる作品のように思われる。

どういうことだろうか。『絞首台の黙示録』の物語はたいへん入り組んでいる。だれがだれで、だれが嘘をついているのか、推理がつぎつぎに入れ替わってはひっくり返り、なにがなんだかわからなくなる瞬間がしばしば訪れる。それゆえ要約は困難だが、物語の背後にある事実そのものは意外と単純である。

ここからさきはネタバレになるので未読のかたは読まないでほしいが、本作の登場人物は実質的には、伊郷由史（父）、伊郷文（息子兄）、伊郷工（息子弟）、邨江清司（死刑囚）、後上明生（教誨師父）、後上明正（教誨師息子）の六人にすぎない。それ以外の人物は伝聞や手紙でしか出てこない。そしてまた、最終的に明かされる小説内の事実関係も単純である。伊郷由史には文と工の双子の息子がいた。伊郷文は邨江清司の名で脳科学の研究を行い、研究所で殺人を冒し、小説冒頭で絞首刑となった。他方で伊郷工は別の事故で数年前に亡くなった。後上明正は伊郷文＝邨江清司の教誨師を務めた。後上明正の父明生も亡くなっている。そして伊郷由史は、伊郷文＝邨江清司の絞首刑に立ち会った。事実はこれだけなのだ。

にもかかわらず本作の叙述がたいへん入り組んだ印象を与えるのは、文＝邨江の魂が由史に憑依し、無自覚なままその一人称を乗っ取ってしまうというアクロバティックな設定があるだけでなく、それに加えて、由史をその憑依から回復させるため、別世界の工がこれまた無自覚なままに召喚されこちらもこちらで一人称で語り出すという、奇妙な設定が追加されているからである。

文＝邨江の魂（第三視点）は、絞首刑のあと、死刑に立ち会った由史に憑依して父の家に戻る。ところがその魂はあくまでも「もうひとりのもうひとりのわたし」なので、キャラクターである文の記憶は部分的にしか継承していない。文は、自分がだれかを忘れたまま、同じように父の家に戻ってきた別世界の工と出会ってしまう。作者はここから文の一人称と工の一人称を同じ資格で小説のなかに投げ込み、読者を混乱へ導いていく。現実には文の世界では工は死んでいて、工の世界では文は死んでいる。だからふたりの認識は一致しようがない。両者の生をともに眺めることができるのは、作者あるいは読者だけ、つまり虚構外の存在だけである。したがって文と工の出会いは、虚構のなかでは混乱しか呼ばない。にもかかわらず、たいへん興味深いことに、本作ではまさにその混乱こそが、文を教誨師のもとへ導き、小説の最後で第三視点が消え由史が一人称を取り戻し、固有の死を取り戻す（最後の場面は由史の死を示唆している）、その「奇跡」の条件として導入されているのである。

ぼくはまだ、その条件の導入がなにを意味するのか、わかりやすく要約する力をもたない。また、神林がこの『絞首台の黙示録』で試みた人称の憑依の問題が、ほぼ同時期（本書のもとになった連載は二〇一四年から二〇一五年にかけて行われた）に文芸評論の領域であいついで現れた、渡部直己の「移人称」や佐々木敦の「新しい私」といった議論とどのように連関しているのか、それを分析する術ももたない。ただたしかなのは、神林がこの作品で、ひとが「もうひとりのもうひとりのわたし」による憑依を振り払い、固有の死を死ぬためには、可能世界のもうひとりのわたしに出会うしかないのだと、つまりは人生のゲーム性を振り払うためにはまたもうひとつのゲーム性に頼るしかないのだと、そのようなメッセージを語っているように見えることである。

ぼくたち（わたし）はキャラクター（もうひとりのわたし）としてそれぞれの人生を生きている。そこでは油断すると、すぐプレイヤー（もうひとりのもうひとりのわたし）が現れ、固有の死を死ねなくなる。けれども、ほんとうは人生にはプレイヤーなど存在しない。だからその影を振り払う必要がある。でもそのためには、やはりもうひとりの「もうひとりのわたし」に、つまりはもうひとりのキャラクターに出会うしかない。ここではなにかとてつもなく重要なことが言われているように、ぼくには思われる。

本書は、二〇一五年十月に早川書房から単行本として刊行された作品を文庫化したものです。

著者略歴　1953年生，長岡工業高等専門学校卒，作家　著書『戦闘妖精・雪風〈改〉』『猶予の月』『敵は海賊・海賊版』（以上早川書房刊）他多数

HM=Hayakawa Mystery
SF=Science Fiction
JA=Japanese Author
NV=Novel
NF=Nonfiction
FT=Fantasy

絞首台《こうしゅだい》の黙示録《もくしろく》

〈JA1321〉

二〇一八年三月　二十日　印刷
二〇一八年三月二十五日　発行

（定価はカバーに表示してあります）

著　者　神《かん》林《ばやし》長《ちょう》平《へい》
発行者　早川　浩
印刷者　西村文孝
発行所　株式会社　早川書房
郵便番号　一〇一 - 〇〇四六
東京都千代田区神田多町二ノ二
電話　〇三 - 三二五二 - 三一一一（大代表）
振替　〇〇一六〇 - 三 - 四七七九九
http://www.hayakawa-online.co.jp

乱丁・落丁本は小社制作部宛お送り下さい。
送料小社負担にてお取りかえいたします。

印刷・精文堂印刷株式会社　製本・株式会社明光社

ISBN978-4-15-031321-0 C0193

本書は活字が大きく読みやすい〈トールサイズ〉です。